KB033228

아르센 뤼팽 전집 21

칼리오스트로 백작 부인의 복수

Arsène Lupin

아르센 뤼팽 전집 **21**

칼리오스트로 백작 부인의 복수 | 모리스 르블랑
La Cagliostro se Venge

양진성 옮김

황금가지

차례

서문

1935년 7월, 모리스 르블랑은 오랫동안 심혈을 기울인 작품 『칼리오스트로 백작 부인의 복수』를 세상에 내놓았다. 『칼리오스트로 백작 부인』이 출간된 1924년부터 이 작품을 집필하기 시작한 그는 바로 그 다음 해에 이 책을 출간할 계획으로 《라피트》지에 광고를 싣기도 했다. 『칼리오스트로 백작 부인』이 아르센 뤼팽의 첫 번째 모험을 그렸다면 『칼리오스트로 백작 부인의 복수』는 뤼팽의 마지막 모험을 다루고 있다. 모리스 르블랑은 이 소설로 아르센 뤼팽 모험담의 막을 내리려고 했던 것일까?

아르센 뤼팽의 서문

나는 이 서문을 통해 그동안 소개된 내 모험담이 사실을 있는 그대로, 정확하게 그렸다는 점을 인정하는 바이다. 하지만 책 속에서 모험이 전개되는 방식은 그다지 마음에 들지 않는다.

실제 사건을 대중의 입맛에 맞게 이야기하는 방법은 수없이 많다. 그중 가장 효과적인 방법은 내 모습 중 가장 돋보이는 부분만 보여 주고 끊임없이 나를 부각시키며, 작품 속에서 나를 가장 중요한 인물로 묘사하는 것이다. 지금껏 나는 주변 상황에 따라 어려움에 처하거나 적에게 패하고, 존경해 마지않는 경찰들에게 푸대접을 받기도 했다. 하지만 작가는 그 수많은 일화를 무시하는 것으로 그치지 않고, 내용을 재배치하고 축소하거나 확대, 과장하는 일을 일삼았다. 그렇다고 작가가 사건 자체를 왜곡한 것은 아니지만, 겸손한 나로서는 지나치게 미화된 내 모습이 거북하게 느껴질 때가 많았다.

어쨌든 나는 이런 서술 방식을 그다지 좋아하지 않는다. 누군가 이런 말을 한 적이 있다. 〈자신의 한계를 알고, 사랑해야 한다.〉 나는 내 한계를 잘 알며, 그 한계를 깨달을 때 만족을 느끼기도 한다. 초인적이고 비정상적이며 극단적이거나 지나치게 과장된 내 모습은 혐오스럽기까지 하다. 나는 내 모습을 있는 그대로 그려 주길 바란다. 내 능력을 넘어 초인적인 능력을 가진 사람으로 그려질 때, 나는 그야말로 현실성 없고 우스꽝스러운 인물이 되기 때문이다. 게다가 내 약점 중 하나는 우습게 보이는 것을 정말 싫어한다는 사실이다.

내가 이 짧은 서문을 쓰게 된 가장 큰 이유도 바로 그것이다. 매번 작품 속에서 짜증 날 정도로 끊임없이 사랑에 빠지는 사람으로 그려지다 보니, 사실 내 모습은 꽤 우스워졌다. 물론 내가 매우 예민하고 쉽게 사랑에 빠진다는 사실을 부인하지는 않겠다. 일반적으로 여자들은 내게 무척 호의적이며 관대해, 나를 따르는 여자들이 많았으며 그중에는 내가 보기 좋게 거절한 이들도 있다. 다른 남자들 같았으면 이런 일로 건방지게 자랑을 늘어놓을지도 모른다. 하지만 나를 돈 후안이나 러블레이스(영국 작가 리처드슨의 장편 소설 『클라리사 할로』에 등장하는 호색한 — 옮긴이)로 묘사하는 것은 엄연한 사실을 왜곡하는 일이므로 받아들일 수 없다. 나도 여자들에게 매정하게 거절당한 적이 있으며 보잘것없는 연적에게 매달려 본 경험도 있다. 모욕과 배신을 당한 적도 수없이 많다. 따라서 내 모습을 있는 그대로 전달하기 위해서는 말도 안 되는 실패를 했더라도 그것까지 기록에 남겨야 한다.

따라서 나는 이번 사건이 왜곡이나 조작 없이 전달되기를 바란다. 이번 이야기에서는 내가 짜증 날 만큼 완벽한 인물로 그려지지는 않을 것이다. 감성이 이성을 앞서는 일도 없을 것이다. 처음으로 여자를 꾀는 데 실패하는 일도 그려질 것이다. 그동안 작가가 내 능력과 성공만 지나치게 부가시켜 독자들의 신경을 거슬렀다면, 이번 작품으로 어느 정도는 그런 점을 무마시킬 수 있으리라 믿는다.

한마디만 더 하겠다. 스무 살 때 내 정열을 바쳤던 여자이며, 자칭 18세기의 유명한 사기꾼 칼리오스트로 백작의 딸 조제핀 발사모……, 자신의 아버지로부터 영원한 젊음의 비밀을 전수받았다고 주장했던 그녀는 이 책에 등장하지 않는다. 그 이유는 독자들도 충분히 짐작할 것이다. 그런데도 이번 작품의 제목으로 굳이 그녀의 이름을 사용한 데는 다 그럴 만한 이유가 있다. 우선 그녀는 자신의 모습을 상기시키며 작품 전체에 비극의 그림자를 드리우고 있다. 또, 그녀의 증오 섞인 사랑과 어둠 속에서 키워 온 복수심이 이번 작품의 뼈대를 이룬다. 그러니 어떻게 그녀의 이름을 제목에 넣지 않을 수 있었겠는가?

1부

전쟁터로

신선한 공기에 따뜻한 햇볕이 스며들면서 생기가 돌기 시작하는 1월의 어느 상쾌한 오전이었다. 겨울 추위 속에서도 봄 냄새가 풍겼고 이제 낮 시간도 점점 길게 느껴졌다. 1년의 시작인 봄이라는 계절이 다시 젊음을 가져다 주는 것 같았다. 그날 11시 무렵, 대로를 산책하고 있던 아르센 뤼팽 역시 이런 기분이었을 것이다.

뤼팽은 평소보다 발꿈치를 더 높이 들면서 마치 체조를 하듯 가볍게 발걸음을 내딛었다. 그가 왼발을 땅에 내딛는 박자에 맞추어 숨을 깊게 들이쉬자, 안 그래도 근육이 잘 발달한 아르센 뤼팽의 가슴이 두 배는 더 부풀어 보였다.

고개를 살짝 뒤로 젖히고 걷는 모습에서 그의 늘씬한 허리 선이 더욱 돋보였다. 그는 외투도 없이 가벼운 회색 양복을 입고 겨드랑이에 펠트 모자를 낀 채 거리를 걸었다.

뤼팽은 지나가는 사람들에게, 더구나 그다지 아름답지 않더라도 여자라면 누구에게나 미소를 지어 보였다. 그는 50대 문턱에 다가선 나이답지 않게 무척 활기 차고 몸매도 호리호리한 데다 최신 유행하는 옷차림까지 해서 멀리서 바라보거나 뒷모습만 보면 스물다섯 살 청년이라 생각될 정도로 젊어 보였다.

그는 쇼윈도에 비친 자신의 멋진 몸매를 바라보며 감탄해 마지 않았다.

「아직 쓸 만한걸! 이 정도면 젊은이들도 부러워할 만하지!」

실제로, 힘이 넘치고 확신에 가득 찬 그의 모습은 사람들의 관심을 끌기에 충분했다. 게다가 균형 잡힌 몸매에 건전한 정신, 건강한 신체, 거리낌 없는 양심을 가진 아르센 뤼팽이었기에 이처럼 머리를 꼿꼿이 치켜들고 똑바로 당당하게 걸을 수 있었다.

그의 지갑에는 언제나 돈이 두둑했다. 게다가 권총 주머니에는 각기 다른 은행에서 여러 가명으로 발행한 수표책이 네 권이나 들어 있었다. 또한 그는 프랑스 전역에 걸쳐 강둑이나 알려지지 않은 동굴, 접근이 불가능한 절벽 구멍 등 안전한 장소에 금괴와 보석 꾸러미를 숨겨 두기도 했다.

아르센 뤼팽이 라울 드 리메지나 라울 다브나크, 라울 당느리, 라울 다베르니 등의 이름으로 전 세계에서 얻고 있는 신용에 대해서는 이야기하지 않겠다. 그는 늘 지방 소귀족의 간결한 이름을 사용했으며 이름은 항상 〈라울〉로 시작했다. 이날 역시 뤼팽은 라울 다베르니라는 이름으로 거액을 입금하기 위해 한 지방 은행으로 향하는 중이었다. 그는 은행으로 들어가 일을 마치고 건물 지하로 내려가 장부에 서명을 했다. 그러고는 서류 몇 장을 꺼내려고 자신의 금고로 다가갔다.

그런데 필요한 서류를 고르는 도중에 그리 멀지 않은 곳에서 일을 보던 상복을 입은 남자 한 명이 눈에 띄었다. 나이 든 지방 공증인 같은 인상의 그 남자는 금고 안에 있던 봉투를 꺼내어 끈을 자른 뒤, 핀으로 고정해 놓은 돈 다발을 하나씩 셌다. 각각 1000프랑짜리 지폐를 열 장씩 묶은 다발이었다.

그 남자는 걱정스러운 표정으로 가끔씩 두리번거리며 주위를 살피곤 했는데 시력이 좋지 않은지 아르센 뤼팽이 자신의 일거수일투족을 감시하고 있다는 사실은 전혀 눈치 채지 못했다. 남자는 작업을 계속했다. 그는 모로코 가죽 가방에 돈 다발을 80개에서 90개 정도를 집어넣었다. 그러니까 총 액수는 80~90만 프랑이 된다.

뤼팽은 돈 다발을 세는 남자의 손에서 눈을 떼지 않으며 생각했다.

〈도대체 어떤 작자이기에 이런 수작을 부리는 걸까? 은행 직원일까? 아니면 회계사? 세금을 떼먹으려고 돈을 빼돌리는 파렴치한 인간은 아닐까? 저런 종류의 인간은 정말 신물이 나는군……. 국가를 속이려 들다니……. 비열한 놈!〉

남자는 작업을 마치고 모로코 가죽 가방을 조심스럽게 가죽 띠로 묶었다.

남자가 계단을 향해 발걸음을 옮기자 뤼팽은 남자의 뒤를 따라갔다. 세상에서 가장 깨끗한 양심을 가졌다고 자부하는 뤼팽이었지만 100만 프랑에 달하는 돈 다발을 가진 남자를 보니 그의 뒤를 쫓지 않을 수 없었다. 그만한 액수라면 뤼팽처럼 절대 먹이를 놓치지 않는 훌륭한 사냥개의 코를 자극하기에 충분했다. 하지만 뤼팽은 사냥감을 쫓으면서도 그 사냥감을 손에 넣으려는 듯한 모습은 보이지 않았다. 속으로는 아무리 좋아도 겉으로 티를 내서는 안 되기 때문이다. 게다가 아직은 어떤 계획이나 특별한 생각도 없이 본능적으로 사냥에 나선 것이었다. 거리낌 없는 양심의 소유자, 수많은 보석을 손에 쥔 사람에게 그깟 돈 몇 다발이 무슨 큰 의미가 있겠는가?

남자는 르 아브르가에 있는 제과점으로 들어가서 과자를 한 상자 사 들고 나와 생라자르 역 방향으로 걸어갔다.

뤼팽은 속으로 투덜거렸다.

〈젠장! 기차를 타고 날 지옥까지 끌고 갈 셈인가?〉

예상대로 남자는 기차를 탔다. 뤼팽은 불평하면서도 남자를 따라서 기차에 올랐다. 생제르맹으로 향하는 기차의 기다란 객차 안은 많은 여행객들로 붐볐다. 남자는 아기를 안은 어머니처럼 모로코 가죽 가방을 품에 꼭 안고 있었다.

기차가 샤투라는 작은 마을을 지나 베지네 역에 정차하자 남자가 내렸다. 베지네는 자신이 오래전부터 마음에 들어하던 곳이라 뤼팽은 금세 기분이 좋아졌다.

파리에서 12킬로미터 떨어진 베지네 마을, 아니 마을 전체는 아니더라도 이 주변은 센 강으로 둘러싸여 개발과 건축이 엄격히 제한된 곳이었다. 커다란 나무 아래 고요히 잠든 호수 주변에는 넓은 길이 뻗고, 길가에는 부잣집 저택과 정원이 늘어서 있었다. 아침이라 지난밤 내린 서리가 나뭇가지에 남아 있다가 햇빛을 받아 반짝거렸고 서리가 얼어붙어 단단해진 땅에서는 걸을 때마다 소리가 났다. 이렇게 앞으로 자신의 손안에 들어올 돈을 눈으로 좇으며 아무런 근심 없이 하는 산책은 뤼팽에겐 즐거운 일이었다.

바깥쪽 길로 둘러싸인 아름다운 저택 사이로 작고 소박한 첫 번째 호수가 보였다. 호수 근처는 모두 주변 저택들의 소유지였다.

〈라 로즈데〉 저택과 〈오랑주리〉 저택 앞을 지난 뒤, 남자는 〈클레마티트〉라는 이름의 저택 문에 달린 노커를 집어 올렸다.

뤼팽은 들키지 않도록 조금 멀리 떨어져서 조심스럽게 걸었다. 문이 열리자 두 처녀가 밝은 표정으로 뛰어나왔다.

「삼촌! 늦으셨네요! 벌써 점심 준비가 끝났단 말이에요. 그런데 뭐 맛있는 거라도 사 오셨어요?」

뤼팽은 기분이 매우 좋아졌다. 삼촌이 맛있는 것을 사 올 거란 기대에 밝은 표정으로 삼촌을 맞이하는 두 조카, 그리고 약간 낡은 나지막한 저택, 이 모두가 기분 좋은 광경이었다. 이 정겨운 공간에 들어가서 가족의 정을 느낄 수 있다면 정말로 행복할 것 같았다.

그곳에서 500미터 떨어진 곳에는 커다란 두 번째 호수가 있었다. 호수 가운데 섬처럼 솟은 공간에서부터 호수 바깥쪽까지 나무 다리를 걸쳐 놓은 모습은 그림처럼 아름다웠다. 뤼팽은 그곳에 있는 멋진 레스토랑에서 식사를 마치고 호숫가를 산책한 뒤, 길 바깥쪽에 있는 훌륭한 저택들을 둘러보며 감탄사를 연발했다. 겨울이라 저택들은 대부분 문이 닫혀 있었다.

그런데 그중 유난히 라울의 시선을 끄는 저택이 하나 있었다. 잘 가꿔 놓은 정원도 무척 매력적이고 맘에 들었지만 철창에 걸린 판자에 씌어진 내용에 더욱 구미가 당겼다.

〈클레르 로지〉(〈깨끗한 집〉이라는 뜻 ― 옮긴이) 팝니다. 방문을 원하시는 분, 문의 사항이 있으신 분은 〈클레마티트〉 저택으로

〈클레마티트〉! 〈삼촌〉이란 사람이 점심 식사를 하고 있을 그

저택이 아닌가! 이런 운명의 장난이! 이런 상황에서 어떻게 가죽 가방과 〈클레르 로지〉를 연관 지어 생각하지 않을 수 있겠는가!

정문에서 보니 두 건물이 나란히 서 있었는데 그중 오른쪽 건물은 정원사의 거처인 듯했다. 뤼팽이 초인종을 누르니 곧이어 사람이 나와 그를 집 안으로 안내했다. 뤼팽은 금세 저택에 마음을 빼앗겼다. 약간 낡았고 군데군데 무너질 것 같은 곳도 있었지만, 구조가 맘에 들어 수리만 잘하면 훌륭한 저택이 될 것 같았다.

〈바로 이거야……. 내게 꼭 맞는 집이군. 안 그래도 파리 근처에서 조용하게 주말을 보낼 임시 거처가 필요했는데…… 바로 이 집이야!〉

게다가 이 얼마나 굉장한 일이란 말인가! 그야말로 굴러 들어온 호박이 아닌가! 운명은 그에게 꿈에 그리던 저택을 제공하면서 공짜로 그 저택을 살 수 있는 방법까지 제시해 주고 있지 않은가! 저택을 살 수 있는 돈이 저 모로코 가죽 가방에 들어 있지 않은가 말이다! 그러니 모든 일이 잘 풀릴 것이다!

5분 후, 뤼팽은 〈클레마티트〉 저택 현관에서 명함을 내밀고 있었다. 그는 라울 다베르느라는 이름으로 1층 응접실에 안내받아 들어갔다. 응접실에 있던 필리프 가브렐은 라울에게 자신의 조카들을 소개했다.

가브렐은 여전히 끈으로 묶어 놓은 모로코 가죽 가방을 들고 있었다. 점심 식사를 할 때에도 품에 꼭 안고 있었던 모양이었다.

뤼팽은 저택을 방문한 이유를 설명했다.

「〈클레르 로지〉 저택을 살까 합니다만……」

필리프 가브렐은 매각 조건을 설명했다.

뤼팽은 두 자매를 바라보며 잠시 생각에 잠겼다. 그때, 첫째

조카의 환심을 사려고 애쓰던 젊은 남자가 다가와 그녀의 약혼자라며 자신을 소개했다. 두 자매는 젊은이와 즐겁게 웃으며 대화를 나눴다. 그 모습을 보고 있자니 뤼팽은 기분이 언짢아졌다. 저택을 헐값에 구입하려다가 두 자매에게 해를 끼칠 수도 있겠다는 생각이 들어 마음이 불편했기 때문이다.

그는 최종 결정을 내리기까지 이틀만 기다려 달라고 부탁했다.

가브렐은 흔쾌히 승낙했다.

「좋습니다. 하지만 일을 추진하시려면 제 공증인과 상의하셔야 할 겁니다. 저는 잠시 후에 남프랑스로 떠나니까요」

가브렐은 자기가 8개월 전에 아내를 잃었으며, 니스에서 결혼식을 마친 아들 내외와 몇 달 동안 함께 지낼 계획이라고 설명했다.

「그리고 여기는 제 조카들 집입니다. 전 저 옆에 있는 〈오랑주리〉에 살죠. 뭐, 정원이 이어져 있으니 같은 집이나 다름없지만 말입니다. 자랑 같지만 제 집도 꽤 멋지게 꾸며 놓았습니다. 아, 지금은 제 집 문과 덧창을 모두 닫아 놓아서 선생께 보여 드릴 수가 없네요」

뤼팽은 한 시간가량 더 머물면서 두 자매에게 자신의 모험담과 재미있는 이야기를 들려주었다. 그는 자매와 수다를 떨고 농담을 주고받는 와중에도 가브렐의 행동 하나하나를 주의 깊게 살폈다.

그 다음에는 함께 〈클레마티트〉와 〈오랑주리〉 저택의 정원을 산책했다. 필리프 가브렐은 여전히 모로코 가죽 가방을 손에 든 채, 하인에게 이것저것 지시를 내렸다. 그는 커다란 여행 가방과 손가방들을 자동차에 싣고 리옹 역 방향으로 차를 세워 놓았다.

조카 중 한 명이 말했다.

「삼촌, 그 가방도 가져가시는 거예요?」

「물론 아니지. 이건 파리에서 가져온 건데 사업 관련 서류란다. 별로 중요한 건 아니니 그냥 집에 두고 갈 거란다」

가브렐은 정말로 자신의 저택으로 들어갔다. 그리고 20분쯤 후에 다시 밖으로 나왔다. 손에는 더 이상 가방이 들려 있지 않았고, 주머니도 불룩하지 않은 것으로 보아 그 돈 다발을 몸에 지니지는 않은 듯했다.

〈집 안에 숨겨 두었군. 비밀 장소에 보관해 두었을 거야. 부인의 유산을 상속받으면서 상속세를 내지 않으려고 빼돌린 거로군. 이런 인간은 조금도 봐줄 필요가 없지.〉

그는 가브렐을 따로 불러 말했다.

「생각은 충분히했습니다. 제가 저택을 사겠습니다」

가브렐이 자기 집 열쇠를 조카들에게 맡기며 말했다.

「잘 결정하신 겁니다」

그들은 함께 집을 나섰다. 가브렐은 모로코 가죽 가방을 놓고 온 게 분명했다.

2주 후, 뤼팽은 수표에 서명했다. 하지만 이는 단지 선금일 뿐이었다. 〈클레르 로지〉 저택을 살 돈은 〈오랑주리〉 저택 안에 깊숙이 숨겨진 돈 다발로 치를 테니까. 그는 필요한 조사를 진행하는 일도 서두르지 않았다. 돈 임자가 그렇게 안심하고 숨겨 놓은 걸 보면 비밀 장소라도 되는 모양이었다. 하지만 비밀 장소의 안전은 그곳에 보물이 있다는 사실을 아무도 모를 때에나 보장되는 법! 뤼팽은 그 보물의 존재를 알고 있었다.

〈클레르 로지〉를 수리할 건축가를 찾던 뤼팽은 어느 날 우연히 적임자를 한 명 만났다. 건축가를 소개한 사람은 예전에 자신을 치료한 적이 있는 의사로(『기암성』을 참조할 것—지은이) 뤼팽의 정체는 물론 여러 가명과 주소까지 알았다. 들라트르 박사는 다음과 같은 편지를 보냈다.

친애하는 뤼팽,
자네가 돌봐 주었으면 하는 젊은이가 하나 있네. 펠리시앵 샤를르라는 청년인데, 건축을 전공했고 재능도 꽤 있는 친구라네. 또한……

뤼팽은 젊은이에게 연락을 취해 약속을 잡았다. 내성적이고 신중해 보이는 그는 뤼팽의 마음에 들고 싶지만 어떻게 해야 할지 몰라 조심스러운 모습이었다. 스물예닐곱 살 정도로 보이는 그 젊은이는 잘생긴 얼굴에 유능한 예술가의 인상을 풍겼다. 그는 자신에게 맡겨진 임무를 잘 이해했으며 저택의 인테리어는 물론 정원 손질까지 하겠다고 했다. 그는 저택 왼쪽에 있는 부속 건물에서 지내기로 했다.

그리고 몇 개월이 흘렀다.

그동안 뤼팽은 〈클레르 로지〉 저택에 서너 번밖에 나타나지 않았다. 그는 펠리시앵 샤를르를 두 자매에게 소개시켜 주었는데, 펠리시앵은 곧 가브렐 자매와 친해져 〈클레마티트〉에 자주 드나들었다. 뤼팽은 그를 통해 〈클레마티트〉에서 일어나는 일을 전해 듣곤 했다. 그러던 중 두 자매 중 첫째가 기관지염이 심해서 결혼식을 연기했다는 소식이 들려왔다.

가브렐 자매 중 첫째인 엘리자베트의 결혼식은 7월 9일로 정해졌다. 그렇다면 삼촌인 가브렐도 결혼식에 참석하기 위해 돌아올 것이다. 네덜란드를 여행 중이던 뤼팽 역시 돈 다발을 훔치기 위해서는 결혼식 일주일 전에는 저택으로 돌아가야겠다고 마음먹었다.

계획은 간단했다. 두 저택 사이에 난 길을 따라 호숫가로 가면 옆집 주인의 배를 한 척 끌어 올 수 있었다. 그렇게 하면 밤에 정원을 통해 〈오랑주리〉 저택 안으로 들어갈 수 있을 것이다.

일단 돈 뭉치를 손에 넣으면 가방 안에 아직 돈이 들어 있는 것처럼 해 놓으면 된다. 필리프 가브렐은 이틀 동안 〈오랑주리〉 저택이 아니라 조카들 집에서 머물 것이므로, 가방이 제 위치에 있다면 안심하고 굳이 안을 뒤져 보지는 않을 것이다. 그렇게 되면 10월이 오기 전까지는 돈 가방이 비었다는 사실조차 눈치 채지 못할 것이다.

그런데 뤼팽이 자동차로 베지네에 도착했을 때는, 이미 평온한 호숫가에서 끔찍하고 비극적인 사건이 벌어진 뒤였다.

살인

열두 시간 간격으로 끔찍한 사건이 연이어 터지기 전, 〈클레마
티트〉 저택에서는 사랑의 감정에 사로잡힌 두 아가씨와 두 청년
이 한데 모여 아무 걱정 없이 가볍고 즐거운 마음으로 점심 식사
를 했다. 하지만 불행은 예고 없이 들이닥치는 법! 이때까지도 희
생자들은 아무런 예감도 느끼지 못했으니, 그야말로 마른하늘에
날벼락이라는 표현이 어울릴 것이다.

네 사람은 다음날과 그 다음 주 계획을 세우느라 즐겁게 웃으
며 이야기를 나누던 중이었다. 칠팔 년 전에 부모님이 돌아가신
후로 가브렐 자매는 어릴 때부터 자신들을 돌봐 준 유모 아멜리
와 그녀의 남편인 하인 에두아르와 함께 〈클레마티트〉 저택에서
지냈다.

금발 머리에 키가 큰 첫째 엘리자베트는 회복기에 있는 환자라
그런지 얼굴이 매우 창백해 보였다. 그녀는 약혼자인 제롬 엘마

에게 순박한 매력이 풍기는 미소를 보이곤 했다. 제롬은 잘생긴 청년이었지만 고아에 실업자였다. 가진 거라고는 베지네의 파리 국도 부근에 있는 작은 집이 전부였는데, 그 역시 모친의 유산이었다. 그는 엘리자베트와는 친구로 지내다가 약혼자가 되었으며, 그녀의 동생인 롤랑드와도 어릴 적부터 알아 반말을 하고 지낼 정도로 스스럼없는 사이였다. 그는 종종 〈클레마티트〉 저택에서 식사를 하곤 했다.

엘리자베트보다 훨씬 어린 롤랑드는 언니보다 훨씬 생기 있고 아름다웠으며, 열정적이고 신비로운 매력을 지닌 여자였다. 펠리시앵 샤를르는 롤랑드에게 관심이 있지만 감히 그녀의 얼굴을 바라볼 수도 없다는 듯 힐끔힐끔 그녀에게 눈길을 주었다. 펠리시앵은 롤랑드를 사랑하고 있을까? 하지만 롤랑드도 그 대답은 알 수 없을지 모른다. 지나치게 내성적인 펠리시앵은 자신의 생각이나 감정을 좀처럼 겉으로 드러내지 않았기 때문이다.

식사를 마치고 네 사람은 응접실로 들어갔다. 응접실은 매우 넓었지만 각종 가구와 장식품, 책들이 제자리를 잘 잡고 있어 꽤 아늑한 느낌이 들었다. 폭이 넓은 영국식 창문은 저택과 호수 사이의 잔디밭을 향해 활짝 열려 있었다. 약간의 떨림도 없이 잔잔한 호수 표면에는 주변에 빽빽이 들어선 나무들의 모습이 반사되었는데, 안 그래도 기다란 나뭇가지들은 호수에 비친 자신의 그림자와 맞닿아 두 배는 더 길어 보였다. 오른쪽으로 60미터 정도 떨어진 곳에는 또 다른 저택이 있었다. 그곳이 바로 필리프 삼촌이 사는 〈오랑주리〉 저택이었다. 낮은 울타리가 두 정원 사이에 경계를 만들었지만 잔디밭은 끊어지지 않고 호수를 따라 넓게 펼쳐져 두 집을 하나로 이어 줬다.

순간순간 엘리자베트와 롤랑드는 손을 꼭 붙잡으며 우애가 돈독한 자매란 어떤 모습인지 잘 보여 주었다. 특히 동생인 롤랑드는 언제든 언니를 위해 헌신할 준비가 되어 있는 듯했다. 엘리자베트가 병에서 회복되고 있긴 했지만 여전히 건강이 우려되는 상황이라, 동생은 언니 걱정을 떨칠 수가 없는 모양이었다.

롤랑드는 형부 될 사람에게 언니를 맡기고 일어나 피아노 앞에 앉았다. 그러고는 자신의 눈길을 피하는 펠리시앵 샤를르를 옆으로 불렀다.

「죄송합니다만, 오늘은 점심 식사를 늦게 마쳐서……. 전 항상 같은 시각에 일을 시작하거든요」

「일하는 시간은 마음대로 정해도 되잖아요?」

「그렇기 때문에 스스로 정한 시각을 더욱 철저하게 지켜야죠. 게다가 내일 아침 일찍 다베르니 씨께서 오신다고 하니 준비도 해야 하고…… 밤새도록 차를 타고 오신다고 합니다」

「그분을 다시 만난다니 정말 기쁘군요! 그분은 정말 친절하고 재미있는 분이세요」

「그래서 저도 그분이 만족하실 만큼 이 일을 잘해 내고 싶습니다」

「그래도…… 잠깐이라도 앉으세요」

펠리시앵은 롤랑드의 말대로 자리에 앉고 나서도 아무런 말이 없었다.

그녀가 먼저 입을 열었다.

「무슨 말이라도 좀 해 보세요」

「얘기를 해야 하나요? 아니면 연주를 들어야 하나요?」

「둘 다요」

「연주를 멈춰야 얘기를 할 수 있을 것 같은데요」

하지만 그녀는 이 말에 별 반응이 없었다. 그저 감미로운 음악을 즉흥 연주할 뿐이었다. 그 모습은 마치 고백이라도 하는 것처럼 느껴졌다. 감춰 두었던 마음을 펠리시앵에게 털어놓으려는 것일까? 아니면 펠리시앵을 자극해서 자신에게 고백하게 하려는 것일까? 하지만 펠리시앵은 여전히 아무 말도 하지 않았다.

롤랑드가 말했다.

「이제 그만 가 보세요」

「그만 가라고요……? 아니, 왜요?」

그녀가 농담하듯 말했다.

「이만하면 오늘은 충분히 이야기를 한 것 같아서요」

어안이 벙벙해진 펠리시앵은 망설이다가 그녀가 다시 한번 가라는 말을 하자 그제야 자리를 떴다.

롤랑드는 가볍게 어깨를 으쓱해 보이더니 엘리자베트와 제롬을 바라보며 계속해서 피아노를 연주했다. 감미로운 음악이 연주되는 동안 두 사람은 기다란 소파에 나란히 앉아서 낮은 소리로 속삭이며 서로의 얼굴을 바라봤다. 그렇게 20분가량이 흘렀다.

마침내 엘리자베트가 자리에서 일어나며 말했다.

「제롬, 산책할 시간이 됐어. 호수 표면까지 드리워진 나뭇가지를 헤치며 물살을 가르는 기분은 정말 좋다니까」

「엘리자베트, 그래도 괜찮겠어? 아직 완전히 회복되지도 않았는데……」

「아니, 아니야! 휴식을 취하는 거니까 나한테는 더 좋을걸」

「그래도……」

「그래도 뭐? 어째서 그래? 제롬. 내가 배를 잔디밭 앞으로 끌고 올 테니 여기서 기다리고 있어」

말을 마친 엘리자베트는 자기 방으로 올라갔다. 그리고 책상 서랍에서 일기장을 꺼낸 뒤 여느 때처럼 자신의 기분에 대해 몇 줄 끼적이기 시작했다. 이 글이 자신의 마지막 기록이 될 줄은 모른 채…….

오늘 제롬은 여느 때와 달리 산만해 보인다. 뭔가 다른 생각에 빠진 사람 같다. 왜 그러냐고 물었더니 그는 오해라며 내가 잘못 본 거라고 시치미를 뗀다. 내가 계속 추궁하자, 그는 말끝을 흐리며 똑같은 이야기만 늘어놓았다.

「아냐, 엘리자베트. 그런 게 아니라니깐. 내가 뭘 딴생각을 해? 이제 얼마 후면, 1년 전부터 꿈에 그리던 우리의 결혼식이 있을 텐데……. 난 단지……」

「단지 뭐?」

「가끔씩 앞날이 막막하게 느껴져서 그래. 너도 내가 부자가 아니란 건 잘 알잖아? 서른이 다 되도록 변변한 직업도 없고……」

나는 웃으면서 손가락으로 제롬의 입을 막고 말했다.

「하지만 돈은 내게 충분히 있어. 우린 아무 문제도 없다고. 당신은 왜 그렇게 돈에 집착하는 건데?」

「다 널 위해서야, 엘리자베트. 나 혼자라면 돈 따위가 무슨 필요 있겠어」

난 웃으며 대답했다.

「하지만 제롬, 나도 돈은 필요 없어. 행복하기만 하면 됐지 다른 건 아무것도 필요 없다고. 자, 그럼 착한 요정이 나타나서 우리한테 필요한 보물을 전해 줄 때까진 이 집에서 함께 사는 거야……」

「아! 보물 따윈 바라지도 않아!」

「왜! 하지만 우리 보물은 벌써 있잖아, 제롬……. 내가 저번에 애기했지……? 부모님의 친구이자 먼 사촌이라는 분 얘기 말야. 수년 동안 그분을 뵙지도 못했고, 소식을 듣지도 못했지만 그분은 우리를 정말 사랑하셔……. 유모 아멜리가 얼마나 자주 얘기했다고. 〈엘리자베트 아가씨, 아가씨는 아주 부자가 될 거예요. 엘리자베트 아가씨의 친척인 조르주 뒤그리발 씨가 엄청난 재산을 물려줄 테니까요. 그분이 지금 병에 걸렸다죠?〉 하고 말이야. 잘 알겠지, 제롬……?」

제롬은 풀이 죽은 듯 조용히 말했다.

「돈……, 돈……. 그래 좋아. 하지만 난 그보다 내 일을 갖고 싶어. 엘리자베트, 널 위해서 존경받는 남편이 되고 싶어……」

그리고 제롬은 입을 다물었다. 나는 그에게 조용히 미소를 지어 보였다. 제롬……, 사랑하는 제롬, 우리가 서로 이렇게 사랑하는 데도 앞날이 그렇게 걱정돼?

엘리자베트는 펜을 내려놓았다. 그녀는 일기장을 덮고 서둘러 얼굴에 분을 바른 뒤, 혈색이 좋아 보이도록 붉게 볼 터치를 했다. 그리고 어머니한테 물려받은 아름다운 진주 목걸이의 고리가 잘 채워졌는지 확인한 다음 〈오랑주리〉 저택의 정원을 지나 세 칸으로 된 나무 계단을 내려갔다. 계단 옆에는 배가 정박되어 있었다.

제롬은 엘리자베트가 자리를 뜬 뒤에도 여전히 소파에 남아 일어날 줄을 몰랐다. 그는 멍하니 롤랑드의 즉흥 연주를 들었다.

롤랑드가 연주를 멈추고 말했다.

「두 사람이 잘돼서 정말 기뻐. 오빠 어때?」

「나도 기뻐」

「정말이야. 엘리자베트 언니는 정말 훌륭한 여자야! 장차 오빠의 부인이 될 여자는 정말 착하고 우아한 사람이라고! 오빠도 곧 알게 될 거야」

롤랑드는 피아노 건반 쪽으로 돌아앉아 크나큰 행복을 표현하려는 듯 힘차게 행진곡을 연주했다.

그러다가 그녀는 갑자기 연주를 멈추고 말했다.

「비명…… 오빠도 들었어?」

그들은 함께 귀를 기울여 보았다.

밖에서는 침묵만이 감돌았다. 고요한 잔디밭, 평온한 호수……. 롤랑드가 잘못 들은 것이 분명했다. 그녀는 다시 손가락에 힘을 주어 승리와 기쁨의 감정을 연주하기 시작했다.

그러다 그녀는 이내 다시 자리에서 일어났다.

분명 비명이었다.

롤랑드는 창문 쪽으로 달려가며 말했다.

「언니……」

그녀는 숨이 넘어갈 듯 간신히 목소리를 짜냈다.

「사람 살려!」

제롬은 이미 롤랑드의 곁으로 다가와 있었다.

창 밖으로 몸을 기울이니 호숫가 계단 부근에서 한 남자가 엘리자베트의 목을 조르는 광경이 보였다. 엘리자베트의 몸은 물에 반쯤 잠긴 상태였다. 제롬 역시 공포에 질려 비명을 지르며 뛰쳐나갔다. 롤랑드는 벌써 저만치 잔디밭 위를 달리고 있었다.

그곳에 있던 남자가 이들을 향해 돌아섰다. 그러더니 엘리자베트의 몸에서 손을 떼고 무언가를 집어서 〈오랑주리〉 저택의 정원을 향해 도망쳤다.

순간, 제롬은 생각을 바꿔 옆방으로 들어간 뒤 두 자매가 자주 쓰던 소총을 하나 꺼냈다. 그는 총에 장전이 되어 있다는 사실도 알고 있었다. 제롬은 정원으로 나 있는 현관에 멈춰 섰다.

달아나는 남자의 모습이 보였다. 남자는 〈오랑주리〉 저택 앞을 지나고 있었는데 이제 채소밭으로 들어가려는 모양이었다. 채소밭은 저택 바깥쪽 길과 통했다.

제롬은 소총을 어깨에 메고 적을 향해 겨눴다. 총성이 울렸다. 남자는 머리부터 거꾸러지면서 꽃밭 사이로 쓰러졌다. 잠시 남자의 몸에서 경련이 일더니 곧 아무 움직임도 보이지 않았다. 제롬은 서둘러 달려갔다.

제롬은 롤랑드에게 다가가며 소리쳤다.

「살아 있어?」

롤랑드는 무릎을 꿇은 채 자기 언니를 끌어안고 있다가 흐느끼며 대답했다.

「심장이 뛰질 않아」

제롬은 사색이 되어 말했다.

「아냐, 그럴 리가 없어……! 살릴 수 있을 거야……」

그는 움직이지 않는 엘리자베트에게 달려들었다. 그리고 그녀가 죽었는지 살았는지 확인도 하기 전에 당황한 목소리로 외쳤다.

「아! 목걸이……. 목걸이가 없어……. 진주 목걸이를 훔치려고 목을 조른 거야……. 아! 끔찍하기도 하지……! 엘리자베트가 죽었어……」

제롬이 미친 사람처럼 날뛰기 시작하자 나이 든 하인 에두아르가 그를 진정시키기 위해 뒤를 쫓았다. 롤랑드와 그녀의 유모인 아멜리는 엘리자베트 곁에 머물렀다. 제롬은 꽃밭에 쓰러진 남자를 찾아냈다. 총알이 견갑골 사이로 들어가 심장에 박혀 즉사한 모양이었다.

제롬은 에두아르의 도움을 받아 시체를 뒤집어 보았다. 50대 초반으로 보이는 그 남자는 초라한 옷에 지저분한 모자를 쓰고, 창백한 얼굴은 헝클어진 회색 수염으로 덮여 있었다.

제롬은 남자의 몸을 뒤졌다. 더러운 지갑 안에서 종이가 몇 장 발견되었는데 그중 두 장에 〈바르텔르미〉란 이름이 적혀 있었다.

하인은 웃옷 주머니에서 커다란 고급 진주 목걸이를 찾아냈다. 엘리자베트에게서 훔친 목걸이였다.

비명과 총성이 주변 저택까지 퍼진 모양이었다. 소리를 듣고 서둘러 달려온 사람들이 벽 너머로 저택 안을 들여다보며 철창을 열고 〈클레마티트〉 저택의 초인종을 눌러 댔다. 샤투 경찰서와 헌병대에 신고가 들어가 수사반이 조직되었다. 범죄 현장은 출입이 통제되었으며 초동 수사가 시작되었다.

제롬 엘마는 죽은 약혼녀 곁에 쓰러지다시피 앉아, 주먹을 불끈 쥔 채 눈을 가리고 있었다. 시신을 집으로 옮길 때도 제롬은 꼼짝하지 않았다. 롤랑드가 이를 악물고 고통을 참으며 시신에 웨딩드레스를 입혔지만 제롬은 그녀가 부른다는 말에도 가고 싶지 않다고 손을 내저을 뿐이었다. 사랑했던 여자의 아름답던 생전 모습과 달리 낯설고 망가져 버린 시신을 보고 싶지 않은 모양이었다.

펠리시앵 샤를르는 소식을 듣자마자 〈클레마티트〉로 달려왔다.

하지만 롤랑드가 자신을 만나 주지 않자, 펠리시앵은 제롬이라도 다른 곳에 관심을 돌려 기운을 차리게 할 요량으로 그에게 이것 저것 질문을 해 댔다. 펠리시앵은 그를 살인자의 시신이 있는 곳으로 데려가 한 번이라도 본 적 있는 사람인지 물었다. 그리고 사건 당시의 상황에 대해서도 여러 가지 질문을 던졌다. 하지만 그 어느 것도 제롬의 관심을 끌지 못했고, 넋이 나간 듯한 그의 눈에 생기를 불러오지 못했다.

경찰이 와서 또 질문 공세를 펼치자, 제롬은 엘리자베트와 마지막 시간을 보냈던 응접실에 틀어박혀 밖으로 나오지 않았다.

그날 저녁, 롤랑드가 언니의 방에서 꼼짝도 하지 않자 제롬은 혼자 하인 에두아르가 가져온 음식을 아무 맛도 모른 채 먹은 뒤 피로에 지쳐 잠이 들었다. 잠시 후, 잠에서 깨어 난 제롬은 정원으로 나와 달빛 아래서 산책을 하다가 잔디밭에 쓰러져 꽃과 젖은 풀 사이에서 다시 잠이 들었다.

하지만 빗방울이 떨어지자 일어나 다시 〈클레마티트〉로 돌아왔다. 그리고 계단 발치에서 절망에 빠져 비틀거리며 계단을 내려오는 롤랑드와 마주쳤다. 그들은 아무 말 없이 손을 붙잡았다. 그들에게 남은 것은 이제 고통밖에 없는 것 같았다. 새벽 1시가 되어서야 제롬은 자리를 떠났다.

롤랑드는 다시 엘리자베트의 방으로 올라가 유모와 함께 밤샘을 했다. 양초도 밤새도록 눈물을 흘렸고, 호수에서 밀려오는 신선한 바람에 불꽃 역시 몸을 떨며 슬픔을 표현했다.

세차게 쏟아지던 비가 멈추고, 이제 창백한 푸른빛 하늘에 새벽이 오고 있었다. 하늘에는 아직도 별 몇 개가 반짝였지만 작은 구름들은 햇빛을 받으며 점점 금빛으로 물들어 갔다.

새벽녘에 도로 보수 작업을 하던 한 인부가 제롬 엘마를 발견했다. 제롬은 샤투 마을로 향하는 길 위, 잡목 뒤편에 정신을 잃은 채 비에 젖어 몸을 떨며 쓰러져 있었는데 셔츠 칼라에는 피가 묻어 있었다.

그리고 잠시 후, 해가 완전히 떠오른 후에는 인적이 드문 다른 길에서 우유 배달부가 또 다른 부상자를 발견했다. 부상자는 검정 벨벳 바지와 같은 색 웃옷을 입어 수수해 보이는 차림새에 흰색 물방울 무늬가 들어간 갈색 넥타이를 매고 있었다. 그는 키가 크고 힘도 세 보이는 젊은 남자였으며 왠지 예술가 같은 분위기를 풍겼다.

제롬보다 더 심한 부상을 입은 그 남자는 죽은 사람처럼 조금도 움직이지 않았다. 하지만 숨은 붙어 있는지 약하게나마 심장이 뛰었다.

라울이 개입하다

평화롭던 베지네 마을은 오전 내내 왔다 갔다 하는 사람들로 북새통을 이뤘다. 헌병과 수사관, 제복을 입은 경관이 나타났고, 자동차 엔진 소음에 교통 정체도 심했으며 신문 기자와 사진 기자들이 이리저리 뛰어다녔다. 이웃 사람들은 서로 질문을 주고받으며 괴상하고 말도 안 되는 소문을 퍼뜨렸다.

이제 조용한 장소는 〈클레마티트〉 저택과 정원뿐이었다. 엄격한 지침이 떨어져 경찰을 제외하고는 아무도 저택으로 들어갈 수 없었기 때문이다. 호기심에 찾아온 사람들도, 기자들도 출입이 금지되었다. 사람들은 고인의 명복을 빌고 롤랑드의 슬픔을 달래며 낮은 소리로 이야기를 나눴다.

제롬 엘마의 피습 소식에 롤랑드는 더욱더 흐느끼며 말했다.

「불쌍한 우리 언니…… . 불쌍한 우리 언니……」

롤랑드는 제롬이 가까운 병원에서 치료받을 수 있도록 조치를 취했다. 또 다른 부상자도 같은 병원으로 실려 갔다. 엘리자베트를 목 졸라 죽인 바르텔르미의 시체는 묘지에 있는 시체 안치실로 이송되기 전까지 차고에 임시로 보관되어 있었다.

11시경, 루슬랭 예심판사는 검사와 함께 정원에 놓인 편안한 의자에 앉았다. 이번에 네 명이나 사상자를 낸 베지네 사건과 관련하여 구소 주임 수사관이 자기 만족에 취해 자세한 설명을 늘어놓을 동안 판사는 쏟아지는 잠과 싸우고 있었다.

루슬랭은 땅딸막한 키에 배와 엉덩이밖에 보이지 않는 뚱뚱보였다. 그래서 그런지 가끔씩 소화 불량을 일으키곤 했다. 어쨌든 15년 전부터 이 지방에서 예심판사로 일해 온 그는 승진하고자 하는 열의도, 야망도 없었다. 루슬랭은 그토록 좋아하는 낚시를 하기 위해 이 지방을 떠나지 않으려고 갖은 애를 썼다. 그런데 불행히도 최근에 있었던 오르사크 성 사건(『붉은 염주(Le Chapelet rouge)』를 참조할 것──지은이)을 매우 훌륭하게 해결하면서 세간의 관심을 끌었고, 통찰력과 예리한 판단력을 떨치는 바람에 그를 파리로 발령하자는 움직임이 있었다. 그에게는 매우 유감스러운 일이었다. 그는 옷차림에는 전혀 신경을 쓰지 않는지 검정색 모직 점퍼에 단이 돌돌 말려 올라간 회색 바지 차림이었다. 하지만 이런 겉모습과 달리 섬세하고 특이한 성격의 루슬랭 판사는 독자적으로 행동하며 때로는 약간 엉뚱한 행동을 하는 사람이었다.

반면에 구소 주임 수사관은 평판에 비해 실제 능력은 보잘것없는 사람이었다. 그는 다음과 같이 결론을 내리며 루슬랭 판사의 잠을 깨웠다.

「결론적으로 말해, 가브렐 양은 배를 묶고 있던 밧줄을 풀려고 몸을 구부린 순간 습격을 당했습니다. 공격이 너무 거센 나머지

물 아래로 내려가는 나무 계단 세 개가 부서졌고, 그녀는 물에 빠지고 말았죠. 가브렐 양의 시신이 허리까지 물에 젖었다는 사실을 염두에 두시기 바랍니다. 그리고 곧 호숫가에서 실랑이가 벌어졌고, 살인자는 진주 목걸이를 훔쳐서 달아났습니다. 살인범의 시체 역시 물에 젖은 상태였습니다. 살인범의 시체는 부검의의 검시가 끝난 후, 차고로 옮겼는데 여러분께서도 보셨다시피 살인범의 몸에서는 바르텔르미란 이름 외에는 어떤 정보도 찾을 수 없었습니다. 얼굴이나 차림새로 보아 주위를 떠돌던 거지로, 도둑질을 하기 위해 살인을 저지른 듯합니다. 파악한 정보는 여기까지가 전부입니다」

구소 주임수사관은 청산유수로 말을 마친 뒤 스스로 만족한다는 듯 숨을 깊이 들이마셨다가 다시 내뱉었다. 그리고 이어서 말했다.

「이번엔 다른 두 명을 수사한 결과입니다. 제롬 엘마는 총 한 방으로 가브렐 양의 살인범을 쏘아 죽였습니다. 그렇게 하지 않았다면 살인범은 분명 달아났을 것입니다. 정확한 정보는 그것뿐입니다. 나머지는 제롬 엘마가 병상에서 기력이 다한 상태에서 진술한 내용이라 아주 모호합니다. 우선, 그는 자신의 약혼녀를 살해한 자도, 지난밤에 자신을 공격한 남자도 누군지 모른다고 했으며 자신이 공격을 받은 이유조차 모르겠다고 진술했습니다. 또한, 우리는 두 번째 부상자의 신원은 물론이며 제롬 엘마가 어떻게 공격을 당했는지도 전혀 파악하지 못한 상태입니다. 하지만 적어도 두 부상자를 공격한 사람이 동일범이라는 추측은 가능합니다」

누군가 수사관의 말에 끼어들었다.

「주임 수사관님, 어젯밤 사건은 세 사람이 개입된 게 아니라 두 사람 간에 벌어진 일이라고 추측할 수도 있지 않겠습니까? 다시 말해, 공격자 한 사람과 피해자 두 명이 아니라 제롬 엘마가 한 사람에게 습격을 당한 뒤 다시 그 사람에게 반격한 겁니다. 다시 말해 그 사람은 부상을 입고 삼사백 미터 떨어진 곳, 그러니까 어젯밤 그자가 발견된 지점까지 기어간 거죠」

사람들은 이 이야기에 아무 생각 없이 고개를 끄덕이다가 남자의 얼굴을 바라보고는 깜짝 놀랐다. 전혀 모르는 얼굴이었다. 누군가 〈클레마티트〉 저택으로 몰래 들어와 구소 수사관의 보고를 엿들었던 모양이었다. 하지만 무슨 권리로 이렇게 끼어든다는 말인가?

주임 수사관은 자신이 내린 결론을 마음대로 바꿔 버린 남자에게 화가 치밀었다.

「당신은 누굽니까?」

「라울 다베르니라고 합니다. 근처, 커다란 호수 건너편에 살죠. 파리에서 몇 주 지내다가 오늘 아침에야 이곳에 도착했습니다. 그런데 제 집 수리를 위해 함께 지내고 있는 건축가가 이곳에서 일어난 일을 알려 주더군요. 그 친구는 어제도 가브렐 자매와 함께 점심 식사를 했을 만큼 친한 사이입니다. 그래서 한 시간 전에는 함께 롤랑드 양을 위로하기 위해 찾아가 보았죠. 그러고 나서 정원을 거닐다가 주임 수사관님의 뛰어난 추리를 들었습니다. 정말 뛰어난 추리더군요」

라울 다베르니는 알 수 없는 미소를 지으며 빈정거리는 표정으로 말했다. 다른 사람이라면 자기를 우습게 여긴다며 기분 나빠할 만한 미소였지만, 워낙 자신의 지위나 능력에 자만심이 큰 구소는 그런 느낌을 받지 못한 모양이었다. 그는 라울이 마지막에 자기를 칭찬하자 가볍게 목례를 했다. 그리고 라울은 어디까지나 친절한 아마추어일 뿐이라고 자위하며 만족하는 것 같았다.

구소가 웃으며 말했다.

「저도 그런 추측을 하지 못한 건 아닙니다, 선생님. 그래서 엘마 씨에게 물었더니 이렇게 대답하더군요. 〈제가 무슨 무기가 있어서 범인을 쳤겠습니까? 전 아무 무기도 들고 있지 않았습니다. 발과 주먹으로 상대를 방어했을 뿐입니다.〉라고요.

엘마 씨는 〈주먹으로 얼굴을 한 대 치자 범인이 도망쳤고, 그때 이미 저는 부상당한 상태였습니다.〉라고 했습니다. 그 답변에는 미심쩍은 부분이 전혀 없습니다. 안 그렇습니까, 다베르니 씨? 그런데 그 두 번째 부상자는 얼굴이나 다른 어느 부위에도 얻어맞은 흔적은 없었습니다. 그러니까……」

이번에는 라울이 고개를 숙이며 대답했다.

「완벽한 추론이군요」

하지만 루슬랭 판사는 라울이 마음에 들었는지 그를 향해 질문을 던졌다.

「또 달리 하실 말씀은 없으십니까?」

「아, 별다른 점은 없습니다. 제가 너무 말을 많이 한 모양이군요……」

「말씀해 보십시오……. 어서요. 이번 사건은 매우 복잡한 것 같습니다. 그러니 작은 단서라도 수사에 큰 도움이 될 겁니다. 어서 말씀해 보십시오」

「좋습니다. 엘리자베트 양이 습격을 당하고 바로 물에 빠진 이유는 명백합니다, 안 그렇습니까? 나무 계단이 부서졌기 때문이죠. 그래서 제가 부서진 계단을 살펴봤습니다. 계단을 지탱하는 건 호수 아래 깊숙이 박힌 기둥이더군요. 그런데 그렇게 쉽게 계단이 부서진 데는 다 이유가 있었습니다. 두 기둥 모두 4분의 3가량이나 톱으로 잘려 있었죠. 그것도 아주 최근에 그렇게 된 것 같았습니다」

라울의 말이 끝나자 가는 신음이 새어 나왔다. 롤랑드가 비틀거리는 몸을 이끌고 나와 펠리시앵의 팔에 기댄 채 이야기를 듣고 있었다.

롤랑드가 더듬거리며 물었다.

「어떻게 그럴 수가?」

구소 수사관은 호숫가에 있는 계단까지 달려갔다. 그는 라울이 호숫가에 건져 놓은 기둥 하나를 가져와서 말했다.

「다베르니 씨 말이 맞습니다. 정말 잘라 낸 흔적이 있는데 최근에 그런 것 같습니다」

그러자 롤랑드가 말했다.

「언니는 일주일 전부터 매일 같은 시각에 배를 가지러 호숫가로 갔어요. 그렇다면 언니를 죽인 범인이 그 사실을 알았다는 말인가요? 그럼 모두 계획된 범행이라는 말씀이신가요?」

라울이 고개를 저으며 말했다.

「그런 식으로 일이 벌어진 것 같지는 않습니다. 목걸이를 훔치려고 그녀를 물에 빠뜨릴 필요는 없었으니까요. 갑자기 달려들어 목걸이를 빼앗아 도망치는 데는 고작 이삼 초 정도면 충분했을 겁니다」

예심판사가 큰 관심을 보이며 물었다.

「그럼 다베르니 씨께서는 제삼자가 이 끔찍한 함정을 파 놨다고 생각하시는 겁니까?」

「예」

「그게 누굽니까? 누가 왜, 그런 함정을 파 놓은 겁니까?」

「그건…… 모르겠습니다」

루슬랭 판사는 난감한 듯 쓴웃음을 지으며 말했다.

「사건이 참 복잡하군요. 살인범이 두 명이라니. 범행을 계획한 범인과 실제 살인범. 그런데 두 번째 살인범은 어떻게 그 기회를 이용한 거죠? 그리고 어디에 숨어 있던 겁니까?」

「바로 저기입니다」

라울은 손가락으로 필리프 가브렐의 〈오랑주리〉 저택을 가리켰다.

「저 집 안에 말입니까? 그건 말도 안 됩니다. 보십시오. 1층 창문과 출입문도 닫혀 있고, 덧문까지 꼭꼭 잠겨 있지 않습니까?」

라울은 별 동요 없이 대답했다.

「덧문이 달려 있긴 하지만 모두 잠겨 있는 건 아닙니다」

「그렇다면 가서 확인해 봅시다!」

「건물에서 가장 오른쪽에 있는 유리문은 잠겨 있지 않습니다. 두 짝 모두 열려 있죠. 안에서 열어 놓았고, 지금은 살짝 닫혀 있습니다. 어서 가서 살펴보시죠, 수사관님」

루슬랭 판사가 물었다.

「하지만 어떻게 저택 안으로 들어갔을까요?」

「〈오랑주리〉 저택의 본채는 큰길 쪽으로 문이 나 있습니다. 아마 그곳으로 들어갔을 겁니다」

「그렇다면 복사한 열쇠를 가지고 있었겠군요?」

「그랬겠죠」

「가브렐 양을 관찰하다가 때를 봐서 습격하려고 그곳을 택한 모양입니다. 정말 교묘한 놈이군요」

「예심판사님. 그 점에 대해서는 조금 다르게 해석할 수 있습니다만, 지금 바로 말씀은 못 드리겠습니다. 집 주인인 가브렐 씨가 도착하는 대로 설명해 드리죠. 가브렐 씨는 칸에 있는 자신의 아들 집에 머물렀는데, 지금 이리로 오는 중일 겁니다. 롤랑드 양이 어제 전보를 보내 상황을 알렸죠. 그렇죠, 롤랑드 양?」

롤랑드가 말했다.

「도착하실 때가 지났는데……」

긴 침묵이 흘렀다. 라울의 말을 듣던 사람들은 그의 단호한 태도에 압도되었다. 라울의 말에도 약간의 모순과 말도 안 되는 부분이 있긴 했지만 하도 그럴듯하게 말하는 바람에 사람들은 그의 이야기를 사실로 받아들일 정도였다.

구소 수사관은 〈오랑주리〉 저택 앞에 서서 유리문을 살펴보았다. 정말로 문이 열려 있었다. 사법관들이 낮은 목소리로 의견을 주고받았다. 롤랑드는 소리 없이 울었고, 펠리시앵은 롤랑드와 라울을 번갈아 쳐다보았다.

마침내 라울이 먼저 입을 열었다.

「예심판사님, 이번 사건이 복잡하다고 말씀하셨죠? 정말 어디서부터 손을 대야 할지 모르겠군요. 이런 종류의 사건을 접할 때는 눈에 보이는 증거나 조사 결과를 그대로 믿으면 안 됩니다. 사건을 단순화해서 생각하다 보면 큰 줄기가 잡히게 마련입니다. 현실에서 여러 사건이 동시에 일어나 복잡하게 얽히는 경우는 거의 없습니다. 아니, 그런 경우는 아예 존재하질 않습니다. 운명은 이런 식으로 한곳에서 얽히지 않는 법이니까요. 열두 시간 만에 잠복, 익사, 교살, 도난, 살인에 이르는 사건이 일어나고 또다시 잠복, 살인 미수 사건이 발생하다뇨! 정말 우습고, 말도 안 되며, 일관성 없고, 비현실적인 일입니다. 이건 아니죠. 이런 일은 있을 수 없습니다……. 그래서……」

「그래서요?」

「그래서 말인데, 이 복잡하게 얽힌 사건을 커다란 두 흐름으로 나눠서 생각하면 어떨까요? 하나는 왼쪽에, 또 다른 하나는 오른쪽에……. 간단히 말해서 복잡한 사건 하나가 아니라 일반적인 사건 두 가지가 우연히 동시에 일어났다고 생각하는 겁니다. 그게 사실이라면 두 사건이 교차하는 지점, 다시 말해 실 두 가닥이 엉킨 지점을 찾기만 하면 조금은 해결하기 쉬워질 겁니다」

루슬랭 판사가 웃으며 말했다.

「아! 정말! 기발한 상상력이군요. 그렇게 생각할 만한 증거라도 있습니까?」

「아직은 하나도 없습니다. 하지만 때로는 증거보다 논리가 더 설득력이 있는 법이죠」

라울이 입을 다물자 그곳에 모여 있던 사람들은 각자 생각에 잠겼다. 그 순간 〈클레마티트〉 뒤쪽에서 자동차 정차하는 소리가 들렸다. 롤랑드는 가브렐 삼촌을 맞이하러 뛰어 나갔다.

롤랑드와 가브렐은 엘리자베트의 시신이 안치된 방으로 함께 올라갔다. 그리고 잠시 후, 가브렐은 사법관들이 있는 곳으로 내려왔다.

가브렐이 짧은 상황 설명을 듣고 나자, 라울은 〈오랑주리〉 저택의 문 하나를 가리키며 말했다.

「누군가 가브렐 씨 댁에 침입한 모양입니다」

가브렐의 얼굴이 하얗게 질렸다.

「누가요? 아니, 뭐 때문에요?」

「뭘 훔치기 위해서겠죠. 혹시 집 안에 귀중품을 보관하시고 계셨습니까? 뭔가 값나가는 물건이라도……」

롤랑드의 삼촌은 비틀거리며 말했다.

「물건……? 값나가는 물건이라고 하셨습니까? 아뇨……, 없습니다. 그리고 그런 게 있다 한들, 도둑놈이 어찌 알았겠습니까? 아니, 아닙니다. 말도 안 됩니다……」

가브렐은 갑자기 미친 사람처럼 〈오랑주리〉 저택을 향해 달리며 소리쳤다.

「아니……, 따라오지 마십시오. 아무도 오지 마십시오!」

가브렐은 〈오랑주리〉 1층으로 곧장 뛰어가 빠끔히 열린 문을 밀고 들어가서 안으로 사라졌다.

2분가량 흐른 뒤에 비명이 새어 나왔다. 잠시 후, 가브렐이 두 팔을 흐느적거리며 걸어 나오더니, 모두 기다리고 있던 현관 계단 앞에 쓰러지듯 주저앉았다.

그가 더듬거리며 말했다.

「예…… 맞아요. 훔쳐 갔습니다. 그 비밀 장소를 알아내다니…… 이런 끔찍한 일이…… 난 망했어…… 그 비밀 장소를 알아내다니……. 꿈이겠지……. 전부 가져갔어」

예심판사가 물었다.

「중요한 물건입니까……? 피해액은 얼마나 됩니까?」

가브렐이 자리에서 일어났다. 그는 얼떨결에 비밀 애기를 털어놓아 당황스러운지 창백한 얼굴로 말했다.

「그래요, 상당한 액수입니다……. 하지만 그건 제 문제입니다……. 경찰이 할 일은 하나뿐입니다. 도둑을 맞았으니 도둑놈을 잡아 주십시오……! 도둑맞은 물건도 찾아 주시고요……!」

라울 다베르니와 구소 수사관은 저택 안으로 들어갔다. 현관에 들어서자 라울의 예상대로 길 쪽으로 난 정문의 자물쇠가 부서져 있었다. 문은 안쪽에서 빗장을 채운 상태였다.

그들은 다시 정원으로 돌아왔다. 라울이 롤랑드에게 물었다.

「어제, 범인이 도망치면서 바닥에서 뭔가 주웠다고 했죠?」

「예……, 그래요……」

「어떤 물건이었죠?」

「글쎄, 잘 보이지 않아서……」

「보따리 같은 것이었습니까?」

「예……. 그런 것 같아요……. 작은 보따리 같았는데……. 달리면서 윗도리 아래 숨겼어요」

그 보따리는 어떻게 되었을까? 사건과는 전혀 관계가 없을 것 같은 하인, 에두아르가 불려왔다. 그는 살인범의 시신에서 아무것도 발견하지 못했다고 대답했다.

수사를 담당한 경찰관이나 이웃 사람들에게도 물어보았지만 전날이나 오늘 아침에 보따리를 보았다는 사람은 아무도 없었다.

필리프 가브렐은 희망을 되찾았다…….

그가 말했다.

「다시 찾을 겁니다. 경찰이 반드시 찾아낼 겁니다」

루슬랭 판사가 말했다.

「그 물건을 찾으려면 어떻게 생겼는지 설명이라도 해 주셔야 할 것 아닙니까?」

「회색 천으로 된 작은 가방입니다.」

「그 안에는 뭐가 들어 있었습니까?」

가브렐은 화를 내며 말했다.

「그건 개인적인 일입니다. 제 문제란 말입니다. 제가 거기에 돈을 숨겼든, 서류를 숨겼든 그건 당신들이 상관할 바가 아니지 않습니까!」

「그럼, 돈이 들어 있었단 말씀이십니까?」

가브렐은 점점 더 화가 나서 소리쳤다.

「아, 아닙니다. 전 그렇게 말한 적 없습니다. 아니, 왜 꼭 돈이 들었다고 생각하시는 겁니까? 아닙니다……. 편지……. 제게는 소중한 서류들이 들어 있었습니다」

「그러니까 잃어버린 물건이 정확히 뭡니까?」

「작은 회색 천 가방입니다. 자, 제가 신고할 내용은 이게 전부입니다. 그러니 경찰은 이제 가방을 찾아내기만 하면 된단 말입니다」

라울이 한동안 입을 다물고 있다가 말했다.

「어쨌든 추리는 맞아떨어졌군요. 그저께 저녁에 도둑, 바르텔르미가 저택에 침입했습니다. 저택을 뒤지다가 가방을 손에 넣었죠. 그런데 어떻게 저택을 빠져나가야 할까요? 현관 문을 통해 밖으로 나가서 큰길로 접어들어야 할까요? 아닙니다. 한낮이라 붙잡힐 위험이 있었습니다. 그래서 그는 유리 문을 열었습니다. 빈집 정원이니 아무도 없을 거라고 생각했겠죠. 그래서 채소밭으로 통하는 문을 이용하려고 했던 겁니다. 그런데 바로 그 순간, 엘리자베트 양이 〈클레마티트〉 저택에서 밖으로 나왔습니다. 정말 우연이었죠. 엘리자베트 양은 소리를 질렀고, 〈클레마티트〉에서도 희미하게 소리가 들렸습니다. 그래서 무슨 일이 일어났을까요? 도둑은 그녀에게 달려들었습니다. 엘리자베트 양은 도망치려고 했죠. 그때 계단에 충격이 가해졌습니다. 나머지는 이미 알고 있는 내용이죠」

구소 수사관이 다시 한번 어깨를 으쓱하며 말했다.

「그럴 가능성도 있죠. 하지만 당신이 현장에 있었던 것도 아니니……」

「그건 수사관님도 마찬가지죠……」

「뭐라 해도, 그런 식으로 일이 벌어졌다는 증거는 아무것도 없질 않습니까? 바르텔르미가 계획적으로 엘리자베트를 살해한 건 아니라는 증거 말입니다」

「사실, 증거는 하나도 없습니다」

시간이 많이 흐른 뒤였다. 검사 대리는 파리로 돌아가야 했고, 루슬랭 판사는 배가 고파지기 시작했다. 판사는 하인에게 낮은 소리로 근처에 좋은 식당이 없는지 물었다.

그러자 라울이 말했다.

「예심판사님, 괜찮으시다면 제가 초대를 하고 싶습니다만……. 저희 집 음식도 그렇게 나쁘진 않을 겁니다」

라울은 주임 수사관도 초대했지만 수사관은 수사를 중단하고 싶지 않다며 정중히 거절했다. 롤랑드가 라울을 따로 부르더니 흥분한 목소리로 말했다.

「아저씨……, 아저씨를 믿어요……. 언니의 복수를 해 주실 거죠……? 전 언니를 얼마나 좋아했는지 몰라요……」

「꼭 복수할 겁니다. 복수는 롤랑드 양이 할 겁니다……」

라울은 롤랑드의 눈을 똑바로 바라보며 반복해서 말했다.

「롤랑드 양, 아시겠습니까? 롤랑드 양이야말로 제게 큰 도움을 줄 겁니다……. 끔찍한 사건이 벌어졌는데 실제로 밝혀진 건 아무것도 없습니다. 잘 생각해 보십시오. 언니에게 적이 될 만한 사람은 없었는지, 다른 사람의 질투나 미움을 살 만한 일은 없었는지 찾아보십시오……. 찾으면 꼭 저한테 알려 주시고요. 저도 힘껏 돕겠습니다……. 꼭 성공할 수 있을 겁니다」

구소 수사관, 공격을 개시하다

점심 식사에는 펠리시앵 샤를르도 참석했다. 루슬랭 판사는 라울이 대접한 식사에 칭찬과 감탄을 아끼지 않았다.

「아! 바닷가재……! 오! 백포도주……! 닭고기까지……!」

라울이 말했다.

「판사님께서 먹을 것에 약하실 줄 알고 있었습니다」

「그래요? 어떻게 알았습니까?」

「제 친구 부아주네가 가르쳐 줬습니다. 판사님께서 훌륭하게 해결하신 그 유명한 오르사크 성 사건에 참여했던 친구죠」

「제가 사건을 훌륭하게 해결했다고요? 전 그저 사건이 물 흐르듯 진행되는 대로 내버려 둔 것뿐입니다」

「예, 저도 판사님의 이론은 알고 있습니다. 치정 범죄의 경우, 사건의 주체들이 감정에 이끌리므로 진실은 저절로 드러나게 되어 있다」

「바로 그겁니다. 하지만 이번 사건은 그런 이론과 거리가 멀어 정말 유감입니다. 돈을 훔치거나 목걸이를 훔치는 사건들은 별로 흥미 없습니다」

「하지만 모를 일이죠. 엘리자베트 가브렐을 위험에 빠뜨리기 위해 누군가 함정을 파 놓지 않았습니까?」

「예. 부서진 계단 말이죠? 하지만 정말로 그게 음모였다고 생각하십니까? 정말 별개의 두 사건이 동시에 일어난 것뿐이라고 생각하십니까?」

「예심판사님, 절 별 능력도 없이 잘난 척하는 아마추어 탐정으로 치부하지는 말아 주십시오……. 그렇지 않습니다……. 저도 글깨나 읽은 사람입니다. 하지만 지루한 추리 소설 따위를 읽으며 시간을 보내진 않았죠. 그 대신 재판 신문이나…… 실제 사건에 관한 이야기를 읽으며 간접 경험도 하고 사건을 보는 눈도 길렀습니다……. 물론 제 추리가 들어맞을 때도 있고 완전히 빗나갈 때도 있었죠. 가끔 제가 추리한 내용을 마음대로 떠들어 댈 기회가 생기면 구소 수사관 같은 2류 경찰관들의 코를 납작하게 해 주기도 했고요……. 이번 사건은 전부 미궁에 빠져 있는 게 사실입니다. 하지만 분명한 사실이 딱 한 가지 있죠……」

라울은 웃으며 덧붙였다.

「가브렐 씨가 돈 다발을 감춰 두었다는 사실을 숨기려고 한다는 겁니다. 우리가 회색 천 가방을 찾았다고 치죠. 하지만 가방 안에 아무것도 없으면 무슨 소용이겠습니까?」

「물론, 도둑은 가방부터 열어서 내용물을 빼냈을 겁니다. 그러니까 돈 다발을 되찾을 가능성은 거의 없겠죠」

펠리시앵은 입을 다물고 있었다. 그는 식사 내내 라울의 말을 주의 깊게 듣기만 할 뿐, 대화에는 한마디도 끼어들지 않았다.

오후 3시 무렵, 루슬랭 판사는 신임 판사 두 명을 데리고 〈클레마티트〉 저택 정원으로 나와 주임 수사관을 만났다.

「자, 수사관, 새로운 소식은 없나?」

수사관은 태연한 척 말했다.

「뭐! 별다른 소식은 없습니다. 병원에 가서 제롬 엘마의 소식도 알아보고, 의사와 얘기도 좀 나눴습니다. 생명에 지장이 있을 정도는 아니지만 그래도 질문을 너무 많이하지는 말라더군요. 제롬 엘마는 자신을 쫓아와서 공격한 사람이 호수로 이어진 길에서 나온 것 같다고 했습니다. 그자한테 들은 얘기는 그게 전부입니다」

「범행에 사용된 칼은?」

「찾을 수가 없었습니다」

「또 다른 부상자는?」

「아직 심각한 상태라 뭐라고 말할 단계가 아닙니다」

「그자에 대해서는 뭘 좀 알아냈나?」

「아무것도 없습니다」

주임 수사관은 잠시 말을 멈췄다가, 별일 아니라는 듯 다시 입을 열었다.

「실은…… 좀 수상한 점이 있긴 하더군요」

「아, 뭔가?」

「밤에 공격을 당하기 전, 어제 그가 이 정원에 들어온 적이 있다고 합니다」

「뭐라고? 이 정원에?」

「예, 바로 여기요」

「아니, 어떻게?」

「엘리자베트 양의 피살 소식을 듣고 펠리시앵 샤를르가 롤랑드를 만나기 위해 이 저택에 찾아왔는데, 그 틈을 타서 들어온 모양입니다」

「그래서?」

「총성을 듣고 몰려든 사람들이 경찰의 명령이 떨어지기 전에 난리법석을 치며 저택 안으로 들어올 때 그 틈에 끼어든 겁니다」

「확실한가?」

「병원에서 벌인 조사 결과로는 그런 것 같습니다」

예심판사가 펠리시앵에게 말했다.

「분명…… 당신과 그자가 동시에 이곳으로 들어온 건 우연이었겠죠?」

펠리시앵이 대답했다.

「전 전혀 알아채지 못했습니다」

구소 수사관이 물었다.

「전혀 몰랐단 거요?」

「예」

「이상하군요. 당신과 그자가 대화를 나누는 모습을 목격한 사람도 있던데」

펠리시앵은 조금도 당황하지 않고 대답했다.

「경찰이나 호기심에 몰려든 사람들과 얘기를 하긴 했죠」

「키가 크고 흰 물방울 무늬가 들어간 갈색 넥타이를 맨 남자입니다. 뜨내기 화가 같은 인상이던데 그자를 보지 못했습니까?」

「아뇨……. 아마 봤을지도 모르죠……. 아, 잘 모르겠습니다……. 그땐 몹시 당황한 상태라……」

잠시 침묵이 흐른 뒤, 구소 수사관이 말했다.

「여기 계신 다베르니 씨의 저택에 딸린 작은 건물에 살고 있소?」

「예」

「정원사를 아시오?」

「물론이죠」

「정원사는 어제 총성이 들렸을 때 당신이 이미 밖에 앉아 있었다던데⋯⋯」

「그렇습니다」

「그런데 당신 옆에 한 남자가 있었다더군. 이미 두세 차례 당신을 만나러 온 사람이었다던데⋯⋯. 정원사는 조금 전에 병원에서 부상자가 바로 그자라고 진술했소」

펠리시앵은 얼굴이 빨개진 채, 이마의 땀을 닦았다. 그는 망설이다가 대답했다.

「그 사람이 그 사람인 줄 몰랐습니다. 다시 말씀드리지만 너무 놀라서 그 사람이 저와 함께 어제 〈클레마티트〉 저택으로 들어갔는지, 사람들 틈에 섞여 있었는지도 몰랐습니다」

「그 친구 이름이 뭐요?」

「그 사람은 제 친구가 아닙니다」

「그런 건 상관없소! 그 사람 이름이나 대시오」

「시몽 로리앙입니다. 어느 날 큰 호숫가에서 그림을 그리고 있는데 저한테 다가오더군요. 자기도 화가인데 자기 작품을 어떻게 처분해야 할지도 모르겠다며 일거리를 찾는다고 했습니다. 그러고 나서 다베르니 씨를 소개시켜 달라고 했습니다. 그래서 알겠다고 했죠」

「그 이후로 자주 만났소?」

「네다섯 번 정도 만났습니다」

「어디 사는 사람이오?」

「파리에 산다고 했습니다. 그 이상은 잘 모릅니다」

펠리시앵은 다시 침착함을 되찾았다. 그러자 예심판사는 그를 보며 중얼거렸다.

「사실인 것 같군」

하지만 구소 수사관은 고삐를 늦추지 않고 말했다.

「그러니까 어제 그자를 만났소?」

「예, 제가 머물고 있는 건물 근처에서 만났습니다. 다베르니 씨가 돌아오신다고 하기에 시몽 로리앙을 소개시켜 주려고 했습니다」

「그리고 그 후에, 내가 정원 출입을 통제한 뒤로는?」

「다시 보지 못했습니다」

「하지만 그자는 계속 호숫가 주위의 저택을 어슬렁거렸소. 근처에 있는 싸구려 음식점에서 저녁도 먹었지. 바로 이 근처를 지나는 모습도 목격됐는데 그 이후에 어둠 속으로 사라졌소」

「전 아무것도 모릅니다」

「그럼 그때 뭘 하고 있었소?」

「집에서 저녁을 먹었습니다. 다베르니 씨 댁의 하인이 매일 음식을 가져다줍니다」

「그 다음엔?」

「책을 읽다가 잤습니다」

「그게 몇 시였소?」

「11시쯤이었습니다」

「밖으로 나가지 않았소?」

「나가지 않았습니다」

「확실하오?」

「확실합니다」

구소 수사관은 질의를 마친 네 사람을 향해 돌아섰다. 그들 중 나이가 지긋한 남자 한 명이 앞으로 다가왔다.

구소 수사관이 그에게 물었다.

「이웃 저택에 살고 계시죠?」

「예, 필리프 가브렐 씨의 채소밭 건너편에 살고 있습니다」

「선생님의 저택을 따라 길게 길이 나 있는데, 그리로는 아무나 드나들 수 있고 호수까지 갈 수도 있죠?」

「예」

「그런데 밤 12시 45분경, 창가에서 바람을 쐬다가 어떤 사람이 호수에서 배를 탄 뒤, 호숫가에 배를 대는 모습을 목격했다고 증언하셨군요. 그 사람이 선생님 소유의 배를 끌고 와서 항상 배를 대던 말뚝에 매어 두었다죠. 그 사람이 가져온 배가 선생님의 배가 확실합니까? 물론 그 사람이 누군지도 알아보셨겠군요?」

「예, 잔뜩 껴 있던 구름이 걷힌 뒤였습니다. 달빛에 얼굴이 훤히 드러나자 어둠 속으로 숨어 버리더군요. 하지만 펠리시앵 샤를르 씨라는 걸 금방 알 수 있었습니다. 길에 한동안 서 있었거든요」

「그 후에는요?」

「그 후에는 잘 모르겠습니다. 침대로 돌아가 금방 잠이 들었거든요」

「그때 본 사람이 이곳에 계신 펠리시앵 씨가 맞습니까?」

「확실한 것 같습니다. 잘못 봤을 리가 없어요」

구소 수사관이 펠리시앵에게 말했다.

「그러니까 침대에서가 아니라 바깥에서 밤을 보내셨군?」

펠리시앵은 단호하게 말했다.

「전 방에서 나간 적이 없습니다」

「방에서 나가지 않았다면, 어떻게 당신이 배에서 내려 길에 서 있는 모습을 목격한 사람이 나올 수 있소? 또, 엘마 씨도 자신을 공격한 사람이 그 길에서 걸어 나왔다고 하질 않았소?」

펠리시앵은 반복해서 말했다.

「전 방에서 나간 적 없습니다」

루슬랭 판사는 침묵을 지켰다. 어설프게 자신을 변호하고 있는 이 젊은이와 같은 식탁에서 식사를 했다는 사실이 약간 거북스러운 모양이었다. 그는 라울 다베르니를 쳐다보았다. 라울도 아무 말 없이 펠리시앵을 살피면서 대화를 듣고 있었다.

잠시 후, 라울이 끼어들었다.

「수사관님, 이제 사람들의 증언이 사실인지 다시 확인하고 위증일 경우 처벌받는다는 약속을 받아내야겠군요. 기다리는 동안 펠리시앵 샤를르를 비난하는 이유가 뭔지 좀 들어 봐도 되겠습니까?」

「저는 단서를 모으려는 것뿐입니다」

「수사관님, 일반적으로는 뭔가 짚이는 게 있을 때 그 사실을 입증할 단서를 모으는 것 아닙니까?」

「그런 건 없습니다」

「아뇨. 수사관님의 심문에서 다음과 같은 결론을 얻을 수가 있습니다. 첫째, 수사관님은 특히 두 번째 사건, 그러니까 현금 도난 사건과 한밤의 폭행 사건을 집중 조사하고 계십니다. 둘째, 수사관님의 추측은 이렇습니다. 지난밤, 펠리시앵이 배를 타고 〈오랑주리〉 저택의 정원으로 들어가 돈 다발이 든 회색 천 가방을 찾았다, 새벽 1시경, 어둠을 틈타 희생자의 약혼자인 제롬 엘마를 폭행했으나 그 이유는 모른다, 그리고 속으로는 제2의 부상자인 시몽 로리앙을 공격한 것도 펠리시앵이 아닐까 하고 생각하시는 게 분명합니다」

구소 수사관은 무뚝뚝하게 대답했다.

「전 아무 추측도 하지 않았습니다. 그리고 오히려 제가 신문을 받는 것 같아 이상하군요」

「전 단지 수사관님께서 펠리시앵과 시몽 로리앙을 연관 지으려고 하시는 것 같아, 그 점을 확인시켜 드린 것뿐입니다. 두 사람이 한패였다면, 어떻게 공범인 펠리시앵 샤를르가 시몽 로리앙을 공격할 수 있겠습니까?」

구소는 아무 대답도 하지 않았다. 라울은 어깨를 으쓱하며 말했다.

「그런 가정은 말도 안 됩니다」

하지만 구소 수사관은 침묵으로 일관했다. 롤랑드는 계단에 서서 두 사람의 대화를 듣고 있었다. 상복을 입은 그녀의 모습은 더욱 아름다워 보였다.

그녀는 삼촌의 팔짱을 끼고 있었다. 두 사람은 제롬 엘마를 보러 병원으로 가는 중이었다.

라울도 그만 입을 다물었다. 잠시 후, 그가 펠리시앵에게 말했다.

「돌아가지」

그러고는 예심판사에게 인사를 건넸다.

집으로 돌아가는 길에도 라울은 여전히 말이 없었다. 자신의 저택 앞에 다다르자 그는 응접실 뒤쪽, 정원 한구석에 울타리로 둘러싸여 따로 떨어져 있는 작은 서재로 펠리시앵을 데려갔다.

라울은 펠리시앵을 자리에 앉히고 말했다.

「그러고 보니 자네는 내가 왜 자네한테 편지를 써서 이곳으로 불러들였는지 한번도 물은 적이 없군」

「감히 여쭤 보기가 어려웠습니다.」

「그럼 내가 왜 자네에게 이 집의 실내 장식을 맡겼는지, 왜 이곳에 머무르게 했는지도 모르겠군?」

「예」

「알고 싶지 않나?」

「건방지게 보일까 걱정이 됐습니다. 물어보지도 않으셨으니까요」

「아니, 자네 과거를 물어본 적이 있네. 그때 자네는 부모님이 몇 해 전에 돌아가셨고, 그 후로 힘들게 살아왔다고 대답했지. 하지만 뭔가 감추는 것 같기도 하고, 자신에 대해 별로 말하고 싶지 않은 것 같아 더 이상 묻지 않은 걸세. 그 후로는 자네와 대화를 나눈 적이 전혀 없으니 결국 난 자네에 대해 아무것도 모를 수밖에. 그리고 오늘은……」

라울은 잠시 말을 멈췄다. 그는 망설이는 듯하더니 갑자기 결론을 내리듯 말했다.

「오늘은 자네가 고약한 사건에 연루된 것 같군. 아니면 적어도 자네 모르게 연루된 사건에서 자네가 했던 역할을 제대로 설명조차 할 수 없게 되었거나……. 어떤가, 망설이지 말고 내게 모두 털어놓겠는가?」

「믿으실지 모르겠지만, 선생님께서 지금까지 제게 해 주신 것만으로도 얼마나 감사하는지 모릅니다. 하지만 털어놓을 게 정말 아무것도 없습니다」

「수긍할 만한 대답이군. 자네만 한 나이면 자기가 처한 상황에서 혼자 대처해 나갈 수 있어야지. 죄를 지었으면 할 수 없고……. 결백하다면 별일 없겠지」

펠리시앵은 자리에서 일어나 라울 다베르니에게 다가갔다.

「지금 무슨 말씀을 하시려는 겁니까?」

라울은 한참 동안 펠리시앵을 바라보았다. 눈을 깜박이며 라울의 눈을 피하는 펠리시앵의 얼굴에서는 솔직함을 느낄 수 없었다. 라울이 대답했다.

「모르겠네」

그 다음날, 엘리자베트 가브렐의 장례식이 치러졌다. 롤랑드는 담담하게 묘지까지 걸어갔지만 관 모양대로 깊이 파 놓은 자리에서 눈을 떼지 못했다.

그녀는 관 위에 팔을 올려놓고 알아들을 수 없는 말을 중얼거렸다. 언니에게 자신의 절망적인 심정을 토로하며 영원히 기억을 간직하겠다는 맹세를 했으리라.

롤랑드는 삼촌의 품으로 뛰어들었다. 가브렐 삼촌은 루슬랭 판사와 한참 동안 대화를 나눴다. 그는 무척 괴로워하면서도 고집을 꺾지 않았다.

「판사님, 돈은 1프랑도 없었습니다. 귀중한 편지와 서류들이었다니까요. 경찰은 내용물이 고스란히 담긴 회색 천 가방을 찾아주기만 하면 됩니다. 안 그러면 남프랑스로 출발하기 전에 고소장을 작성해서 검찰에 제출할 겁니다」

라울 다베르니는 호숫가를 산책하다가 잠시 앉아서 조간 신문을 마저 읽었다.

그중 한 신문에는 구소 수사관이 펠리시앵 샤를르를 심문한 내용까지 상세하게 실려 있었다. 어제, 대담하고 약삭빠른 기자 한 명이 어딘가에 숨어 있다가 보고 들은 내용을 기사로 쓴 것이 분명했다.

기분이 상한 라울은 투덜거렸다.

「하긴, 이런 상황이라도 제 할 일은 해야지!」

저택으로 돌아오니 펠리시앵이 일하는 모습이 보였다. 라울은 현관을 지나 작은 서재로 들어갔다. 그가 생각을 하거나 공상에 잠길 때 애용하는 방이었다.

그런데 방에 들어서니 한 여자가 그를 기다리고 있었다. 모자도 없이, 간소한 원피스 차림으로 앉아 있는 그 여자는 목에 빨간색 스카프를 두르고 있었다. 전혀 모르는 얼굴이었다. 그러나 아름다운 얼굴을 잔뜩 찌푸리고 서 있는 여자에게서 고통과 혼란, 분노와 적대감이 한꺼번에 느껴졌다…….

「누구십니까……?」

「시몽 로리앙의 애인!」

포스틴 코르티나와 시몽 로리앙

여자의 목소리는 적의에 차 있었다. 시몽 로리앙이 당한 일이 라울 다베르니의 책임이라도 된다는 듯한 말투였다.

라울이 말했다.

「오늘 아침, 《에코 드 프랑스》에 실린 기사를 읽으신 모양이군요. 펠리시앵 샤를르를 비난하는 내용 말입니다. 그 친구를 어디서 만나야 할지 몰라서 저한테 화풀이를 하시는 겁니까?」

느닷없이 여자의 분노가 폭발했다. 여자는 공포에 질린 표정으로 흐느끼면서도 분노를 내뿜었다. 폭력적이고, 어두우며, 스스로 통제가 불가능한 성격 같았다.

「내가 사랑하는 사람이 벌써 사흘 전에 실종됐어. 사흘 동안 그를 찾아다니고 미친 사람처럼 사방을 돌아다녔지만 아무 소용 없었지. 그런데 오늘 아침, 갑자기 신문에서…… 그 사람이 사고를 당한 건 아닐까 하고 며칠 동안 꼼꼼히 신문을 읽고 있었는데……. 신문에서 그의 이름을 읽었어……. 부상을 낭했는데 죽을지도 모른다더군. 벌써 죽었을지도 몰라……」

「그럼 병원으로 가시지, 왜 여기로 오셨습니까?」

「병원으로 가기 전에 당신을 만나려고」

「왜죠?」

여자는 라울의 질문에 아무 대답도 하지 않고 있다가 라울을 향해 걸어왔다. 화가 난 표정이었지만 무척 아름다운 얼굴이었다. 여자가 말했다.

「왜냐고? 전부 당신이 꾸민 일이니까. 그래, 당신! 이번 사건 모두가 당신 작품이야. 신문만 봐도 알 수 있어. 펠리시앵 샤를르? 그자는 하수인일 뿐이지. 두목은 바로 당신이야. 모든 사건을 꾸민 사람은 바로 당신이라고. 난 직감으로 알 수 있어. 아니, 확실히 알아……. 신문을 읽자마자 〈바로 그자야!〉 하고 생각했지」

「누구요, 저 말입니까? 하지만 제가 누군지 모르지 않습니까?」

「아니, 알아」

「저, 라울 다베르니를 아신단 말입니까?」

「아니, 당신, 아르센 뤼팽 말이야」

라울은 어리둥절했다. 이런 직접적인 공격은 예상치 못한 데다가 여자의 입에서 자신의 진짜 이름이 튀어나올 줄은 더 더욱 몰랐다. 이 여자가 어떻게 그 사실을 알아낸 것일까……?

라울은 갑자기 여자의 팔을 붙잡았다.

「무슨 말을 하시는 겁니까? 아르센 뤼팽……?」

「아! 거짓말 마! 그래 봐야 소용없어! 벌써 오래전부터 알고 있었으니까. 시몽이 당신 얘기를 자주 해 줬지. 당신이 가명으로 다베르니라는 이름을 쓴다는 것도……. 지난주에는 저녁에 집이 비어 있을 때 아무도 몰래 이곳에 들어왔지……. 시몽은 나한테 아르센 뤼팽의 집을 보여 주고 싶어했어. 아! 내가 그렇게 경고했는데! 〈그 사람에 대해서 알려고 하지 마. 불행이 닥칠 거야. 그런 사람한테 뭘 바라는 거야……?〉 하고……」

여자는 라울에게 주먹을 내밀었다. 그녀는 라울을 매섭게 노려보며, 떨리면서도 경멸에 가득 찬 목소리로 외쳤다. 라울은 아무 동요 없이 여자의 말을 들었다. 이 무슨 해괴한 소리란 말인가? 라울은 병원에서 시몽 로리앙을 보긴 했지만 전혀 모르는 사람이었다. 그런데 시몽 로리앙은 무슨 의도로 라울을 만나려고 한 것일까? 또, 라울 다베르니가 아르센 뤼팽이라는 사실은 어떻게 알았을까? 어떤 우연으로 그런 비밀을 알게 된 것일까?

이 젊은 여자는 그런 정보를 알려 줄 수 없을 것 같았다. 아니, 알아도 알려 주려고 하지 않을 것이다. 고집스러워 보이는 이마에 강인한 눈빛을 가진 여자였다. 그녀는 움직이지 않고 똑바로 서서 씩씩거리고 있었지만 그런 가운데서도 야성미가 느껴졌다. 또, 믿을 수 없을 만큼 우아한 자태도 엿보였다. 본능인지 아니면 습관인지, 그녀는 자신의 아름다움을 이용하고 돋보이게 하는 방법을 아는 것 같았다. 하늘하늘한 실크 블라우스 덕분에 몸매가 그대로 드러났고, 균형 잡힌 어깨의 곡선이 엿보였다.

라울이 자신의 몸매를 보며 감탄하고 있다는 사실을 깨달았는지 여자는 얼굴을 붉혔다. 그녀는 소파에 웅크리고 앉더니 두 팔을 모아 양손으로 볼을 감싸 쥐었다. 그렇게 해서 몸을 가리려는 모양이었다. 그러다가 그녀는 갑자기 기운이 빠졌는지 눈물을 흘리며 말했다.

「당신은 모를 거야. 그 사람이 나한테 어떤 존재인지……. 그 사람은 내 삶 자체야……. 그 사람이 죽으면 나도 따라 죽을 거야……. 다른 사람은 사랑해 본 적도 없어……. 그 사람 앞에선 무릎이라도 꿇을 수 있어……. 그 사람의 고통을 덜어 줄 수만 있다면 내 목숨이라도 내놓겠어. 그는 날 열렬히 사랑했어……. 돈만 벌면 결혼해서 다른 곳으로 떠나려고 했는데……. 그래, 떠나려고 했어……」

「그렇게 하면 되질 않습니까?」

「하지만 그가 이대로 죽으면?」

죽음에까지 생각이 이르자 그녀는 다시 기운을 차리고 일어섰다. 그녀는 머릿속이 혼란스러운지 심한 감정 변화를 보이며 이렇게 몇 초 사이에 극과 극을 달렸다.

그녀는 라울에게 덤벼들었다.

「그를 죽이려고 한 건 바로 당신이야……. 어떻게 했는지는 모르겠지만……. 어쨌든 당신 짓이야. 내가 복수하고 말겠어. 코르시카 출신답게 반드시 복수하고 말겠어. 내가 확실히 복수를 할 때까진 시몽이 살아 있어야 해. 그는 아르센 뤼팽이 찌른 칼에 맞은 거야. 그러니 당신 이름, 내가 당신 이름을 큰 소리로 외칠 거야……. 그래. 널 경찰에 고발할 테다. 당장! 사람들도 너의 실체를 알아야 해……. 아르센 뤼팽, 사기꾼, 도둑…… 아르센 뤼팽!」

여자는 문을 열고 미친 사람처럼 소리치며 빠져나가려고 했다. 라울은 손으로 여자의 입을 막고 강제로 방 안으로 끌고 들어왔다. 둘 사이에 치열한 몸싸움이 일었다. 여자는 온 힘을 다해 저항했지만 라울이 두 팔로 그녀를 잡고 소파 위에 거꾸러뜨린 뒤, 움직이지 못하게 붙잡았다. 그녀는 몸을 덜덜 떨었다. 하지만 패배자로서의 두려움이 아니라 분노와 증오 때문이었다. 라울은 떨리는 여자의 몸을 가까이서 느끼자 한순간 현기증이 일었다. 그는 입이라도 맞추려는 듯 여자에게 가까이 다가갔다.

그러나 그는 다시 몸을 일으켜 세웠다. 자신의 바보 같은 행동에 스스로도 화가 난 모양이었다. 여자는 웃음을 터뜨리면서도 분노가 끓어오르는지 거칠게 소리쳤다.

「아! 당신도 똑같군! 다른 남자들이랑 똑같아! 언제든 손에 넣었다가 마음대로 버릴 수 있는 게 여자라고 생각하지……. 여자를 매춘부로밖에는 생각하지 않아……. 젠장, 뤼팽이라면 뭐든지 얻을 수 있다고 생각하나 보지……! 여자들이 전부 자기 소유라도 되는 듯이……. 아! 허풍쟁이, 내 입을 살짝만이라도 건드려봐. 개죽음을 당할 테니!」

라울도 화가 났다.

「멍청하게 굴지 마시오. 날 고발하려고 온 것도, 죽이러 온 것도 아니잖소? 안 그런가? 젠장, 어서 말하시오. 원하는 게 뭐요? 어서 말하란 말이오!」

라울은 여자가 움직이지 못하도록 두 팔을 붙잡고 흥분해서 말했다.

「난 이번 사건과는 아무 관련도 없소……. 시몽 로리앙을 공격한 것도 내가 아니오……. 맹세컨대 내가 아니란 말이오……. 그러니 말해 보시지……. 원하는 게 뭐요?」

안정을 되찾은 여자가 말했다.

「시몽의 안전」

「좋소. 상태가 호전되면 안전한 곳으로 대피시켜 주지. 그러니 걱정 마시오. 시몽은 감옥에 가지 않을 거요」

여자는 몸을 떨며 말했다.

「감옥이라니! 시몽이! 시몽은 감옥 갈 일을 한 적이 없어. 시몽은 정직한 사람이란 말이야. 그건 안 돼. 시몽을 지킬 수 있는 사람은 나뿐이야. 시몽을 간호하고 구해 낼 사람은 나뿐이라고요……」

「그래서?」

「병원에 들어가 그의 곁을 지키고 싶어요. 밤낮으로 지킬 거예요. 전 4년 동안 간호사로 일한 경력도 있어요. 다른 누구도 그를 돌볼 수는 없어요. 그러니 오늘 당장 병원으로 가야 해요……. 지금 당장」

라울은 어깨를 으쓱하며 말했다.

「쓸데없이 내게 화내는 데 시간 낭비하지 말고, 처음부터 그렇게 말하지 그랬소……?」

여자는 냉정하게 말했다.

「그럼, 이제 된 건가요?」

「그렇소」

「지금 당장이요?」

라울은 잠시 생각을 해 보고 나서 약속했다.

「병원장을 만나 보겠소. 거절하진 않을 거요. 거절할 수 없게 만들고 비밀도 캐내겠소. 단지, 내가 하는 대로만 따라오시오. 이름이 뭐요?」

「포스틴……. 포스틴 코르티나」

「병원에 가면 다른 이름을 대시오. 그리고 시몽 로리앙과 관계에 대해서는 한마디도 발설하지 마시오」

여자는 라울을 경계하며 다시 물었다.

「당신이 날 배신하면?」

라울은 더 이상 참지 못하고 여자를 작은 정원 쪽으로 떠밀었다.

「어서 가기나 해요」

차고로 들어가 보니 운전사는 자리에 없었다. 라울은 카브리올레 형 자동차의 문을 열고 말했다.

「그 빨간 스카프는 벗으시오. 사람들의 시선을 끌면 안 되니까. 어서 타시오」

여자는 차에 올라탔다.

라울은 저택 쪽문으로 빠져나와 센 강 쪽으로 차를 몰았다. 차는 페크를 지나 힘차게 언덕을 올라갔다.

여자가 물었다.

「어디로 가는 거죠? 함정이라면 가만두지 않을 거예요」

라울은 대답하지 않았다.

생제르맹에 다다르자 라울은 옷 가게 앞에 차를 세우고 안으로 들어가 간호사 제복을 샀다.

한 시간 후, 여자는 간호사 차림으로 병원에 들어섰다. 그리고 시몽 로리앙을 특별 간호할 책임을 맡았다. 시몽 로리앙은 고열로 정신이 가물가물한 상태였다. 그는 자신의 애인조차 알아보지 못했다. 포스틴은 긴장한 기색이 역력했고, 얼굴빛도 무척 창백했다. 하지만 간호사 차림을 하고 있어서인지 냉정하고 침착하게 지시를 받았다. 그녀가 속삭이며 말했다.

「시몽…… 내가 구해 줄게……. 내가 구해 줄게……」

라울은 병원을 나서다가 롤랑드 가브렐과 마주쳤다. 그녀는 엘리자베트의 무덤가에서 따 온 꽃을 가지고 제롬 엘마의 입원실을 방문하러 가는 길이었다. 제롬은 상태가 많이 호전되었고, 열도 내려 내일 경찰이 심문을 하러 올 것이라고 했다. 롤랑드와 함께 눈물을 흘리던 제롬의 모습이 떠올랐다.

라울은 롤랑드와 함께 걷다가 물었다.

「뭐 좀 떠오르는 게 있습니까……?」

「요즘엔 오로지 그 생각뿐이에요. 진실을 밝히겠다는 의지도 없었으면 정말 견디기 힘들었을 거예요」

「그럼 뭘 좀 알아낸 게 있습니까?」

「아뇨. 아무것도 알아내지 못했어요. 기억을 더듬어 보기도 하고, 언니의 일기장도 훑어 봤지만 아무것도 찾을 수가 없어요. 아무것도……」

〈클레마티트〉 저택에 도착하자 롤랑드는 언니의 일기장을 보여 주었다. 몇 달 전부터 일기장은 온통 눈부시면서도 천천히, 부드럽게 다가오는 사랑에 관한 글로 가득했다. 가끔씩 환자의 우울한 분위기가 엿보이기도 했지만 최근에는 병이 회복되는 데서 오는 기쁨과 약혼녀로서 느끼는 행복한 분위기가 주를 이뤘다.

롤랑드가 말했다.

「마지막 장을 읽어 보세요. 얼마나 평온하고 아무 걱정 없이 지냈는지 아실 수 있을 거예요. 두 사람에게 다가올 행복을 가로막는 장애물은 아무것도 없었다고요」

밖으로 나가니 루슬랭 판사가 마지막으로 현장 조사를 하고 있었다. 그는 다가오는 라울을 보며 인사를 건넸다.

「펠리시앵이란 젊은이한테 불리한 상황입니다」

「뭐가 불리하다는 겁니까, 예심판사님?」

「혐의가 더욱 짙어지고 있습니다. 하인인 에두아르와 댁의 정원사에게 진술을 받았습니다. 두 사람은 친한 사이죠. 그런데 2주전 해가 질 무렵, 에두아르가 정원사와 수다를 떨러 선생님 댁으로 갔답니다. 두 사람은 〈클레르 로지〉 저택의 정원과 정원사 소유의 땅 사이에 있는 울타리 근처에서 이야기를 나눴습니다. 그런데 대화 중에 두 자매의 삼촌 이야기를 했답니다. 하인 에두아르가 필리프 가브렐 씨의 험담을 했고요.

〈그자는 돈을 산더미처럼 쌓아 놓고 사는 사람이야, 산더미……! 수전노 같으니! 얼마 전에는 세무서와 문제가 있었지. 그런데 그 이후로 집 안에 현금을 숨겨 둔다네……. 대가를 치를 날이 있을걸.〉

그런데 잠시 후, 울타리 너머에서 작은 불꽃이 보였고, 그러고 나서 담배 냄새가 났다더군요. 다른 사람들이 울타리 반대편에서 담배를 피우고 있었는데…… 펠리시앵 샤를르와 시몽 로리앙이었다는 겁니다. 그때 그들이 나눈 얘기도 전부 들었던 거죠」

「그걸 어떻게 확신하십니까?」

「펠리시앵 샤를르와 얘기해 봤는데 부인하지 않더군요」

「그래서 결론을 내리셨습니까?」

「오! 예심판사는 그렇게 빨리 결론을 내리지 않습니다. 결론을 내리기 전에 몇 단계를 거쳐 확인을 하죠. 단지, 이런 추리를 해 볼 수는 있을 겁니다. 그들의 이야기를 듣고 둘 중 한 사람은 범행을 저질러야겠다는 생각을 한 거죠. 그래서 그런 일에 익숙한 늙은 바르텔르미를 시켜 일을 벌인 거고……」

「그 다음엔요?」

「그 다음날 밤, 바르텔르미가 훔쳤다가 잃어버린 회색 천 가방을 두 사람 중 한 명이 다시 정원에서 찾아냈습니다. 그래서 가방을 차지하려고 싸움을 하다가 칼까지 휘두르게 된 거죠」

「그럼 제롬 엘마는 무슨 역할을 한 겁니까?」

「그냥 우연히 그 옆을 지나갔을 뿐이죠. 하지만 범인 중 한 명은 제롬의 존재가 거슬리자 제거해야겠다고 생각한 겁니다」

이틀 후, 라울은 시몽 로리앙의 상태가 더욱 악화되었다는 소식을 들었다. 그는 곧장 병원으로 달려갔다.

루슬랭 판사는 구소 수사관과 함께 벌써 도착해 있었다. 조금 떨어진 곳에 등을 돌리고 서 있는 포스틴은 실낱 같던 희망조차 잃은 사람처럼 딱딱하게 굳은 얼굴이었다.

시몽 로리앙은 숨을 헐떡거렸다. 그는 잠시 기운을 차리고 침대에 앉아 맑은 정신으로 주위를 둘러보았다. 그러다가 자기 애인이 눈에 띄자 살짝 미소를 지어 보였다.

하지만 금세 다시 죽음의 그림자가 드리웠는지 어린아이처럼 작게 신음하며 자리에 누웠다. 잠시 후, 시몽이 신음을 토하며 말했다.

그가 하는 말은 드문드문 알아들을 수 있을 뿐이었다.

「비밀 장소……. 그가 가방을 찾았어……. 그리고……. 내가 찾아봤는데……. 이젠 모르겠어……. 펠리시앵……」

그러고는 여러 번 반복해서 말했다.

「펠리시앵…… 펠리시앵……. 아주 잘됐어…… 펠리시앵……」

그리고 베개 위로 푹 쓰러져 움직이지 않았다.

긴 침묵이 흐르는 동안, 라울은 포스틴의 증오 어린 시선을 느꼈다. 시몽이 죽어 가면서 마지막으로 내뱉은 것이 범인의 이름일까?

루슬랭 판사는 라울 다베르니를 밖으로 불러냈다. 구소 수사관
도 따라 나왔다.

「다베르니 씨, 유감입니다. 펠리시앵 씨와 함께 사시니 그분을
보호하고 싶으시겠죠. 하지만 지금으로서는……」

　판사는 그렇게 말하면서도 망설이는 것 같았다. 라울은 포스틴
의 절망적인 심정을 떠올려 보았다. 펠리시앵이 유죄든 무죄든
체포되어 교도소에 들어가면 어쨌든 포스틴의 어리석은 복수의
칼날을 맞을 리는 없을 것이다. 라울은 판사의 의견에 반대하지
않았다.

「예심판사님, 판사님 의견에 동의할 수밖에 없을 것 같군요.
펠리시앵은 제 집 부속 건물에 있을 겁니다」

　라울이 동의하자 판사가 말했다.

「구소 수사관, 그자를 구치소로 데려가서 내가 심문할 때까지
억류하게」

동상

측근을 통해 라울은 펠리시앵이 아무도 모르게 은밀히 체포되었다는 소식을 전해 들었다. 그날 저녁, 라울은 식사를 마치고 펠리시앵이 머물던 부속 건물로 갔다. 그곳은 단층 건물로 펠리시앵이 작업실로 사용하던 방 하나와 침실, 욕실로 이루어져 있었다.

라울은 방문과 현관 문을 그대로 열어 둔 채 작업실로 들어갔다.

어둠이 짙어지며 밤이 찾아왔다. 한 시간쯤 지나자 정원 문이 삐걱거리는 소리가 들렸다. 잠그지 않고 항상 열어 놓는 문이었다. 발소리는 조심스럽게 건물을 향해 다가오더니 수풀 위를 지났다. 그러고는 현관 계단을 지나더니 응접실로 사라졌다.

라울은 포스틴을 만나러 갔다. 포스틴은 라울을 겨우 알아보는 눈치였다. 라울이 의자를 내주자 그녀는 털썩 주저앉았다.

잠시 후 포스틴이 입을 열었다.

「어디 있죠?」

「펠리시앵 말이오?」

「어디 있죠?」

「교도소에……. 그럼 모르고 있었소?」

그녀는 조심스럽게 다시 물었다.

「교도소라고요?」

「그렇소. 병원에서 본 당신 얼굴은 증오로 가득 차 있더군. 펠리시앵이 범인이란 확신이 든 건 아니지만 그냥 펠리시앵을 체포하도록 놔뒀소. 내가 잘한 거요?」

포스틴은 낙담한 듯 말했다.

「모르겠어요……. 모르겠어……. 저도 나름대로 알아보고 있는데……. 시몽 로리앙을 해친 사람이 누구죠? 아! 그것만 알면……」

「펠리시앵을 알고 있소?」

「아니요」

「그런데 왜 여기까지 온 거요?」

그녀는 의기소침해져서 라울은 알아들을 수 없을 만큼 작은 소리로 말했다.

「물어보려고요. 그럼 그 사람이 범인인지 알 수 있을 것 같아서……」

「뭔가 알고 있는 모양이군……. 가령, 바르텔르미에 대해서라든가……. 경찰은 아직도 그자의 신원을 파악하지 못했지. 시몽 로리앙의 거처도 찾아봤지만 헛수고였소. 몽마르트르에서 뜨내기 화가들이 모이는 카페도 조사해 봤다던데……. 시몽 로리앙의 거처는 어디였소? 신분증은 있는 거요? 펠리시앵과는 어떤 관계였소? 또, 나는 왜 이 사건에 개입된 거요? 시몽이 마지막으로 남긴 말을 당신도 듣지 않았소? 죽으면서 헛소리처럼 지껄인 말은 자백이나 다름없었소. 〈비밀 장소……. 그가 가방을 찾았어……. 그리고……. 내가 찾아봤는데…….〉 결국 시몽과 펠리시앵은 공범이었던 거요……. 안 그렇소? 두 사람이 공범이었던 거요……. 펠리시앵도」

포스틴은 시몽이 도둑이 아니라고 말하려는 듯 고개를 가로저었다. 시몽이 그런 말을 하는 것도 들은 적 없다는 표정이었다. 라울은 더 이상 참지 못하고 소리쳤다.

「그럼 뭐요? 시몽 로리앙은 날 뒤쫓고 있었소. 내 주위를 돌면서! 그러니 어서 대답하시오, 포스틴!」

하지만 포스틴은 그저 울기만 할 뿐 조금도 입을 열지 않았다. 절망에 빠진 그녀의 두 뺨 위로 눈물이 흘러내렸다. 그녀는 손을 만지작거리면서 힘겹게 되풀이해 말했다.

「전 오로지 그 사람만을 사랑했어요……. 그런데 그가 죽자…… 더 이상 볼 수도 없게 되었어요……. 그 사람이 죽었어요. 누가 한 짓이죠? 복수를 하지 않고 어떻게 살 수 있겠어요? 그의 복수를 할 거예요……. 맹세했어요……」

포스틴은 밤새도록 울면서 복수를 다짐했다. 라울은 그녀 곁에 앉아서 설핏 잠이 들었다가 우는 소리에 잠에서 깨곤 했다.

아침이 되자 교회 종이 울려 퍼졌다. 장례식 미사를 알리는 종소리였다.

포스틴이 말했다.

「그를 위한 종소리예요. 어제 병원에서 이 시간에 장례식을 하기로 했거든요……. 장례식에 참석할 사람은 저 혼자일 거예요. 아직 복수를 못 해서 미안하다고 말해야겠어요」

포스틴은 그곳을 떠났다. 긴 다리에 잘록한 허리, 균형 잡힌 걸음걸이에서 강한 힘이 느껴졌다.

파란 많은 삶을 살아온 라울은 이제 자신도 휴식을 취할 때가 되었다고 생각하며 즐거운 기대감에 가슴이 부풀어 오르곤 했다. 그렇다고 완전히 일을 그만두고 쉬기만 하겠다는 생각은 아니었다. 라울은 모험에 대한 크나큰 열정을 포기하기엔 너무 젊었고, 행동에 나서는 일을 좋아했기 때문이다. 그러나 코트다쥐르나 노르망디, 사부아, 파리 근교 등 프랑스 전역에 걸쳐 가끔씩 휴식을 취할 수 있는 안식처는 마련해 놓았다. 이 베지네 저택도 그 안식처 중 하나였다. 그리고 여러 안식처에는 옛 정을 생각해서 과거의 동료들에게 하인 겸 운전사, 요리사, 정원사 겸 수위 등의 일을 맡겼다. 그들에게 평화로운 여생을 만들어 주기 위해서였다. 그런데 이런 중에 운명이 또 한번 그를 바라지도 않던 끔찍한 싸움에 몰아넣은 것이다.

포기할까? 하지만 이제는 그럴 수가 없었다. 좋든 싫든 이제 행동을 개시해야 했다. 이번 사건의 관건은 평화로운 베지네 마을에서 평온하게 살아가던 선량한 라울이 왜 이 사건에 연루되었는지 밝혀 내는 일이었다. 어떻게 자기와 상관없이 일어난 사건에, 아니, 자신을 함정에 빠뜨리려고 계획된 사건에 연루된 걸까? 이런 경우, 우연으로는 설명이 되지 않는다. 정확한 사실을 바탕으로 해답을 찾아야 한다. 하지만 그 사실을 어디에서 찾는다는 말인가? 어떻게 그 사실을 드러낼 수 있을까?

라울은 〈클레르 로지〉 저택에 틀어박혀 일주일 넘게 꼼짝도 하지 않고, 찾아오는 사람도 만나 주지 않았다. 그러나 신문은 모두 꼼꼼하게 읽었다. 신문에는 마침내 펠리시앵이 용의선상에 올랐다는 기사가 실려 있었다. 하지만 그 외에는 건질 만한 정보가 없었다.

라울은 자신이 어떻게 이 끔찍한 사건에 연루되었는지 알아내기 위해 끊임없이 생각했다. 그는 의문을 풀기 위해 애쓰며 가정을 세워 보고, 모든 가능성을 점쳐 보기도 했다. 하지만 그럴 때마다 여러 문제와 난관에 부딪혔고, 질문의 형태는 달라도 항상 같은 문제가 남았다.

〈왜 나한테 이런 일이 일어난 걸까? 두 사건이 서로 얽혀 있는 게 분명한데 왜 그중 한 사건에 내가 관련된 거지? 베지네에서 휴식이나 취하려고 했는데 왜 그것조차 힘이 들까? 날 괴롭히는 자는 도대체 누구지?〉

라울은 어느 날 우연히 마지막 질문에 다음과 같은 답변을 떠올렸다.

「누구냐고? 펠리시앵이지, 젠장! 펠리시앵은 어떻게 이곳으로 오게 된 거지? 들라트르 박사님이 진지하게 추천을 하는 것 같아 조사도 하지 않고 불러들였잖아! 펠리시앵은 어디 출신이지? 부모는 누구지? 내가 박사님 추천 때문에 하는 수 없이 그자를 고용한 건 아니었을까?〉

라울은 주소록을 찾아보았다.

들라트르 박사, 알보니 광장

전화를 걸었더니 마침 박사가 집에 있었다. 라울은 서둘러 자동차를 타고 떠났다.

키 크고 마른 체형에 흰 턱수염을 기른 들라트르 박사는 대기

중인 환자가 많은데도 라울을 먼저 진료실로 불러들였다.

「건강하지?」

「아주 건강합니다, 박사님」

「그런데 무슨 일인가?」

「알고 싶은 게 있어서 왔습니다. 펠리시앵 샤를르는 어떤 사람입니까?」

「펠리시앵 샤를르?」

「박사님, 신문도 안 읽어 보셨습니까?」

「시간이 없어서……」

「펠리시앵은 6개월인가 8개월 전에 박사님께서 제게 추천하신 건축가 청년입니다」

「음, 그래……. 생각나는군」

「그 사람을 좋게 평가하셨던데요?」

「내가? 난 그 청년을 본 적도 없네」

「그럼 다른 사람이 박사님께 펠리시앵을 추천하던가요?」

「그랬지……. 그런데 누구였더라? 자, 생각 좀 해 보자……. 아! 그래, 기억 나네……. 그런데 좀 이상한 일이었어. 그 당시에 아주 맘에 드는 하인이 한 명 있었는데……. 나이도 꽤 들었는데 똑똑하고 신중하기에 가끔씩 비서 일도 시키던 친구였지. 자네가 보낸 명함을 받은 날, 명함에 적힌 주소를 따로 적어 놓으라고 하니까 아는 글씨체라도 되는지 명함을 자세히 살펴보더군. 그때 그 친구가 뭐라고 했는지 아직도 기억 나네.

〈다베르니 씨는 아주 멋진 분이시죠. 박사님, 전에 제가 일하던 집 아들이 건축가인데 그 청년을 추천해 주십시오……. 전에 박사님께 말씀드린 적이 있었는데…….〉

그러더니 타이프로 편지를 쳐서 서명을 해 달라고 가져왔더군.
그렇게 된 일이네」

「그 하인은 이제 댁에 없습니까?」

의사는 웃기 시작했다.

「거액을 횡령한 사실이 드러나 내보냈네. 그런데 절망에 빠진
사람처럼 죽기 살기로 사정을 하더군.

〈제발요, 박사님. 절 길거리로 내쫓지 마십시오……. 전 이곳
에 온 뒤로 정직한 사람이 됐습니다……. 박사님 곁을 떠난다고
생각하면 두렵습니다……. 절 내쫓지 말아 주십시오. 안 그러면
또다시 나쁜 인간이 될 겁니다.〉」

「박사님, 그 하인 이름이 뭡니까?」

「바르텔르미」

라울은 눈썹 하나 움찔하지 않았다. 박사 입에서 그 이름이 나
올 걸 예상했기 때문이다.

「바르텔르미라는 자는 가족이 없었습니까?」

「아들이 둘 있는데 둘 다 몹쓸 녀석들이지. 그날 울면서 다 털
어놓더군. 그중 한 놈은 경마장과 그르넬에 있는 바에서 죽치고
지낸다네」

「두 아들이 그자를 만나러 자주 왔습니까?」

「한 번도 안 왔네」

「찾아온 사람이 전혀 없었습니까?」

「있었네. 돈 좀 있어 보이는 여자가 찾아와서 친근하게 얘기하
는 걸 보고 깜짝 놀란 적이 있지. 한두 번이 아니었네. 세련되고
정말로 아름다운 여자였지. 1년 반쯤 전인가……. 어느 날, 그 여
자가 반쯤 정신이 나가서 날 찾으러 왔더군. 그러고는 부상자가

있다길래 이곳에서 가까운 곳으로 왕진을 나갔지」

「그 일을 더 말씀해 주실 수 있습니까, 박사님……?」

「말 못할 것도 없네. 신문에도 실린 일이니까. 자네도 알 걸세. 작년에 프리네(기원전 4세기경 아테네의 궁녀. 불경 죄를 저질러 법정에 섰으나 변론의 근거가 부족하자 아름다운 육체를 보여 주고 그 대가로 무죄를 선고받음——옮긴이) 동상을 전시한 알바르란 유명한 조각가와 얽힌 일이었지」

박사는 웃으며 덧붙여 말했다.

「음흉한 계획을 꾸미려고 이런 조사를 하는 게 아니길 바라네」

라울은 생각에 잠긴 채 진료실을 나왔다. 드디어 사건의 실마리가 잡혔다. 이제 바르텔르미와 코르티나, 펠리시앵이 서로 어떤 연관이 있음을 추측할 수 있었다. 그렇다면 펠리시앵이 베지네로 온 이유도 설명이 된다.

라울은 그곳에서 5분 거리에 있는 조각가 알바르의 집으로 찾아가 명함을 내밀었다.

넓은 작업실로 들어가니 젊은 남자가 보였다. 아름다운 검은 눈동자를 가진 호리호리한 남자였다. 라울은 미술 작품을 사러 프랑스에 온 미술 애호가라고 자신을 소개했다.

사실, 라울은 전문가나 다름없었기에 작업실 가득 어지럽혀 있는 초벌 작품과 흉상, 토르소(목, 팔, 다리 등이 없는 동체만의 조각 작품——옮긴이), 미완성 작품 등을 관찰하며 평가를 늘어놓았다. 그러면서도 계속해서 조각가를 관찰했다. 약간 여성스러우면서도 우아하고 세련된 이 남자가 코르티나와 어떤 관련이 있는 것일까? 포스틴이 사랑한 남자일까?

라울은 경옥으로 만든 작고 멋진 조각상을 두 개 구입했다. 그러고 나서 흰색 천이 덮인 커다란 동상을 가리키며 물었다.

「이 작품은?」

「이건 파는 게 아닙니다」

「이 동상이 그 유명한 프리네입니까?」

「예」

「좀 볼 수 있을까요?」

알바르가 천을 벗겨 내자 동상이 모습을 드러냈다. 라울은 탄성을 질렀다. 조각가는 작품에 도취되어 소리를 내지른 것이리라 생각했지만 사실은 몹시 놀라고 어안이 벙벙해서 저절로 튀어나온 소리였다. 분명 그 여자는 포스틴 코르티나였다. 얼굴 형태며 표정, 하늘하늘한 옷 사이로 드러나는 몸의 곡선까지…… 분명 포스틴이었다.

라울은 놀라운 광경에 취해 오랫동안 말없이 서 있었다. 그러고는 한숨을 내쉬며 말했다.

「아! 이런 여자는 세상에 없겠죠」

알바르가 웃으며 말했다.

「있습니다」

「예, 하지만 당신 같은 대단한 예술가의 손으로 빚어 낸 여자일 뿐이죠. 현실적으로 올림포스 여신이나 그리스 궁녀 이후로 이런 완벽한 아름다움은 존재하지 않습니다」

「실제로 존재하는 사람입니다. 제가 만들어 낸 게 아니라 그대로 옮겨 놓은 것뿐이죠」

「뭐라고요? 이 여자가 실제로 존재한다는 말입니까?」

「돈을 받고 일하는 모델일 뿐입니다. 어느 날 저를 찾아와서 말하더군요. 벌써 두 조각가와 일을 했는데 자기 애인이 질투가 몹시 심하니, 저만 괜찮다면 비밀로 해 달라고요. 애인을 너무 사랑하기 때문에 고통을 주고 싶지 않다면서……」

「왜 모델 일을 하는 거죠?」

「돈이 필요하니까요」

「그 애인은 아무것도 몰랐습니까?」

「나중에 알고 보니 그 여자를 감시했지 뭡니까? 어느 날 그 여자가 옷을 입고 있는데 작업실로 들어와 절 때렸습니다. 그 여자가 근처에 있는 의사를 불러왔죠. 상처는 별로 심하지 않았습니다」

「그 후로 그녀를 다시 봤습니까?」

「최근에 들어서야 봤습니다. 애인이 죽었는데 묘지라도 괜찮게 꾸며 줘야겠다고 돈을 빌려 갔습니다」

「다시 모델 일을 할까요?」

「두상 모델을 할 겁니다. 다른 건 안 할걸요. 맹세했답니다」

「그럼 이제 뭘 해서 먹고 살까요?」

「모르죠. 하지만 쉽게 타락할 여자는 아닙니다」

라울은 한참 동안 아름다운 프리네를 바라보다가 조용히 물었다.

「얼마를 제시해도 팔 생각이 없으십니까?」

「절대로 안 팔 겁니다. 제 인생의 걸작이니까요. 이렇게 열정과 확신을 가지고 여성의 아름다움을 빚어 낼 수는 없을 겁니다」

라울은 농담을 던지듯 말했다.

「사랑했던 여성의 아름다움이겠죠」

「다 끝난 일이니까 고백할 수 있습니다. 전 그녀를 간절히 원했습니다. 정말 사랑했습니다. 하지만 후회는 없습니다……. 제겐 프리네가 있으니까요」

잔지바르

몇 년 전, 이 술집의 상호는 〈오 비외 마스트로케〉(〈낡은 선술
집〉이라는 뜻 ── 옮긴이)였다. 지금은 〈잔지바르〉 ① 인도양에 있는
아름다운 섬. ② 주사위 세 개를 가지고 하는 놀이. 이 작품에서는
잔지와 바 사이에 '──'을 넣어 Bar라는 점을 부각시킨 듯하다. 〈주
사위 놀이를 할 수 있게 만들어 놓은 술집〉이라는 의미 ── 옮긴이)라는
좀더 현대적인 이름으로 바뀌었다. 하지만 새로 칠한 페인트 사
이로 아직도 군데군데 옛 상호의 흔적이 남았다. 술집은 이름 외
에 달라진 점은 하나도 없었다. 공장 지대 한가운데, 번화한 그
르넬에서 멀리 떨어진 막다른 골목……. 바로 옆으로는 센 강이
흐르고 그 너머로 파리에서 가장 웅장한 유적지인 샹드 마르스의
노트르담 성당이 보였다.

잔지바르를 자주 찾는 손님들은 모두 이 동네에서 경마를 하며
살아가거나 경마로 빚을 진 사람들, 경마장 잔디밭에서 죽치고

사는 도박꾼, 마권업자, 경마 정보를 파는 사람들뿐이었다.

잔지바르는 정오에는 공장 사람들로, 오후 5시에는 돈을 정산하려는 사람들로 북적거렸다.

저녁이 되면 술집은 불법 도박장이 되곤 했다. 때로는 싸우는 사람들도 있었다. 취하는 사람들도 많았다. 그때쯤 되면 마권업자 토마 르 부크가 본격적인 활동을 시작했다. 〈르 부크〉란 이름은 마권업자라는 뜻의 불어 〈부크메케르(le bookmaker)〉의 약자이다. 토마는 노름을 할 때는 노름에만 집중했고 게임에서 항상 이겼다. 그는 강술을 마셨지만 웬만해서는 취하지 않았다. 얼굴은 순해 보이면서도 잔인함이 느껴졌고, 냉정하고 강인한 인상이었다. 주머니는 항상 불룩했고 옷은 신사답게 차려입었으며 중산모는 잠시도 벗지 않았다. 토마 르 부크는 〈자기 일에 도가 튼 사람〉으로 유명했다. 무슨 일? 자세히 아는 사람은 없었다. 하지만 그날 저녁에도, 사람들은 자기 일을 하는 토마를 보며 감탄을 금치 못했다.

밤 11시경, 얼굴이 창백한 남자 하나가 다리가 풀린 듯 비틀거리며 들어와 도박판에 끼어들었다. 술을 많이 마셔 몸도 가누지 못하는 상태였다. 남자가 입고 있는 외투는 낡고 더러웠지만 재단 상태가 좋은 것을 보니 비싼 옷이 분명했다. 붙였다 떼었다 하는 셔츠 칼라에도 때가 껴 있었지만 어쨌든 칼라는 달고 있지 않은가! 굳은살이 박이지 않은 손과 말끔하게 수염을 정리한 턱 등을 보아하니 몰락한 귀족이라도 되는 모양이었다.

남자가 주문을 했다.

「퀴멜」

주인이 남자를 경계하며 말했다.

「선불입니다」

남자가 지갑을 꺼낼 때 보니 돈이 가득 들어 있었다. 그는 10프랑짜리 지폐 한 장을 꺼냈다.

토마 르 부크는 주저 없이 다가가 남자에게 말했다.

「거스름돈으로 주사위 게임이나 한판 합시다」

그러고는 곧 자기 소개를 했다.

「토마 르 부크입니다」

남자는 영국식 억양으로 공손하게 말했다.

「〈젠틀맨〉이라고 합니다. 하지만 전 주사위 게임은 안 합니다」

「그럼 뭘 하시죠?」

「홀라……」

주사위든 홀라든 결과는 뻔했다.

젠틀맨은 패배를 설욕하겠다고 나섰다. 몇 번 돈이 오고간 끝에 그는 200프랑을 잃었다.

그동안 젠틀맨은 퀴멜을 한 잔 더 마셨다. 퀴멜 때문이었을까? 아니면 운이 나빠서였을까? 그는 훌쩍거리면서 비틀비틀 바를 나섰다.

사람들은 토마의 실력을 칭찬하면서도 마음 한구석이 편치 않았다. 젠틀맨의 모습에서 호감을 느꼈기 때문이다. 그는 명문 가문 출신처럼 기품이 있어 보였다.

다음날, 젠틀맨은 다시 바에 나타났다. 그는 또다시 200프랑을 잃고 울면서 그곳을 떠났다.

또 그 다음날, 그는 카드를 잡기도 힘들 정도로 만취한 상태였다. 알아듣기 힘든 말을 중얼거리면서 다시 눈물을 흘리는 모습을 보니, 그동안 돈이 아까워서 운 것이 아니라 퀴멜에 취해 눈물을 흘린 모양이었다. 토마 르 부크는 젠틀맨이 하는 말을 듣다가 이상한 낌새를 챘다. 토마는 자신이 여러 종류의 술을 섞어 마시면 금방 취기가 올라온다는 사실을 잘 알고 있었다. 하지만 젠틀맨을 취하게 만들기 위해 평소와 달리 퀴멜을 연거푸 세 잔이나 마셨다. 두 사람은 비틀거리며 밖으로 나와 에밀 졸라 대로에 있는 벤치에 앉았다. 두 사람은 그러다가 잠이 들었다.

잠에서 깨어난 두 사람은 정신을 차리고 다시 대화를 나눴다. 토마 르 부크는 젠틀맨보다 좀더 정신이 말짱했다. 그는 젠틀맨의 목을 팔로 감싸며 다정한 척했다.

「너, 아주 잘 나가는 모양이지? 코가 삐뚤어지게 술을 마시고…… 그러니 교도소에 들어갈 얘기를 함부로 내뱉지……」

젠틀맨은 힘겹게 말했다.

「내가, 교도소에!」

「그럼! 네가 술집에서 베지네 사건을 가지고 떠들어 대지 않았냐?」

「베지네?」

「그래, 베지네. 형사 사건. 신문에서도 그 얘기뿐이잖아. 네가 돈 다발을 훔쳤지?」

「이 친구 겁도 없군」

「그거, 훔친 가방에 들어 있던 돈 아냐?」

「아니. 누구한테 받은 돈이야」

「누구?」

「어떤 사람」

「베지네 사람?」

「아니」

「어쨌든, 베지네에 있었지?」

「그래」

「언제?」

「전쟁 전에……」

「헛소리 마……. 네가 가지고 있는 돈은 전쟁 전에 발행한 게 아니라고」

「아니지」

20분 동안 장황하게 설명을 늘어놓으며 언쟁을 벌이고 나서야 젠틀맨이 말했다.

「그래 맞아, 르 부크. 전쟁 전이 아니라 최근에 발행한 돈이지」

「열흘 아니면 열이틀 전쯤에?」

「그럴걸」

「돈을 준 사람 이름은?」

「아! 그건 말할 수 없어, 르 부크」

「말할 수 없다고?」

「그래, 그 사람이 말하지 말라고 했어」

「그런데 왜 너한테 그 돈을 줬지?」

「사례금으로 받은 거야」

「네가 무슨 일을 해 줬어?」

「아니, 이제 해야 해」

「무슨 일?」

「모르겠어」

다시 길고 긴 공방이 시작되었다. 두 사람은 거리를 방황하다가 다른 술집으로 들어갔다. 젠틀맨은 그곳에서 토마와 퀴멜 두 잔을 더 주고받았다. 그들은 술집을 나와 노래를 부르며 강둑에 다다랐다.

그들은 센 강가에 있는 제방 안쪽으로 내려갔다. 하천용 수송선 하나가 닻을 내리고 있었다. 젠틀맨은 모래 위로 쓰러졌다. 토마는 강물로 세수를 하고, 손수건을 물에 적셔 와 젠틀맨의 얼굴을 닦아 주었다.

　젠틀맨이 조금 정신을 차리자 토마는 답변을 들으려고 갖은 애를 썼다. 하지만 원하는 대답을 들을 수 없자 방법을 바꿔 잔뜩 취한 남자의 기억을 상기시키려고 노력했다.

　「내가 설명해 주지……. 베지네의 한 저택에서 거액이 든 작은 회색 천 가방을 도난당했어. 그런데 범인은 훔친 가방을 잃어버렸지. 가방을 찾아 주는 대가로 지폐 다섯 장을 받은 거지?」

　「아니」

　「맞잖아, 물방울 무늬 넥타이를 맨 키 큰 남자가……」

　「아냐……. 가방을 찾아 달라고 한 적도 없고, 물방울 무늬 넥타이를 매고 있지도 않았어」

　「거짓말! 그럼 왜 너한테 500프랑을 줬지?」

　「500프랑이 아냐」

　「그럼?」

　「5000프랑」

　「5000프랑!」

　토마 르 부크는 흥분하기 시작했다. 5000프랑이라니! 토마는 진실을 캐내려고 노력했지만 진실은 모래처럼 계속해서 손가락 사이를 빠져나갔다. 술기운이 어느 정도 오르자 토마는 바보처럼 울기 시작했다. 그러고는 불평을 하면서 자기도 모르게 비밀을 털어놓았다.

　「내 얘기 좀 들어봐, 친구……. 그놈들이 나한테는 강도처럼 굴었다고……. 그래, 바르텔르미와 시몽……. 그래 맞아……. 두 사람이 일하는 동안, 난 항상 밖에서 기다려야 했어. 명령을 받기만 했지. 〈트럭을 빌린 다음, 샤투 다리 근처에서 기다려……. 일이 끝나면 합류해……. 〉그러고 나서 둘 다 죽어 버린 거야. 하지만 난 아무래도 상관없어. 그 얘긴 그만하기로 하지……. 다른 일이 있으니까……」

젠틀맨은 어둠 속에서 손으로 땅을 짚으면서 조금씩 몸을 일으켰다. 이제 그의 눈에서 취한 기색은 보이지 않았다. 그는 어슴푸레한 빛 사이로 눈물을 쥐어짜고 있는 토마 르 부크의 얼굴을 뚫어지게 쳐다보았다.

젠틀맨이 속삭이며 물었다.

「다른 일? 무슨 일인데? 무슨 다른 일이 있는데, 토마?」

토마가 더듬거리며 대답했다.

「그놈들이 꾸민 일이야. 훌륭한 계획이었지. 전부는 아니지만 나도 그 일에 대해 상당히 많이 알고 있어. 누구를 겨냥해서 꾸민 일인지도……. 하지만 현재 그 사람이 쓰는 이름과 사는 곳은 말해 주지 않았거든……. 그것만 알았으면 수십만 프랑을 벌었을 텐데……. 수십만 프랑……. 아! 그것만 알았어도……」

젠틀맨이 속삭이며 말했다……

「그래……. 그걸 알았으면 좋았을걸……! 하지만 내가 널 도울 수 있을지도 몰라……」

르 부크가 훌쩍거리며 말했다.

「날 도와줘, 그럴 거지?」

「물론이지. 그래, 널 도울 수 있을 거야. 일을 해결해 주는 회사가 있어……. 탐정 사무소 같은 데 말야……」

「아는 데가 있어?」

「아는 데가 있냐고? 그곳을 통해서 5000프랑을 받았는걸……」

「어떤 남자가 줬다고 했잖아」

「탐정 사무소 직원한테 받은 거야……. 나한테 그러더군. 〈젠틀맨, 펠리시앵이란 자가 얼마 전에 체포되었는데 그자에 대해 알고 싶어하는 사람이 있네. 조사해 봐. 정보를 건져 오면 그만큼을 더 주지.〉」

토마 르 부크는 소스라치게 놀랐다. 펠리시앵이라는 이름을 듣자 취기가 달아나 버렸다.

「지금 뭐라고 했지? 펠리시앵이라는 사람에 대해 알아 오라고 했단 말이야?」

「그래, 교도소에 들어가 있는 사람. 부탁한 사람을 직접 만나기로 했어」

「5000프랑을 준 사람?」

「응」

「약속은 했어?」

「그 사람 운전사가 와서 날 태워 갈 거야」

「어디서 만나기로 했지?」

「콩코르드 광장, 스트라스부르 동상 앞에서」

「언제?」

「사흘 뒤……. 목요일 오전 11시. 운전사가 신문을 들고 있기로 했어……. 그래서 널 도울 수 있을 거라고 말한 거야」

토마 르 부크는 무슨 생각을 구체적으로 떠올리려고 애쓰는지 두 주먹으로 머리를 감싸 쥐었다. 펠리시앵……? 5000프랑을 주었다는 남자……? 그 사실이 일의 실마리를 제공하지는 않을까?

그가 물었다.

「그 남자는 어디에 살고 있지?」

「베지네에 사는 것 같아……. 그래……, 베지네에 살고 있지……」

「그 사람 이름도 알려 줬겠지?」

「응……. 그 사건 때문에 신문에도 이름이 났던걸……. 타베르니였나……? 다베르니였나……?」

젠틀맨의 말소리가 점점 늘어지더니 그는 곧 입을 다물어 버렸다.

르 부크는 있는 힘을 다해, 밀려드는 생각들로 어지러운 머릿속을 정리하려고 했다. 하지만 너무나 불확실한 내용뿐이었다. 그는 젠틀맨의 이야기에서 모순점은 깨닫지 못하고 그 가운데서 확실하고 명확한 두세 가지 사실만 생각했다. 머릿속에서는 갖가지 생각이 소용돌이치는 것 같았다.

젠틀맨은 르 부크 옆에서 고개를 가슴까지 떨어뜨린 채 졸고 있었다. 커다란 구름 아래로 어둠이 무겁게 깔리기 시작했고, 날씨는 여전히 더웠다. 멈춰 있는 수송선에서 새어 나온 불빛은 강 수면에서 춤을 췄고, 반대편에 늘어선 집들과 트로카데로의 윤곽, 다리의 아치가 거무스름하게 보였다. 둑 위로는 지나는 사람이 아무도 없었다.

토마 르 부크는 천천히 젠틀맨의 윗옷과 조끼 사이로 손을 집어넣어 주머니를 뒤지려고 했다. 하지만 조끼 안주머니에 이중으로 핀을 꽂아 놓아서 열기가 힘들었다. 주머니 겉에 손을 대 보니 두둑한 돈 뭉치가 만져졌다. 토마는 구미가 당겼다. 그런데 핀을 뽑으려다가 핀 끝에 손이 깊숙이 찔리는 바람에 약간 움찔거렸다.

그러자 젠틀맨은 바로 깨어났다. 하지만 자신에게 무슨 일이 일어나고 있는지는 알아차리지 못한 모양이었다. 토마 르 부크는 다시 몸을 기울여 돈을 빼내려고 안간힘을 썼다. 하지만 젠틀맨도 가만 있지 않고 두 손으로 그를 붙들고 매달렸다.

저항은 예상보다 훨씬 거셌다. 젠틀맨이 손톱으로 할퀴어 토마의 살이 찢어졌다. 젠틀맨은 도와달라며 소리를 지르기 시작했다.

르 부크는 두려웠다. 그는 있는 힘을 다해 적을 흔들고, 바닥에 내동댕이쳤다. 그러자 상대는 갑자기 기력을 잃었는지 손을 놓아 버렸다. 토마는 무력해진 상대를 보면서도 화가 나서 행동을 멈추지 않았다. 별로 심하게 취하지 않았던 토마는 자신이 좀 전에 비밀을 털어놓았다는 사실을 떠올리고는 더욱더 화가 난 모양이었다. 젠틀맨에게서 손을 떼고 보니 두 사람은 마치 씨름이라도 할 것처럼 강가에서 무릎을 꿇고 마주 앉아 있었다. 르 부크는 주위를 둘러보았다.

아무도 없었다.

그는 젠틀맨을 밀어 버렸다. 그러자 젠틀맨은 낭떠러지 아래로 떨어졌다. 르 부크는 자기도 모르게 저지른 일을 보면서 너무나 두렵고 정신이 멍한 나머지 한동안 꼼짝도 하지 않고 그대로 있었다. 왜 그런 행동을 한 것일까? 젠틀맨의 돈을 훔치기 위해서였을까? 아니면 5000프랑을 줬다는 남자를 대신 만나 보려고 한 것일까?

젠틀맨은 저 아래서 허우적거리고 있었다. 그는 물밑으로 가라앉았다가 다시 표면으로 떠올랐다. 그리고 마침내 사라져 버렸다.

르 부크는 집으로 돌아갔다…….

젠틀맨은 잠시 동안 물이 흐르는 방향을 따라 깊숙이 잠수를 했다. 그는 르 부크가 이세 지켜보지 않을 거라는 확신이 들자 물 밖으로 나왔다. 그러고는 훌륭한 수영 선수처럼 빠른 속도로 헤엄쳐 갔다. 그르넬 다리에 거의 다다를 즈음에야 그는 물 밖으로 나왔다.

근처에서 운전사가 기다리고 있었다. 그는 차에 오른 뒤, 옷을 갈아입고 베지네로 갔다.

새벽 3시, 라울은 〈클레르 로지〉로 돌아와 자신의 침대에 누웠다.

토마 르 부크

　수사는 진전이 없었다. 다음날, 라울은 예심판사를 만났는데 판사는 기분이 무척 좋아 보였다. 루슬랭 판사는 수사에 별 흥미를 느끼지 못해 저절로 해결되도록 놔뒀던 사건을 마감해야겠다는 생각을 하면 이처럼 기분이 좋아지곤 했다.

　「아직 사건을 마무리할 단계는 아닙니다. 물론 아니죠! 아직은 여러 가지 사실을 서로 이어 보고, 알리바이도 확인해 봐야 합니다. 구소 수사관은 자신하더군요. 하지만 저는 아직 탑 꼭대기에 올라앉아 있는 〈안〉이나 마찬가지입니다. 오는 사람이 아무도 보이질 않는군요(〈안(Anne)〉은 『푸른 수염』의 주인공. 자신을 죽이려는 푸른 수염으로부터 도망친 뒤, 탑 꼭대기에 올라앉아 구하러 오는 사람을 기다리다가 〈오는 사람이 아무도 보이질 않는다.〉라고 한 대사를 인용하여 답답한 마음을 표현한 것 ── 옮긴이)」

　「바르텔르미에 대한 정보는 아직 찾지 못했습니까?」

「전혀요. 시체 사진을 찍어서 생전 모습을 재현한 뒤, 신문에 실었습니다. 하지만 워낙 희미해서……. 게다가 바르텔르미가 자주 가던 곳에는 수상한 사람들만 있어서인지 경찰에게 협력하려고 하는 자가 없습니다. 바르텔르미의 얼굴을 알아보더라도 사건에 연루될까 봐 입을 다무는 거죠」

「바르텔르미와 시몽 로리앙의 관계도 밝혀지지 않았습니까?」

「전혀요. 게다가 시몽 로리앙은 가명이고 그자가 어디에 살았는지도 아직 모릅니다」

「하지만 조사 결과, 그자가 자주 드나들던 곳이 있었다고 하던데요. 카페에서 그자를 봤다는 얘기도 있고……. 그리고 어떤 신문에는 그자가 미모의 여자와 함께 다녔다는 기사도 실렸더군요」

「모두 확실한 정보는 아닙니다. 그 여자에 대해서도 구체적인 정보는 없습니다. 그런 사람은 숨어 다니고 신분도 자주 바꿀 테니까요」

「제 건축가는요?」

「펠리시앵 샤를르요? 그 친구도 수상하긴 마찬가집니다. 신분증도 없고…… 호적 증명서도 없습니다. 군복무 증명서는 제대로 된 것이긴 한데, 출생 연도와 출생지에 아무것도 쓰지 않았더군요」

「펠리시앵은 뭐라고 대답하던가요?」

「대답하지 않던걸요. 그 친구, 과거에 대해서는 굳게 입을 다물고 있습니다」

「현재 일에 대해서는요?」

「마찬가지입니다. 〈난 죽이지 않았다. 도둑질도 하지 않았다.〉 그래서 제가 물었죠. 〈그럼 이건 어떻게 설명할 거냐? 저건 어떻게 설명할 거냐?〉 그랬더니 〈그 설명을 할 사람은 내가 아니다.

모든 사실을 부인한다.〉고 말합디다. 참, 선생 댁에 있을 동안은 편지 한 통도 받지 않았더군요」

「한 장도 받지 않았습니다. 저 역시 펠리시앵이 어떤 사람인지, 어떤 과거가 있었는지 전혀 몰랐습니다. 그저 건축가와 인테리어 기사가 필요했을 뿐이죠. 누군지 기억도 안 나는데, 한 친구가 펠리시앵의 이름과 주소를 가르쳐 줬습니다. 펠리시앵이 잠시 머물고 있던 하숙집 주소였죠. 편지를 보내자 펠리시앵이 찾아왔습니다」

「다베르니 씨, 그래도 펠리시앵 샤를르는 수상한 인물이 분명합니다」

그 다음날, 라울이 〈클레마티트〉 저택의 문을 두드리자 하인이 나와 롤랑드는 정원에 있다고 가르쳐 주었다.

롤랑드의 모습이 보였다. 그녀는 아무 말 없이 바느질을 하고 있었다. 멀지 않은 곳에는 제롬 엘마가 긴 의자에 누워 책을 읽고 있었다. 그는 조금씩 외출을 하긴 했지만 아직도 통원 치료를 받았다. 몸은 많이 여위었고 눈 주위에는 검은 테가 드리워졌으며, 볼은 피로 때문에 쑥 들어가 있었다.

라울은 정원에 오래 머물지 않았다. 롤랑드는 겉모습만 달라진 게 아니라 정신적으로도 많은 변화를 겪은 것 같았다. 정신이 딴데 팔려 있는 것 같기도 했고, 누구에게도 굴복하지 않으려고 저항하는 사람 같았다. 라울이 묻는 말에도 겨우 대답했다. 제롬도 예전과 달리 말이 없었다. 그는 의사들이 산에서 여름을 보내라고 했다며 곧 떠날 거라고 알려 주었다. 게다가 고통스러운 기억만 떠오르는 베지네에서는 잠시도 머물고 싶지 않다고 했다.

이처럼 라울은 어디를 돌아봐도 같은 난관에 부딪혔다. 우선, 수사는 진척을 보이지 않았다. 또 사람들은 침묵과 불신을 보일 뿐이었다. 펠리시앵 샤를르, 포스틴, 롤랑드 가브렐, 제롬 엘마……, 모두 비밀을 간직한 채 자기 세계에 갇혀 있거나, 입을 굳게 다물고 진실을 밝혀 낼 생각조차 하지 않았다.

그러나 목요일 오전이면 진실의 커다란 부분이 드러날 것이다. 토마 르 부크가 약속 장소에 나타날까? 젠틀맨이 수상하다고 생각하진 않았을까? 〈클레르 로지〉로 자신을 유인하려 한다는 걸 눈치 채지는 않았을까? 지난 이틀 동안 정신이 말짱한 상태에서 고민해 본 후, 함정을 간파한 것은 아닐까?

라울은 그렇지 않기를 바랐다. 그는 약속한 시각에, 정해진 장소로 운전사를 보냈다. 토마 르 부크는 젠틀맨이 취중에 한 말을 의심할 수 없었을 것이다. 그리고 르 부크가 약속 장소에 나와야 할 이유가 또 한 가지 있었다. 젠틀맨을 살해했기 때문이다. 주머니에서 지폐 몇 장이나 훔치자고 사람을 죽이지는 않았을 테고, 분명히 다른 이유가 있을 것이다.

그때 차 소리가 들렸다. 자동차가 정원으로 들어왔다. 라울은 미리 지시를 내려 두었기 때문에 서재에 앉아 기다렸다. 많은 노력을 기울이며 기다려 온 일이었다. 이제 잠시 후면 그자와 만난다. 아르센 뤼팽을 대상으로 한 음모를 알고 있는 유일한 사람, 토마 르 부크, 바르텔르미와 시몽이 준비한 계획에도 가담한 토마 르 부크……. 그 토마 르 부크가 이곳에 왔다.

라울은 바지 주머니에 들어 있던 권총을 꺼내 금방 꺼낼 수 있도록 양복 안주머니로 옮겨 넣었다. 그자는 위험한 인물이므로 신중을 기해야 했다.

하인이 문을 두드리자 라울이 말했다.

「들어오십시오」

문이 열렸다. 르 부크가 안으로 들어왔다. 하지만 그는 완전히 다른 사람으로 보였다. 깨끗한 양복에 주름을 세운 바지, 머리에는 근사한 모자까지, 마치 상류층 신사 같았다. 그는 두 다리를 굳건히 디디고 가슴을 쫙 편 채 바른 자세로 서 있었다.

두 사람은 잠시 동안 서로를 바라보았다. 토마 르 부크는 라울이 잔지바르에서 본 젠틀맨이라는 사실을 알아차리지 못했다. 그는 물속으로 던져 버린 몰락한 귀족과 〈클레르 로지〉 저택의 주인인 라울 다베르니를 연관 짓지 못했다.

라울이 말했다.

「내가 탐정 사무소에 부탁한 일을 맡은 사람이 당신입니까? 펠리시앵 샤를르를 조사해 오라고 했습니다만」

「아뇨」

「아니……! 그럼 당신은 누굽니까?」

「그 사람 대신 나온 사람이죠」

「왜죠?」

「여긴 우리밖에 없습니까? 다른 사람이 방해하진 않겠습니까?」

「방해받을까 걱정됩니까?」

「예」

「그건 왜죠?」

「이 세상에 단 하나뿐인 사람한테만 해야 할 이야기가 있으니까」

「그게 누구죠?」

「아르센 뤼팽」

토마 르 부크는 충격 효과를 기대했는지 그 이름을 소리 높여 말했다. 처음부터 그는 적의를 드러내며 공격을 시작했다. 말투나 태도를 보면 알 수 있었다. 뤼팽은 조금도 동요하지 않았다. 이미 이곳에서 포스틴에게 그 이름을 들은 적이 있다. 게다가 포스틴이 시몽 로리앙과 연인 사이였으니 시몽의 형제인 토마 르 부크와 아는 사이였을 것이다.

라울은 간단하게 대답했다.

「아르센 뤼팽을 만나러 왔다면 잘 찾아오셨습니다. 제가 아르센 뤼팽입니다, 그런데 댁의 성함은?」

「말해도 잘 모를 거요」

토마 르 부크는 예상치 못한 반응에 약간 당황해서 다른 공격 방법을 찾았다.

라울이 벨을 누르자 운전사가 들어왔다. 라울이 말했다.

「이분이 쓰고 계신 모자를 벗겨 드리게」

토마는 말뜻을 알아차리고 하인에게 모자를 내밀었다. 그러고는 화가 난 듯 빈정거리며 소리쳤다.

「대귀족의 예절이라 이거지, 응? 그래, 아르센 뤼팽······. 전통 있는 귀족 가문······! 항상 그런 이름을 달고 다니지. 내 스타일은 아냐. 난 대귀족도 아니고 귀족 이름도 없으니까. 그러니까 좀 호의를 베풀어서 한 단계 낮추라고. 나랑 얘기하려면 그게 나을 테니까」

그는 담배에 불을 붙이고 비웃으며 말했다.

「한 방 먹었나? 이런! 후작이나 공작하고만 일하던 사람이 대담한 불한당을 코앞에서 상대하려니······」

라울은 여전히 침착하게 대답했다.

「후작이나 공작과 일을 할 때는 최대한 예의를 갖추려고 노력하지. 하지만 백정 같은 놈과 일할 때는······」

「그럴 땐 어떻게 하지?」

「뤼팽 식으로」

뤼팽은 순식간에 남자가 입에 물고 있던 담배를 날려 버리며 말했다.

「자, 어서 끝내지. 난 바쁜 몸이니까. 네가 원하는 게 뭐냐?」

「돈」

「얼마나?」

「10만 프랑」

라울은 깜짝 놀란 척을 했다.

「10만 프랑! 그럼 뭔가 대단한 물건이라도 가져 왔나?」

「아무것도」

「그럼, 협박이냐?」

「비슷해」

「공갈?」

「정확한 말이군」

「돈을 주지 않으면 나한테 해로운 행동을 할 거란 말이냐?」

「그래」

「어떤 행동?」

「널 고발할 거야」

라울은 고개를 가로저었다.

「계산 잘못했군. 난 그런 일로 거래를 하지 않아」

「하게 될걸」

「아니. 거래를 하지 않으면 어떻게 할 건데?」

「그럼 경찰청에 편지를 써야지. 라울 다베르니가 베지네 사건과 관련이 있으며 그가 다름 아닌 아르센 뤼팽이라고 말이야」

「그런 다음엔?」

「넌 교도소에 가게 될 거다, 뤼팽」

「그 다음엔? 네가 10만 프랑을 받을 수 있을까?」

라울은 어깨를 으쓱하며 말했다.

「멍청하긴! 수작을 부리는 것도 내가 자유로울 때, 그래서 네가 무슨 일을 벌일지 두려워할 때나 가능한 거야. 자, 다른 이유를 대 봐」

「물론 또 있지」

「뭔데?」

「펠리시앵」

「펠리시앵에게 불리한 증거를 갖고 있나? 펠리시앵이 물건을 훔치기라도 했어? 살인이라도 저질렀어? 교도소에 갈 일이라도 있나? 단두대에 오를 일이야? 그러거나 말거나 그게 나랑 무슨 상관이지?」

「너랑 상관없는 일이면 왜 펠리시앵에 대해 알아보라고 5000프랑이나 줬지?」

「그건 다른 일이야. 하지만 펠리시앵이 교도소에 가든 다른 곳에 가든 난 아무 관심 없어. 펠리시앵이 체포되도록 한 게 누군지 알아? 바로 나라고」

토마는 침묵을 지키고 있었지만 입술 사이로 비웃음이 새어 나왔다. 라울은 약간 불안해졌다.

「왜 웃지?」

「아무것도 아냐……. 어떤 기억이 떠올라서……」

「무슨 기억?」

불안은 사라졌다. 이제 과거의 어떤 사실을 통해 이 어두운 사건에 라울이 연루된 이유가 밝혀질 듯했기 때문이다.

「무슨 기억? 말해」

「들라트르 박사를 알지?」

「그래」

「예전에 네가 여관에서 죽어 가고 있을 때, 부하들이 한 의사를 납치해 왔지. 널 수술해서 살려낸 의사가 바로 그 박사야. 안 그래?(『기암성』을 참조할 것——지은이)」

라울은 깜짝 놀라 말했다.

「아! 그 오래전 일을 알고 있었나?」

「다른 일도 알고 있지. 펠리시앵을 추천한 것도 들라트르 박사였지?」

「그래」

「넌 들라트르 박사가 펠리시앵을 전혀 모른다는 사실을 알게 됐어. 그리고 박사에게 펠리시앵을 추천해서 편지를 보낸 사람은 다름 아닌 박사의 하인, 바르텔르미이며 그가 얼마 전에 〈오랑주리〉 저택에서 살해당했다는 사실도 알아냈어」

「지금까진 다 아는 얘기군」

「기다려. 별로 길지 않으니까. 넌 이 사건이 어떻게 진행되어 왔는지부터 알아야 해. 그러니까 펠리시앵을 네 집에 들여보낸 사람은 바르텔르미라고」

「펠리시앵도 동의했나?」

「물론」

「그런 음모를 꾸민 의도가 뭐지?」

「너한테 돈을 뜯어내려고」

「바르텔르미는 죽었고 펠리시앵은 교도소에 있으니 그 계획은 실패로 돌아갔군」

「그래. 하지만 이제 난 내 방식대로 다시 계획을 세웠어. 내가 이곳에 온 이유는 그 때문이지」

「그런데 난 그 이유를 잘 모르겠단 말야. 구체적으로 무슨 일이지?」

「기다려. 시간을 거슬러 올라가면서 차례로 얘기해 주지. 바르텔르미는 벌써 15년 전부터 펠리시앵을 지켜봐 왔어. 펠리시앵은 건축학 학위를 받기 위해 공부하던 중이었지. 그전에는 식료품 가게 직원이었고, 그전에는 관청에서 일했어. 그전에는 지방에 있는 한 정비소에서 일했지. 자, 이렇게 해서 이제 바르텔르미가 펠리시앵을 처음 만난 시기로 거슬러 올라왔군. 펠리시앵은 푸아투에 있는 한 농장에서 그곳 아이들과 함께 자랐어」

라울은 상대가 무슨 말을 하려고 하는 건지 이해가 가진 않았지만 그의 이야기에 점점 더 흥미를 느꼈다. 그가 물었다.

「물론, 펠리시앵이 경찰 조사에서 입을 꾹 다물고 있긴 했지만 이 모든 사실을 알고 있었다, 그건가?」

「거의 그래」

「그럼 바르텔르미는 어떻게 알았지?」

「농장 여주인을 통해서 알았지. 그녀는 과부였는데 바르텔르미는 그 여자에게 친구가 돼 주었어. 농장 여주인은 예전에 한 여자가 양육비로 거액을 주면서 아이를 맡기고 갔다는 얘기를 들려 주었지」

라울 다베르니는 정확한 이유는 알 수 없었지만 왠지 불안해지기 시작했다. 그가 중얼거리듯 말했다.

「그게 몇 년도였지?」

「난 몰라」

「하지만 그 여자를 통해서 알았을 것 아냐?」

「그 여자는 죽었어」

「바르텔르미는 알았을 것 아냐?」

「바르텔르미도 죽었잖아」

「하지만 살아 있을 때 말했을 것 아냐?」

「그래, 한 번 들은 적이 있지」

「그렇다면 어서 말해. 그 여자는? 아이의 엄마는……?」

「그 여자는 아이의 엄마가 아니었어」

「아이 엄마가 아니었다고!」

「아니었지. 그저 아이를 납치한 거였어」

「왜?」

「복수를 하기 위해서였겠지」

「그 여자는 어떤 사람이었지?」

「대단한 미인이었다더군」

「부자였나?」

「부자였던 것 같아. 그곳에 자동차를 타고 왔으니까. 다시 돌아올 거라고 말했지만 한 번도 다시 온 적은 없었지」

　라울은 점점 더 거북해졌다.

　그가 소리쳤다.

「그래서, 뭐야! 그 여자가 무슨 정보를 주던가? 아이의 이름은? 펠리시앵?」

「펠리시앵은 농장 집 여주인이 붙여 준 이름이지……. 펠리시앵 샤를르. 여주인은 이름을 두 개 지어서……. 때로는 펠리시앵…… 때로는 샤를르라고 불렀지……」

「진짜 이름은?」

「농장 여주인은 모를걸」

「하지만 그 여자는 다른 사실이라도 알고 있었을 것 아냐?」

「아마도……. 아마 잘 알겠지……. 하지만 아무것도 말하지 않았어……」

「거짓말! 넌 거짓말을 하고 있어. 그 여자는 다른 사실도 알고 있고, 그 얘기도 했어」

「그 여자는 아무것도 몰랐어. 하지만 바르텔르미는 그 여자와 가까이 있는 동안 조사를 했지. 그곳에서 10킬로미터 떨어진 이웃 마을에서 자동차가 고장 난 적이 있었고, 아이를 맡긴 여자가 그곳에서 자동차 부품을 교체했다는 사실을 알아냈어. 정비소에서 일하던 한 정비공이 자동차 쿠션 아래에서 편지 한 장을 발견했지. 그곳에는 칼리오스트로 백작 부인이라는 이름이 씌어 있었다더군」

라울은 소스라치게 놀랐다.

「칼리오스트로 백작 부인!」

「그래」

「그 편지는 어떻게 됐지?」

「바르텔르미가 정비공한테서 훔쳤지」

「너도 그 편지를 봤어?」

「바르텔르미가 읽어 줬어」

「기억 나……?」

「전체 내용은 기억 나지 않아」

「그럼?」

「이름」

「무슨 이름?」

「아이의 아버지 이름」

「어서 말해! 어서 말하란 말야」

「라울」

라울은 남자에게 달려들어 어깨를 짓눌렀다.

「거짓말」

「맹세코 진실이야」

「거짓말이야! 네가 지어낸 얘기야. 라울은 아무 의미도 없는 이름이라고. 프랑스에는 라울이란 이름을 가진 사람이 10만 명이나 있어. 성은?」

「라울 드 리메지……. 라울 다베르니란 네 이름과 거의 비슷하지. 뤼팽의 수많은 가명 중 하나……」

라울은 비틀거렸다. 예전에 자신의 이름이 라울 드 리메지가 아니었던가! 아! 이런 끔찍한 일이! 그의 인생에서 가장 끔찍했던 시기가 어둠 속에서 되살아났다. 하지만 어떻게 펠리시앵이……!

뤼팽은 그런 추측을 하지 않으려고 애쓰며 낮은 목소리로 말했다.

「거짓말! 넌 아무렇게나 얘기를 꾸며 내고 있는 거야」

「내가 리메지란 이름을 꾸며 낼 수나 있을 것 같아?」

「누가 그 이름을 말해 줬지?」

「바르텔르미」

「바르텔르미는 사기꾼이야. 난 그런 사람은 알지도 못해. 그자도 날 모르고」

「과연 그럴까? 」

「아니면?」

「바르텔르미는 당신의 부하였어」

「지금 뭐라고 지껄이는 거야?」

「당신의 옛 공범자였다고」

「바르텔르미가?」

「예전에는 그 이름을 사용하지 않았지」

「그럼 무슨 이름이었지?」

「오귀스트 델드롱. 뤼팽이 치안국장이었을 당시, 내무부 장관 수석 보좌관으로 심어 놓은 인물이지」

두목

라울은 고개를 숙였다. 그리고 기억을 더듬어 보았다. 자신이 활동하던 초기에 오귀스트 델르롱은 가장 열심히 일하던 부하였으며, 비밀스러운 계획에도 빈번히 참여하던 믿음직한 인물이었다. 하지만 내무부 장관 관저 사건 이후로는 더 이상 그의 소식을 들을 수 없었다.

그런데 그런 오귀스트 델르롱이 바르텔르미란 이름으로, 옛 두목에게 계략을 꾸몄던 것이다.

토마 르 부크는 이런 라울의 태도를 보며 더욱 대담해졌다. 그는 벌써 승리라도 한 것처럼 말했다.

「20만 프랑이다. 여기서 한 푼도 뺄 수 없어」

그러고는 더욱더 친근하면서도 거만한 말투로 말했다.

「이제 이해가 되나? 너에 관한 일이라고 생각했을 땐 돈을 내놓지 않으려고 했겠지. 하지만 네 아들과 관련된 일이니 좀더 미묘하지 않겠어? 30만 프랑을 주지 않으면……. 분명히 30만이라고 말했다. 그럴 가치는 충분히 있으니까……. 주지 않으면 예심판사에게 펠리시앵의 과거를 소상히 밝히고, 펠리시앵이 라울 다베르니……, 그러니까 너 뤼팽의 아들이란 사실을 논리적으로 입증할 테다. 뤼팽의 아들, 뤼팽이 리메지 남작이란 이름으로 결혼한 여자……」

라울은 고개를 들어 입을 다물라는 손짓을 했다.

「입 닥쳐. 그 이름은 네 더러운 입에 담지 마」

하지만 라울은 마음속으로 그 이름을 되뇌었다. 그러자 비극적인 사건이 머릿속에 다시 떠올랐다. 클레르 데티그에 대한 순수하고 매력적인 사랑……, 그리고 잔인하고 야만적인 인물, 조제핀 발사모……, 칼리오스트로 백작 부인을 향한 광적인 열정……. 치열한 싸움이 벌어진 후, 클레르 데티그와 한 결혼. 그 결말은? 그로부터 5년 후, 그들 사이에 한 아이가 태어났고, 아이는 장 드 리메지란 이름으로 호적에 올렸다. 그런데 아이가 태어난 지 이틀 후, 아이 엄마가 산고로 사망했고, 아이는 칼리오스트로 백작 부인의 부하에게 납치당했다.

그런데 칼리오스트로의 증오와 복수를 먹고 자란 아이, 장 드 리메지가 어느 날 푸아투에 있는 한 농장 여주인에게 보내졌다고? 클레르 데티그와 만든 아름다운 추억 속에서 라울이 찾아 헤맸던 장이 바로 펠리시앵이었고, 라울에게 음모를 꾸미기 위해 그의 집으로 들어왔단 말인가? 그런 펠리시앵이 바로 자신의 아들이었단 말인가? 자신이 교도소에 보낸 사람이 친아들이었단 말인가?

라울이 넌지시 물었다.

「칼리오스트로 백작 부인은 죽은 줄 알았는데?」

「그래서? 하지만 아이는 죽지 않았지. 그 아이가 바로 펠리시
앵이라니까」

「증거라도 있나?」

르 부크는 비웃으며 말했다.

「증거야 경찰이 찾아내겠지」

라울이 다시 물었다.

「증거가 있냐고?」

「물론 확실한 증거가 있지. 바르텔르미가 인내심을 가지고 긁
어모은 증거들……. 너도 봤지? 안 그래? 그건 바르텔르미의 일생
일대의 건수였어! 그 아이를 네 집에 들여놓은 순간, 널 손톱으
로 움켜쥔 거나 마찬가지였으니까. 바르텔르미는 오늘 내가 하고
있는 일을 자신이 직접 하게 될 날만 기다려 왔어. 이렇게 네 면
전에 대고 소리치는 거지. 〈돈을 내놔. 그렇지 않으면 경찰에 넘
기겠다. 너와 네 아들까지……. 너와 네 아들 말이야!〉」

라울은 세 번째 반복해서 말했다.

「증거는 있어?」

「바르텔르미는 수년간 조사를 계속한 끝에 나한테 어느 날, 봉
투 하나를 보여 주더군」

「그 봉투는 어디에 있지?」

「시몽의 애인에게 주었을 거다. 그 여자는 코르시카 출신으로
바르텔르미와도 잘 통했지」

「그 여자를 볼 수 있을까?」

「어려울 거야. 시몽이 죽은 뒤로는 한 번도 보지 못했으니까.
경찰도 그 여자를 찾고 있는 모양이던데……」

라울은 오랫동안 입을 다물고 있었다. 그리고 나서 그는 하인을 불렀다.

「점심 식사 준비는 다 됐나?」

「예」

「그럼 1인분 더 차리게」

그는 식당으로 가서 르 부크를 앞자리에 앉으라고 권했다.

「앉게」

르 부크는 당황해서 라울이 시키는 대로 따랐다. 르 부크는 이제 계약이 성사된 것이나 다름없으니 40만 프랑을 요구해도 되겠다고 생각했다. 예기치 못한 공격에 거꾸러진 라울 다베르니가 그깟 돈 따위를 아끼려고 들지는 않을 것이기 때문이었다.

라울은 조금밖에 먹지 않았다. 하지만 르 부크가 생각하는 것처럼 적의 공격에 거꾸러진 것이 아니라 수심에 잠긴 것뿐이었다. 라울에게도 이번 문제는 매우 복잡해서 해결책을 찾기 전에 이리저리 머리를 굴리며 궁리해야 했다. 두 가지 문제가 있으니 해결책도 두 가지를 찾아야 했다. 우선 펠리시앵에 관한 문제가 있었다. 그리고 그보다 좀더 가까이 있는 문제는 토마 르 부크의 위협에 대처하는 것이었다. 이들은 서재로 자리를 옮겼다.

30여 분 동안 침묵이 흘렀다. 르 부크는 소파에 몸을 기댄 뒤, 하바나 담뱃갑에서 커다란 시가를 하나 꺼내 맛있게 피웠다. 라울은 뒷짐을 지고 생각에 잠겨 방 안을 서성거렸다.

마침내 르 부크가 먼저 입을 열었다.

「많이 생각해 봤는데 50만 프랑 아래로는 조금도 양보할 수가 없겠어. 50만 프랑이 적당할 것 같군. 내가 조치를 취해 뒀다는 걸 명심해. 네가 엉뚱한 수작을 부리면 내 친구가 경찰에 고발장을 전달할 테니까. 그러니 댁은 아무리 발버둥 쳐 봐야 소용없어. 년 독 안에 갇힌 쥐나 다름없다고. 더 흥정할 생각은 마. 50만 프랑이야. 한 푼도 양보 못해」

라울은 아무 대답도 하지 않았다. 그는 이제 생각을 마치고 침착함을 되찾은 뒤였다. 그는 그 어떤 것도 자신의 결정을 번복하게 할 수 없다고 생각하는 사람 같았다.

10여 분 후, 그는 탁자 위에 놓인 소형 추시계를 들여다보았다. 그리고 나서 전화기 앞에 앉아 수화기를 들고 다이얼을 돌렸다.

상대방이 전화를 받자 그가 물었다.

「경찰청입니까? 루슬랭 씨 사무실로 연결해 주시겠습니까?」

그리고 잠시 후 이어서 말했다.

「전 라울 다베르니입니다. 예심판사님이십니까? 잘됐군요, 감사합니다……. 예, 새로운 소식이 있습니다. 베지네 사건에 직접 가담한 자를 저희 집에 붙들어 두고 있습니다……. 아뇨, 아직 자백하지는 않았지만 돌아가는 상황으로 볼 때, 이제 자백할 수밖에 없을 겁니다……. 여보세요……! 예, 바로 그겁니다……. 사람을 보내시는 게 가장 좋을 것 같습니다만……. 구소 주임 수사관이오? 아주 좋습니다. 아! 걱정하지 마십시오. 도망치지 못할 겁니다. 포박해서 바닥에 뉘어 놓았거든요. 감사합니다, 예심판사님!」

라울은 수화기를 내려놓았다.

토마 르 부크는 통화 내용을 들으면서 놀랄 수밖에 없었다. 그는 얼굴이 창백해져 조금 전과는 완전히 딴판으로 변했다. 그가 더듬거리며 말했다.

「미쳤군! 그게 도대체 무슨 뜻이지? 날 체포하라니……! 날!

하지만 그러면 너와 펠리시앵도 체포될걸」

라울은 그의 말을 듣지도 않았다. 그는 토마 르 부크가 그곳에 없는 사람처럼 행동했으며, 토마 르 부크와 전혀 상관없는 계획을 꾸미는 사람 같았다. 라울 다베르니에 관련된 일일 뿐 토마 르 부크와는 관련 없는 일이라는 듯.

토마 르 부크는 자기도 모르게 권총을 꺼내어 장전을 한 뒤 라울을 향해 겨누었다.

그가 말했다.

「미친놈들은 쏴 죽이는 수밖에……」

하지만 그는 총을 쏘지 않았다. 다베르니를 없애면 자신의 목적을 이룰 수도, 돈을 받을 수도 없기 때문이었다. 게다가 라울 다베르니가 르 부크를 불속에 던져 넣으려고 르 부크와 함께 불길에 뛰어들 사람이란 말인가? 절대 아니다. 공갈을 하는 것이 아니라면 어떤 오해나 실수가 있는 게 분명하다. 어쨌든 아직은 설명을 들을 시간이 30분이나 남아 있었다.

그는 다시 담배를 피우며 농담을 던졌다.

「잘했어, 뤼팽. 역시 평판과 다를 바 없군. 바르텔르미한테서 들은 얘기도 이제 좀 실감이 가는걸. 젠장, 반격도 아주 좋았어! 하지만 그것도 나한텐 통하지 않아. 자, 생각 좀 해 보자고, 뤼팽. 네가 날 경찰에 넘긴다고 치자. 난 아르센 뤼팽과 비슷한 사람을 보고 협박을 시도한 것뿐이야. 결국 너만 우습게 될걸. 넌 나를 잘 알지도 못하니까! 왜 내가 경찰한테 잡혀갈 만한 일을 저질렀을 거라고 생각하지? 내가? 난 눈처럼 깨끗해. 비난받을 만한 일은 하나도 하지 않았다고」

「그래? 그럼 왜 그렇게 새파랗게 질렸지? 시계는 왜 자꾸 쳐다보는 거야?」

「시계는 너도 보고 있잖아? 다시 한번 말하지만 난 정직한 사람이야」

「뒤로 돌아봐, 정직한 아저씨. 이 열쇠로 책상 서랍을 열어. 좋아. 선반 위에 서류철이 보이지? 그걸 가져와. 고맙군. 난 진행 중인 계획에 관한 서류들을 이렇게 정리해 놓지. 그중에는 너에 관한 서류도 있어」

라울은 P. Q. R. S. T. 로 이어지는 머리글자를 뒤적여 서류를 찾았다.

「여기 있군. 넌 T 항목으로 분류되어 있어」

「T 항목?」

「물론……. 네 서류 제목이 토마(Thomas)니까」

그는 서류를 붙잡고 큰 소리로 읽었다.

「〈토마 르 부크, 다시 말해 토마 르 부크메쾨르. 신장은 1미터 75센티미터. 가슴둘레 95센티미터. 수염은 짧고, 머리 앞부분이 벗겨짐. 저속한 말투, 때로는 야만적임. 거주지, 그르넬 24번지 아르드부가. 애인은 아래층에 사는 정육점 여주인. 좋아하는 향기는 흰 라일락 향. 서랍장 안에는 하늘색 실크 팬티 두 장과 같은 색깔의 양말 네 켤레가 들어 있음.〉 이 내용 모두 맞지, 토마 르 부크?」

토마는 어안이 벙벙한 표정으로 라울을 바라보았다.

라울이 말했다.

「계속하지.〈토마 르 부크란 자는 별 볼일 없는 화가, 시몽 로리앙과 형제지간이며, 두 사람 모두〈오랑주리〉저택 도난 사건의 주범인 바르텔르미의 아들임.〉」

토마 르 부크는 자리에서 일어났다.

「도대체 무슨 말을 하는 거야? 억지가 따로 없군!」

「전부 사실이야. 경찰이 가택수사를 벌이면 곧 밝혀질 사실이지. 네 집이건, 네 애인 집이건, 아니면 네가 자주 들락거리는 잔지바르에서건 말야」

르 부크는 혼란스런 가운데서도 아무렇지 않은 척 허세를 부렸다.

「그래서? 그래서? 그래서 내가 어떻게 되길 바라지? 내가 무슨 죄라도 저질렀을 거라고 생각하나?」

「적어도 교도소에 갈 만한 일은 저질렀지」

「그렇다고 해도 너랑 함께 들어갈걸」

「아니, 여기 있는 정보는 모두 피상적이고 의미 없는 것들뿐이야. 이 서류는 구소 주임 수사관이 올 때까지 탁자 위에 그대로 놔두지. 하지만 그보다 더 괜찮은 건수가 있어」

르 부크가 떨리는 목소리로 물었다.

「뭐라고?」

「네가 몰래 들어간 집……. 몇 가지 자질구레한 일……. 네가 저지른 몇 가지 사건……. 경찰을 움직이는 건 어렵지 않아. 필요한 증거는 다 갖추고 있으니까」

토마 르 부크는 떨리는 손으로 권총을 꼭 쥐었다. 그는 조금씩 정원 차고가 보이는 창문을 향해 뒷걸음쳤다. 그리고 더듬거리며 말했다.

「거짓말……! 뤼팽이 쓰는 속임수지……! 진실은 하나도 없어. 증거는 하나도 없다고」

라울은 그에게 다가가 다정하게 말했다.

「총을 내려놔……. 도망칠 궁리도 하지 말고……. 우린 싸우지 않을 테니까. 그냥 얘기를 하는 거야. 아직 15분이나 남았거든. 내 말 잘 들어봐. 그래, 난 아직은 그럴듯한 증거를 수집할 만한 시간이 없었어. 하지만 구소나 그의 동료들이 증거를 찾아내는 건 식은 죽 먹기야. 그리고 새로운 일이 있지. 안 그래? 너도 내가 무슨 말을 하려는 건지 알겠지? 사흘 전에 ……. 그건 가벼운 형량으로 끝날 일이 아닐 텐데!」

토마 르 부크는 얼굴이 파랗게 질렸다. 범행을 저지른 지 겨우 며칠밖에 지나지 않았기 때문에 그 끔찍한 기억은 아직도 머릿속에 생생했다. 라울이 말했다.

「〈젠틀맨〉이라고 불리던 남자를 잊지는 않았겠지? 내가 부탁한 정보를 조사하고 다니던 탐정 사무소 직원 말야. 그런데 왜 네가 그 사람 대신 이곳에 온 거지?」

「그자가 부탁한 일이야……」

「거짓말. 내가 탐정 사무소에 전화를 해 봤어. 그자가 며칠 전부터 보이질 않는다더군……. 일요일 저녁 이후로 말이야……. 그래서 내가 직접 찾아봤지. 네가 사는 동네에 있는 잔지바르에도 가 봤어. 일요일 밤에 너와 젠틀맨이 둘 다 얼큰히 취해서 바를 나섰다더군. 그 이후로 소식이 끊겼지」

「그렇다고, 그게 무슨 증거라도 돼?」

「또 다른 증거가 있지. 강가에서 너와 그자가 함께 있는 모습을 목격한 사람이 두 명이나 있어」

「그래서?」

「그래서? 센 강을 따라 걸을 때 네 얘기를 엿들은 사람이 있지……. 싸우는 모습도 목격했고……. 네 옆에 있던 남자가 살려 달라고 소리를 쳤다더군……. 난 그 목격자들 이름도 알고 있지……」

르 부크는 더 이상 반박하지 않았다. 그는 그 목격자들이 왜 그 당시 싸움에 끼어들지 않았는지, 왜 그곳에 있다는 인기척을 내지 않았는지도 묻지 않았다. 그는 아무 생각도 할 수 없었다. 너무나 두려운 나머지 숨을 헐떡일 뿐이었다.

라울은 숨을 고를 시간도 주지 않고 말했다.

「자, 그럼 이제 네가 그자한테 무슨 일을 했는지, 그자를 어떻게 물에 빠뜨려 죽였는지를 경찰에게 설명해야겠군. 그자는 정말로 익사했으니까. 어제저녁에 시체를 찾았거든……. 좀 멀리 떨어진……. 시뉴 섬 주변에서……」

르 부크는 팔을 이마로 가져다 댔다. 범행 당시의 끔찍한 순간, 술에 취해 넘어지고 싸우다가 새까만 물속으로 상대가 사라지던 장면을 떠올리고 있는 모양이었다. 하지만 그는 라울의 말에 저항하려고 애썼다.

「아무도 몰라……. 아무도 보지 못했어……」

「그럴지도 모르지. 하지만 그런 사실을 알 수는 있어. 젠틀맨이 자기 상관과 탐정 사무소 동료에게 미리 얘기해 두었거든. 그날 아침에 미리 말했지. 〈나한테 무슨 일이 생기면 토마 르 부크라는 사람을 조사해 봐. 그자를 믿을 수가 없거든. 그르넬에 있는 잔지바르에서 만나기로 했어.〉 하고 말야. 그리고 나도 그곳에서부터 널 추적해 왔지……」

라울은 이제 적이 쓰러졌다고 느꼈다. 토마는 더 이상 저항하지 않았다. 토마 르 부크는 그에 눌려 힘이 완전히 빠진 상태였다. 토마는 라울이 또다시 강한 힘과 의지로 자신을 어떻게 대할지 생각해 보거나 이해할 힘조차 없었다. 이제 그는 라울이 어떤 말을 하든 무조건 받아들일 태세였다. 그것은 범죄를 저지른 사람이 느끼는 두려움이 아니라 한 인간이 자신에게 명령을 내리는 또 다른 인간, 다시 말해 두목 앞에서 느끼는 패배감이었다.

라울은 토마의 어깨에 손을 얹고 자리에 앉혔다. 그러고는 부드럽고 친절한 목소리로 말했다.

「도망치진 않겠지, 안 그래? 내 하인들이 곳곳에서 널 감시하고 있어. 날 믿어. 뤼팽과 함께 있으면 아무 일도 없을 테니까. 내 말만 잘 들으면 쉽게 난관을 극복할 수 있지. 단지, 나한테 무조건 복종해야 해. 용감하고 솔직하게. 자, 대답해 봐. 전과는 없나?」

「없어」

「강도나 사기 사건은?」

「들킨 적은 한 번도 없어」

「널 수상하게 여기거나 고발할 사람은 아무도 없단 말이지?」

「그래」

「신원 조사실 명단에도 올라 있지 않은 거지?」

「그래」

「맹세할 수 있어?」

「맹세하지」

「그렇다면 내 부하로 받아들여 주지. 몇 분 후면 구소 수사관이 부하들을 데리고 도착할 거야. 그러면 넌 그냥 체포되는 거야」

토마는 눈을 동그랗게 뜨고 공포에 질려 소리쳤다.

「미쳤군!」

「이미 나한테 잡혔는데 경찰 손에 들어가는 게 뭐가 어때서 그

러나? 나한테 잡혀 있는 게 훨씬 더 심각한 일이라고. 잡혀 있기
는 마찬가지야. 그러면서 나도 도와주고」

토마 르 부크의 눈이 이글거렸다.

「내가 널 돕는다고?」

「물론, 이렇게 중요한 일을 도운 대가는 크기 마련이지. 어떻
게 돕느냐고? 펠리시앵이 내 아들인지 아닌지 확인할 방법은 한
가지뿐이야. 직접 물어보는 거지. 무슨 일이 있어도 그자를 만나
야겠어. 게다가 내 아들이라는데 내가 교도소에 그냥 놔둘 것 같
은가?」

「펠리시앵을 빼내 올 방법은 없어……」

「아니 있어. 경찰이 내세운 내용은 추측일 뿐이야. 확실한 게 아
니지. 네가 체포돼서 자백을 하면 모든 게 순식간에 뒤집어질 거다」

「무슨 자백?」

「네 아버지 바르텔르미가 집을 털고, 시몽이 부상을 당하던 시
각에 넌 뭘 하고 있었지?」

「두 사람이 하라는 대로 트럭을 한 대 빌려서 샤투 근처에서
기다리고 있었어. 내가 필요할지도 모른다면서 기다리라고 하더
군. 밤 12시 반쯤이 되자, 난 두 사람이 다른 길로 집에 돌아갔을
거라고 생각했어. 그래서 나도 집으로 돌아갔지」

「좋아. 집으로 돌아간 시각은? 증명할 수 있어?」

「그래. 트럭을 차고에 갖다 주고 야간 경비원하고 얘기를 했으
니까. 그때가 새벽 1시가 조금 넘은 시각이었어」

「아주 좋아. 조사할 때 그대로 정확히 얘기해. 샤투 근처에서
기다리고 있었다고 얘기하는 거야. 하지만 자정 전에는……, 들
었어? 자정 전에는 말야……. 걱정이 돼서 〈오랑주리〉 저택 근처

를 서성거렸다고 해. 그런 다음, 호수로 이어지는 막다른 길로 가서 배를 끌어왔고……. 그러고는 〈오랑주리〉 저택 앞까지 간 거야. 하지만 바르텔르미도, 시몽도 보이질 않고 길에 아무도 없어서 트럭으로 돌아온 거지. 알겠어?」

토마 르 부크는 주의 깊게 듣고 있다가 고개를 가로 저었다.

「너무 위험해! 날 공범으로 잡아들일걸. 생각해 봐. 〈오랑주리〉 저택 근처를 서성거리고 배를 탄 얘기를 하면 내가 이번 일에 가담했다는 뜻이 되잖아」

「간접적으로 가담한 것뿐이야. 기껏해야 6개월 형이나 받을까……. 중요한 건 시몽과 제롬 엘마가 공격을 받은 시각에 네가 이미 파리로 돌아와 있었다는 거지. 넌 얼마든지 그 사실을 증명할 수 있잖아」

「그래. 하지만 재수 없으면 이삼 년 동안 썩을지도 몰라. 그 사이에 펠리시앵은 석방되겠지」

「바로 그거야. 펠리시앵이 배를 타고 있는 모습을 봤다는 증언이 불확실한 것으로 판명되고, 돈을 훔치기 위해 〈오랑주리〉 저택 근처를 서성거린 사람이 너라고 믿게 되면 펠리시앵에게 불리한 추론은 무너지게 돼 있어. 안 그래도 확실한 근거가 없는 추론이었으니까」

토마는 잠시 망설이다가 말했다.

「그렇다고 쳐. 단……」

「단……?」

「얼마를 받느냐가 문제지. 네가 생각하는 것보다 더 오래 빵에서 썩어야 할지 모르니까」

「네가 한 일에 비해 훨씬 많은 금액을 주지」

「얼마?」

「펠리시앵이 석방되는 날 10만. 네가 석방되는 날 10만. 두 번에 걸쳐서 거액을 주겠어」

토마 르 부크는 눈을 껌뻑거렸다. 그는 더듬거리며 말했다.

「20만……. 엄청난 숫자군」

「적당한 가격이지. 그 돈이면 지방이나 외국에서 정육점 하나는 인수할 수 있어. 그리고 너도 알다시피, 뤼팽의 약속은 프랑스 국립 은행의 서명처럼 확실하다고」

「믿지. 하지만 어쨌든 복잡한 일이 생길 수도 있어」

「무슨 일?」

「경찰이 내 과거를 밝혀 내서 날 강제 노역장으로 보내면?」

「내가 탈출시키지」

「그건 불가능해」

「어리석긴! 네 아버지가 내무부 장관 수석 보좌관이었을 때 내가 직접 고발했다가 파리 한복판에서 탈출시켰잖아? 그것도 공개적으로 예고한 날?」

「그래. 하지만 그만한 돈이 있어?」

「바보 같은 소리!」

「탈출하려면 돈이 많이 든다고」

「넌 걱정 마」

「수천, 수십만이 들겠군! 탈출에 필요한 돈에다 나한테 약속한 돈까지 합하면……. 꽤 많은데. 확실하겠지?」

「다시 뒤로 돌아봐……. 책상 서랍 안으로 손을 집어넣어봐……. 서류가 들어 있던 곳 말이야……. 뭔가 있지?」

토마는 라울이 시키는 대로 따랐다. 그러더니 작은 회색 천 가방을 꺼냈다.

「이게 뭐지……? 회, 회색…… 처……천……가방……」

「봐……. 천에 구멍을 내 놨으니……. 돈 뭉치가 보일 거야. 가브렐 삼촌의 돈이지. 바르텔르미가 〈오랑주리〉 저택에서 찾아낸 돈……」

토마는 휘청거리다가 의자 위로 쓰러지듯 주저앉았다.

「아……, 저…… 정말! 저…… 정말! 대단한 놈이군」

라울이 빈정거리며 말했다.

「먹고 살려면 어쩔 수 없어……. 어려운 친구들도 도와야 하고」

「그런데 어떻게……?」

「간단해! 그 다음날 아침 이곳에 도착했을 때, 난 시몽 로리앙이 정원이나 어디 다른 곳에서 가방을 찾았을 거라고 생각했지. 누군가 시몽에게서 가방을 뺏으려다가 실패한 거라고 생각했어. 난 곧장 시몽이 쓰러져 있던 지점으로 달려갔지. 내 생각이 틀리지 않았더군. 좀 멀리 떨어진 풀밭에서 가방이 뒹굴고 있었는데 아무도 알아차리지 못한 거지……. 난 가방이 없어지길 바라지 않았거든」

토마 르 부크는 아연실색했다. 그는 계속 건방지게 반말을 해오다가 갑자기 존댓말로 바꿨다.

「아, 정말 두목다우십니다」

동시에 그는 두 주먹을 내밀며 말했다.

「경찰차가 곧 도착할 겁니다. 제 손목을 묶으십시오, 두목님. 두목님 말씀대로 전 이제 두목님의 부하입니다. 아버지가 가신 길을 저도 따르겠습니다. 두목님을 공격하려고 했다니 저희가 어리석었습니다」

「사실……. 옛날에 네 아버진 참 용감한 사람이었어. 다시 정직한 사람이 되기 위해서 얼마나 많은 노력을 했는지도 알고」

「예, 하지만 펠리시앵의 일이 자꾸 아버질 괴롭혔습니다. 게다가 시몽이 자꾸 아버지를 부추겼습죠. 〈오랑주리〉 저택을 털기로 한 것도 시몽의 꾐 때문입니다. 아버지가 이런 말씀을 하셨죠. 〈도둑질, 그래 좋아. 한번 해보지. 공갈 협박을 하는 것도 재미있을 것 같군. 성공하면 우린 부자가 될 테니까. 하지만 살인은 안 돼, 알겠지?〉」

「하지만 바르텔르미는 사람을 죽였어. 엘리자베트 가브렐을 목 졸라 죽였다고」

「제 의견을 말씀드려도 되겠습니까, 두목님? 물론 아버지가 죽인 건 사실이지만 그럴 의도는 없었을 겁니다. 그보다는 여자가 물에 빠진 걸 보고 구하려고 뛰어간 거겠죠……. 아버지는 그러고도 남을 분입니다. 하지만 물에서 나오고 보니 진주 목걸이가 보였고, 그때 이성을 잃은 거죠」

「나도 그렇게 생각해」

자동차 소리가 들리자 라울이 다시 말했다.

「특히 네 아버지의 실명을 발설해선 안 돼. 예전에 있었던 내무부 장관 집무실 사건이 이번 사건과 결부되면 뤼팽에게 초점이 맞춰질 수 있으니까. 그 일까지 신경 쓰고 싶진 않아. 안 그래도 이번 사건에서 내 입장이 곤란하니까. 그러니 조심해. 좀 전에 말한 내용에서 조금도 벗어나면 안 돼. 그 외에는 한마디도 하지 마. 의심이 가면 무조건 입을 다물어. 그리고 나만 믿게, 친구」

라울은 그에게 다가가 친근하게 말했다.

「한마디 더하지. 네가 죽인 젠틀맨은 너무 걱정하지 마」

「아! 그건 왜죠?」

「그 젠틀맨이 바로 나였으니까」

토마 르 부크는 황홀경에 빠진 듯 멍하니 구소 수사관에게 팔을 내밀었다. 회색 천 가방을 감춰 두고, 대담하면서도 완벽하게 젠틀맨 행세를 한 뤼팽……. 자신이 젠틀맨을 죽이지 않았다는 소식을 들은 데서 오는 기쁨……. 이런 사실 때문에 마음이 한결 가벼워졌다. 이런 보호자를 두고 있는 사람이 두려워할 일이 뭐가 있단 말인가? 토마 르 부크는 처음엔 모든 것을 뒤집어엎으려고 〈클레르 로지〉 저택을 찾았지만 이제는 세상에서 가장 큰 승리를 거머쥔 사람처럼 교도소를 향해 발걸음을 옮기기 시작했다. 그는 경찰을 속이고 두목에게 봉사함으로써 승리를 두 배로 키워야겠다고 생각했다.

구소 수사관은 기뻐하며 라울에게 말했다.

「잘하셨습니다, 다베르니 씨. 그럼 이자가 이번 사건과 관련이 있는 겁니까?」

「그럼요! 이자가 시몽 로리앙의 동생이지 뭡니까!」

「예! 뭐라고요? 동생이라니! 그런데 어떻게 잡으신 겁니까?」

라울은 겸손하게 내답했다.

「오! 전 그럴 만한 능력이 없습니다. 저 바보 같은 자가 스스로 찾아왔죠」

「뭘 하려고요?」

「절 협박하려고요……」

「뭘 가지고 말입니까?」

「펠리시앵 샤를르에 관한 문제였습니다. 펠리시앵이 자기 형시몽의 공범인데 회색 천 가방을 훔치려고 시몽을 죽였다고 했습니

122

다. 자기한테 증거가 있다며 입을 다무는 대가로 거액을 요구했습니다. 그래서 루슬랭 판사님께 전화를 드렸죠. 주임 수사관님, 저자를 잘 요리해 보십시오. 수사관님께 돈과 명예를 가져다 줄 만한 자백을 할 겁니다」

토마 르 부크는 경찰에게 끌려가다가 문지방에서 라울을 향해 돌아섰다. 그는 분노와 원한에 가득 찬 사람처럼 말했다.

「네 놈이 진 빚은 꼭 받아 내겠다!」

「물론이지. 이자까지 쳐 주마」

토마는 휘파람을 불며 집을 나섰다. 발소리가 멀어져 갔다. 곧 이어 자동차가 출발했다.

라울은 보통 때와 달리 승리의 기쁨을 표현하는 춤을 추지 않았다. 하지만 토마 르 부크를 교도소에 보냈으니 얼마나 대단한 성공인가! 아니다, 라울은 말없이 생각에 잠겼다. 그는 교도소에 갇혀 있을 펠리시앵을 떠올렸다. 펠리시앵이 정말 자신의 아들일까? 그를 교도소에서 빼 올 수 있을까? 바르텔르미와 시몽 로리앙의 공범이자 자신의 아들이라는 이 수상한 남자는 도대체 어떤 사람일까?

나, 칼리오스트로가 명령하노니……

찌는 듯 무더운 어느 일요일, 라울은 베지네와 인접한 작은 샤투 마을 거리에서 걸음을 멈췄다. 그 거리와 센 강을 따라 늘어선 채소밭 사이에 3층 집이 한 채 있었는데 가구 딸린 방들은 세를 준 상태였다. 라울은 집주인이 경영하는 찻집을 지나 3층으로 올라갔다. 그리고는 어두컴컴한 복도를 지나 5번 방 앞으로 걸어갔나. 문에는 열쇠가 꽂혀 있었다. 문을 두드렸지만 아무 대답이 없자 그는 조심스럽게 안으로 들어갔다.

허름한 다락방에는 화장대와 의자 두 개, 탁자 하나, 초라한 철제 침대가 놓여 있었다. 포스틴은 침대에 걸터앉은 채 잠들어 있었다.

포스틴은 복수를 하겠다는 강렬한 의지 때문에 아직도 시몽 로리앙이 죽은 베지네 지방을 떠나지 않았다. 그녀는 병원에서 보조 간호사로 일했지만 숙소에 남은 방이 없어 이곳에서 생활해야 했다. 그녀는 매일 저녁 병원에서 돌아와 이곳에서 잠을 잤고, 일요일이 되면 방에 틀어박혀 지냈다.

블라우스에 바느질을 하다가 잠든 모양이었다. 어깨는 그대로 드러났고, 블라우스는 무릎 위에 놓은 채 아직도 골무와 실이 낀 바늘을 들고 있었다. 창 너머 정원의 나무 사이로 부드럽게 흐르는 강의 풍경이 펼쳐졌다.

침대를 비롯해 탁자와 그녀 주변에는 각종 신문이 널브러져 있었다. 그동안 일어난 사건을 주의 깊게 관찰한 모양이었다.

멀리서도 기사 제목이 눈에 들어왔다.

시몽 로리앙의 동생 체포. 첫 심문
두 형제는 바르텔르미의 아들인가?

라울은 다시 포스틴을 바라보았다. 그녀는 깨어 있을 때만큼이나 아름다웠다. 아니, 오히려 지금이 더 아름다웠다. 평화롭게 잠든 얼굴에서는 순수함이 엿보였다. 그 얼굴을 바라보고 있자니 알바르의 훌륭한 프리네 상이 떠올랐다.

그때 구름 사이로 비친 햇살이 창문으로 들어왔다. 라울은 그녀에게서 시선을 떼지 않고 천천히 다가가 잠든 얼굴과 감은 눈 위로 햇빛이 비추기를 기다렸다. 그녀는 눈이 부신지 긴 속눈썹과 눈꺼풀을 천천히 들어 올렸다.

라울은 그녀가 완전히 깨기도 전에 다가가 어깨를 붙잡았다. 그리고 침대에 그녀를 눕힌 뒤 팔다리를 움직이지 못하도록 이불을 덮어씌웠다.

라울이 말했다.

「소리 지르지 마시오, 입 다물란 말이오!」

그녀는 벗어나려고 애쓰면서 비명을 질렀다.

「이것 놔! 이것 놓으란 말이야!」

라울은 그녀의 얼굴을 살짝 때렸다.

「조용히하시오. 당신을 해치러 온 게 아니란 말이오. 시키는 대로만 하면 걱정할 일은 일어나지 않을 거요」

하지만 그녀는 입을 틀어막아도 계속해서 욕을 하며 몸부림쳤다. 그러나 조금씩 저항이 약해지자 라울은 그녀에게 몸을 기울이고 말했다.

「당신을 해치러 온 게 아니오……. 당신을 공격하는 일도 없을 거요. 그러니 내 말을 듣고 대답만 하시오. 그렇게 못하겠다면 안됐지만 할 수 없고」

라울은 다시 그녀의 어깨를 잡아 침대에 엎어뜨렸다. 그는 여자에게 몸을 기울여 낮은 소리로 말했다.

「시몽 로리앙의 동생인 토마 르 부크를 만나 한참 얘기를 나눴소. 그자가 펠리시앵에 관해 알고 있는 내용을 털어놓더군. 나머지는 당신이 말해 줘야겠소. 포스틴, 내가 어떤 사람인지 잘 알지? 난 절대 포기하는 일이 없소. 그러니 어서 입을 여시오. 지금 당장. 알았소? 당장…… 그렇지 않으면…… 그렇지 않으면……」

포스틴은 화가 났지만 공포에 질린 얼굴이었다. 라울은 자신의 얼굴을 그녀에게 가까이 가져다 댔다. 포스틴은 자신의 입술을 향해 다가오는 라울의 입술을 피해 버렸다.

라울이 목소리를 가다듬고 말했다.

「말해 보시오, 포스틴. 어서 말하란 말이오」

포스틴은 바로 코앞에서 라울의 강렬한 눈빛을 보자 두려워졌다.

그녀가 작은 소리로 말했다.

「절 놔주세요. 제가 졌어요」

「말하겠소?」

「예」

「지금 당장……? 돌려서 말하거나 감추는 내용 없이 전부 다?」

「예」

「시몽 로리앙을 두고 맹세하시오」

「맹세하죠」

라울은 여자를 놔주고, 창가로 가서 등을 돌리고 섰다.

포스틴이 옷을 고쳐 입자 라울은 그녀 곁으로 돌아왔다. 그러고는 괜찮은 먹이를 놓쳐서 안타까운 듯 잠시 동안 그녀를 바라보았다. 다시 대화가 시작되었다. 대화는 신속 정확하게 진행되었다.

「토마 르 부크는 펠리시앵이 내 아들이라고 하던데」

「전 토마 르 부크는 잘 몰라요」

「하지만 시몽 로리앙을 통해 그의 아버지인 바르텔르미는 알았을 것 아니오?」

「예」

「바르텔르미가 당신을 신뢰했다던데?」

「예」

「그자의 비밀 중 알고 있는 게 뭐가 있소?」

「아무것도 없어요」

「시몽에 대해서는? 그가 세운 계획은?」

「아무것도 몰라요」

「나를 상대로 음모를 꾸민 사실도 모르오?」

「몰라요」

「하지만 그 사람들한테 펠리시앵이 내 아들이라는 얘기는 들었을 것 아니오?」

「들었어요」

「증거를 보여 주지 않았소?」

「증거가 있냐고 물어보지 않았어요. 저랑 상관없는 일이니까요」

라울은 긴장한 얼굴로 말했다.

「하지만 나한테는 정말 중요한 일이오. 난 펠리시앵이 내 아들인지 아닌지 반드시 알아야겠소. 그자들이 우연히 얻어 낸 정보를 가지고 장난을 치는 건 아니오? 아니면 그 사실을 가지고 날 협박해서 돈을 뜯어내려고 한 건 아니오? 이렇게 불확실하니 살 수가 없군……. 살 수가……」

포스틴은 라울의 목소리에 감정이 실린 것을 보고 많이 놀란 모양이었다. 하지만 그녀는 다시 한번 힘주어 말했다.

「전 아무것도 몰라요」

「그럴지도 모르지. 하지만 당신은 그 사실을 알 수 있소. 적어도 나에게 알려 줄 수는 있지 않소?」

「어떻게요?」

「토마 르 부크는 펠리시앵에 관한 서류가 담긴 주머니를 바르텔르미가 당신에게 건네줬다고 했소」

「예, 하지만……」

「하지만이라니?」

「어느 날, 서류를 다시 읽어 보더니 이유도 말하지 않고 제 앞에서 태워 버렸어요. 한 장만 남겨서 봉투에 넣었는데, 봉투를 봉해서 저한테 맡겼죠」

「뭐라고 지시했소?」

「이런 말만 했어요. 〈네가 가지고 있어라. 나중에 보자.〉」

「나한테 보여 주겠소?」

그녀는 망설였다.

라울이 말했다.

「왜 안 된단 말이오? 바르텔르미는 이제 죽었고, 시몽도 죽었소. 토마 르 부크는 나한테 모든 사실을 털어놓았고」

포스틴은 이마를 약간 찌푸리며 멍한 눈으로 한동안 생각에 잠겼다. 그러고 나서 서랍장을 열어 압지(잉크를 흡수하는 성질을 가진 종이. 흡묵지라고도 한다. ——옮긴이)를 꺼냈는데 그사이에 편지가 여러 장 들어 있었다. 그녀는 그 가운데서 한 장을 집어 들어 주저 없이 봉투를 뜯었다. 그러고는 반으로 접힌 종이 한 장을 꺼냈다.

포스틴은 먼저 종이에 무슨 말이 씌어 있는지, 라울에게 보여 줘도 되는 내용인지 확인했다.

그녀는 편지를 읽으며 소스라치게 놀란 표정을 지었다. 하지만 아무 말 없이 라울에게 편지를 건넸다.

편지는 한 문장, 아니 두 문장으로 이루어져 있었고, 폭군이나 범죄 조직의 두목이 부하에게 내린 명령 같았다. 필체에서 강하고 무거운 느낌이 들었고, 전체적으로 꾹꾹 눌러쓴 흔적이 보였다. 라울은 단번에 그 필체를 알아보았다. 예전에 자신이 악마의 화신이라고 불렀던 여자의 필체를 어떻게 못 알아보겠는가? 세상에서 가장 끔찍한 명령을 내릴 때 나타나던 그녀의 난폭하고 경멸 섞인 모습을 어떻게 잊을 수가 있겠는가?

라울은 소름 끼치는 편지를 세 번이나 다시 읽었다.

아이를 도둑, 가능하면 살인자로 만들어라. 그런 다음, 나중에 아버지와 대적시켜라.

그리고 쌍칼 그림과 함께 거만하게 그어 놓은 서명이 있었다.

포스틴은 창백해진 라울의 얼굴을 보고 충격을 받았다. 라울은 설명할 수 없는 고통과 되살아난 공포, 현재의 위협과 과거의 불안이 만나 빚어 낼 비극이 두려워 하얗게 질려 버렸다. 포스틴은 호기심과 동시에 연민이 가득한 시선으로 라울의 일그러진 얼굴과 감정을 자제하려고 애쓰는 모습을 지켜보았다.

라울이 한마디한마디 또박또박 끊어 말했다.

「증오……. 복수……. 포스틴, 이해할 수 있겠소? 하지만 이 여자는…… 증오나 복수심 때문에 이런 짓을 저지른 게 아니오……. 악을 필요로 하고, 그를 통해 쾌락을 얻지……. 거만하고 못돼 먹은 괴물……! 지금도 이렇게 그 여자의 작품을 보고 있지 않소……? 나와 대적시키기 위해 아이를 범죄자로 길러 내다니……. 난 지금껏 살아오면서 그 어느 것도 두렵지 않았소. 하지만 그 여자만 생각하면 너무나 끔찍해. 또다시 끔찍한 싸움을 시작해야 한나고 생각하면……」

포스틴은 잠시 망설이더니 조용히 말했다.

「과거는 되살아나지 않을 거예요……. 칼리오스트로 백작 부인은 죽었어요」

라울은 숨을 거칠게 몰아쉬며 그녀에게 달려들었다.

「뭐라고 했소……? 그녀가 죽었다고……? 당신이 그걸 어떻게 알지?」

「그 여자는 죽었어요」

「그런 말만 가지고는 부족해. 그 여자를 봤소? 그 여자를 알고 있소?」

「예」

라울이 소리쳤다.

「당신이 그 여자를 알다니! 어떻게 이런 일이……! 정말 희한하군! 당신이 그 여자가 보낸 사람은 아닐까 하고 몇 번이나 생각했는데……. 당신을 통해 계속해서 날 파멸시키려는 건 아닐까 하고……」

그녀는 고개를 가로 저었다.

「아니에요. 그 여자는 아무 말도 안 했어요」

「말해 보시오」

「제가 아주 어릴 때 일이었어요. 15년 전이었죠……. 사람들이 코르시카 섬의 제 고향 마을로 그 여자를 데려와서 한 작은 집에서 지내게 했어요. 그 여자는 반쯤 미쳐 있었는데 그래도 말없이 순하게 굴었죠……. 제가 그 집에 가면 친절하게 대해 줬어요. 하지만 말은 전혀하지 않았어요……. 눈물을 정말 많이 흘렸는데 닦지도 않더군요. 그 여자는 여전히 아름다웠어요……. 하지만 병이 빠른 속도로 퍼져 몸을 해쳤죠. 그런데 6년 전, 어느 날…… 제가 침대를 지키고 있을 때 세상을 뜨고 말았어요」

라울은 혼란스러운 듯 물었다.

「확실하오? 그 여자 이름을 누가 말해 줬소?」

「우리 마을에선 모두들 알았어요……. 그리고……」

「그리고……?」

「바르텔르미와 시몽 로리앙에게서도 그 이름을 들었어요. 두 사람은 백작 부인을 찾아다니다가 그 여자가 죽기 얼마 전에 그곳에 있다는 걸 알아냈어요. 그런데 그곳에서 지내는 몇 주 동안 시몽과 전 사랑하는 사이가 됐고요. 그래서 시몽이 절 파리로 데려왔죠……」

「두 사람은 왜 그 여자를 찾아다녔지?」

그녀는 잠시 망설이다가 대답했다.

「아까도 말씀드렸다시피, 전 시몽과 바르텔르미의 비밀에 대해서는 아무것도 몰라요……. 지금이야 두 사람이 나쁜 일을 했다는 걸 알았지만 그때는 숨기고 있었어요. 하지만 조금씩, 단편적인 사실을 통해서 펠리시앵의 일을 짐작할 수 있었어요……. 전부는 아니고요. 두 사람도 전부 아는 건 아니었으니까요」

「바르텔르미가 푸아투에 있던 농장에서 펠리시앵을 찾은 게 맞소?」

「예」

「칼리오스트로가 맡긴 게 맞소?」

「확실친 않아요……. 시몽은 정비공이 찾아낸 편지를 자기 아버지가 조작했다고 생각했으니까요」

「하지만 당신이 저기에 보관하던 이 편지는……. 이 편지는 칼리오스트로가 쓴 게 분명하네. 이 편지는 어디서 난 거요?」

「시몽은 몰랐어요」

「하지만 이 편지는 농장 여주인에게 맡긴 아이, 즉 펠리시앵 샤를르에 관한 게 아니오?」

「그것도 좀 의심스러워요. 바르텔르미는 거기에 대해 정확히 얘기하지 않았거든요. 시몽과 바르텔르미는 칼리오스트로의 종적을 찾아다니다가 다른 곳에서 계속 허탕을 치자 코르시카 섬까지 들어온 거예요」

132

「그런 목적이 뭐였소?」

「지금에서야 이해가 가지만……, 바르텔르미는 시종일관 펠리시앵이 당신의 아들이라는 사실을 입증할 수 있는 서류를 찾으려고 했어요. 그래서 당신한테 내밀려는 거였죠」

「결국 나한테서 돈을 뜯어내려고 한 거였군. 그런데 그 계획에 펠리시앵도 참여했소? 토마 르 부크 말대로, 그들과 합의하에 내 집으로 들어오기로 한 거요? 칼리오스트로가 원하던 대로 된 거요? 펠리시앵이 사기꾼, 살인자요?」

포스틴은 진지하게 대답했다.

「모르겠어요. 그런 얘긴 비밀로 했으니까요. 전 펠리시앵 샤를르와는 얘기해 본 적도 없는걸요」

「그렇다면 그 대답을 할 수 있는 사람은 펠리시앵밖에 없군. 이 사건을 전부 이해하려면 펠리시앵에게 물어봐야겠어」

라울은 잠시 말을 멈췄다가 이어서 말했다.

「토마 르 부크가 체포되도록 한 건 바로 나요. 게다가 그자의 동의 하에 벌인 일이지. 그자가 경찰을 혼란에 빠뜨려 펠리시앵의 혐의를 벗겨 낼 거요. 포스틴, 펠리시앵이 풀려나도 곧바로 복수를 해선 안 되오. 내 뜻을 따를 거요?」

그녀는 분명하게 대답했다.

「시몽을 죽인 게 펠리시앵이 아니라면 복수할 일은 없겠죠. 중요한 건 바로 그 점이에요. 복수를 생각하지 않고서는 견딜 수가 없어요. 살인자가 처벌을 받지 않으면 시몽도 편히 눈 감을 수 없을 거예요」

대화는 끝이 났다. 라울이 포스틴에게 손을 내밀었지만 그녀는 거절했다.

라울이 말했다.

「좋소. 날 신뢰하지도 않고 친구로 생각하지도 않으신다는 걸 잘 알고 있소. 하지만 우리끼리 적이 되진 맙시다, 포스틴. 말해 줘서 고맙소……」

라울은 〈클레르 로지〉 저택으로 돌아왔다. 하지만 베지네나 그 주변을 잠깐 산책하는 일 외에는 바깥출입을 하지 않았다. 제롬은 산으로 여행 갈 계획을 포기한 모양이었다. 그가 〈클레마티트〉 저택을 들락거리는 모습이 여러 번 눈에 띄었다. 때로는 롤랑드 가브렐과 함께였다. 두 사람은 나란히 걸으며 말없이 산책했다.

라울은 멀리서 두 사람에게 인사를 건넸다. 그런데 롤랑드는 왠지 라울과 대화하기를 꺼리는 것 같았다.

어느 날 예심판사가 라울을 불렀다. 토마 르 부크가 라울의 지시대로만 진술을 하자 당황스러운 모양이었다. 르 부크는 조금도 실수를 하지 않았다. 그의 증언은 항상 똑같았고, 아무리 루슬랭 판사가 노련하다고 해도 르 부크의 실수를 이끌어낼 수는 없었다.

「이건 제가 한 일입니다…… 그것도 제가 한 일입니다……. 나머지는 잘 모릅니다」

루슬랭 판사는 당황스러운 심정을 털어놓았다.

「르 부크도 펠리시앵과 똑같이 자신의 진술만 내세웁니다. 아니면 미리 만들어 놓은 문장을 그대로 얘기하거나 침묵만 지키기 일쑤입니다. 조금도 비집고 들어갈 틈이 없습니다. 외워서 말하는 것 같지 뭡니까? 제가 어떤 심정인지 아시겠습니까, 다베르니 씨? 어떤 강력한 힘이 펠리시앵과 토마 르 부크를 바꿔 버리려는 것 같습니다」

134

루슬랭 판사는 라울을 바라보았다. 라울은 생각했다.

〈이 사람, 그렇게 바보는 아니군!〉

루슬랭 판사가 계속해서 말했다.

「이상하지 않습니까? 이제 펠리시앵이 범인이 아닐 거라는 생각이 듭니다. 하지만 아직은 토마가 범인이고, 밤에 호숫가를 산책했다는 생각도 할 수가 없습니다. 그래서 배 주인을 불렀습니다. 펠리시앵과 토마 르 부크를 배 주인과 대면시켰는데 확실치가 않다고 하더군요. 그러니 어떻게 하면 좋겠습니까?」

판사는 라울에게서 눈을 떼지 않았다. 라울은 동의하는 표정으로 고개를 끄덕였다. 판사는 갑자기 화제를 다른 곳으로 돌렸다.

「높은 분들이 다베르니 씨를 아주 칭찬하시더군요. 알고 계셨습니까?」

「이런! 몇 번 도와드릴 기회가 있었던 것뿐인데요」

「네, 저도 그렇게 들었습니다……. 그런데 자세한 얘기는 안 하시더군요」

「예심판사님, 언제 시간 나시면 자세히 얘기해 드리겠습니다. 제가 좀 특이하게 살아서 들려 드릴 얘기가 많을 것 같습니다」

결국 상황은 원하던 대로 흘러가는 것처럼 보였고, 몇 가지 의문도 풀렸다. 포스틴은 이제 수상한 인물이 아니었다. 예전에 칼리오스트로 백작 부인을 조금 알았던 것뿐이며, 우연히 시몽과 사랑하는 사이가 되어 코르시카를 떠났던 것이다. 그리고 자기도 모르는 사이에 바르텔르미와 시몽의 계획에 연루되었다. 전에는 사랑에 빠진 여자, 그리고 현재는 사랑하던 애인의 복수만 생각하며 살아가는 여자일 뿐이다.

한편, 라울은 칼리오스트로가 죽은 사실을 확인하고 나자 매우 기뻤다. 그리고 아직은 그녀의 끔찍한 명령이 펠리시앵에게서 그대로 실현되었다는 증거도 없었다. 칼리오스트로가 사라졌으니 라울을 향한 음모는 성공할 수 없었을 것이다. 바르텔르미와 그의 두 아들은 부정적이고 엉뚱한 결과만 얻었을 것이 뻔했다. 사실, 라울 다베르니가 자기 아들일지도 모르고 아닐지도 모르는 청년을 갑자기 만난 것은 사실이지만 바르텔르미와 시몽이 죽은 상황에서 진실을 밝힐 방법은 없었다. 진실을 아는 사람은 아무도 없을 것이다.

그렇게 3주가 흘렀다. 어느 날 아침, 라울은 펠리시앵에게 공소 기각 판결이 내려졌다는 사실을 전해 들었다.

펠리시앵은 11시에 전화를 걸어 짐을 가지러 와도 되겠는지 물었다.

라울은 점심 식사를 마치고 커다란 호수 근처를 산책하다가 섬 위의 벤치에 롤랑드와 제롬이 앉아 있는 모습을 보았다. 8월의 맑은 날이었다. 북풍이 가볍게 불어 왔지만 나뭇가지는 조금도 흔들리지 않았다.

라울은 저음으로 두 사람이 대화를 나누는 모습을 보았다. 득히 제롬은 신나게 이야기를 했다. 롤랑드는 그의 이야기를 듣다가 짧게 대답한 뒤, 손에 들고 있는 꽃만 뚫어져라 바라보며 또다시 이야기를 들었다.

잠시 침묵이 흘렀다. 그러다가 제롬이 롤랑드 쪽으로 몸을 돌려 몇 마디 이야기를 했다. 롤랑드는 고개를 끄덕이고 나서 그를 바라보며 살짝 미소를 지었다.

라울은 천천히 〈클레르 로지〉 저택으로 돌아왔다. 하지만 여태까지 관심을 두지 않았던 모르는 남자가 갑자기 자신의 인생에서 커다란 자리를 차지하게 되었다는 생각을 하자 기분이 이상해졌다. 그는 펠리시앵을 다정하게 대한 적이 한 번도 없었다. 그런데 지금은 그가 자신의 아들로서 권리를 주장하고 나설까 봐 더욱더 그럴 수가 없었다.

어쨌든 펠리시앵이 짐을 싸서 악수를 하고 가 버리도록 내버려 둘 수는 없었다. 그것은 말도 안 되는 일이었다. 라울은 우선 펠리시앵의 설명을 들어 보고 나서 함께 지내며 그를 관찰해 보고 싶었다. 아직은 펠리시앵이 자신의 아들인지 아닌지를 밝히는 것이 문제가 아니었다. 그보다는 펠리시앵 자신이 라울의 아들이라고 주장할지가 문제였다. 펠리시앵은 바르텔르미와 시몽의 공범이었을까? 펠리시앵이 그 음모에 가담했을까? 여러 증거를 보면 그렇다는 결론이 나온다. 확실한 증거는 펠리시앵의 말과 행동일 것이다.

라울이 정원사에게 물었다.

「펠리시앵 도착했나?」

「15분 전에 왔습니다」

「건강은 좋아 보이던가?」

「그런데 좀 흥분한 것 같았습니다. 바로 방으로 들어가더니 꼼짝도 안 하는데요」

「이상하군……」

라울은 부속 건물로 달려갔다.

문에는 빗장이 채워져 있었다.

라울은 불안해져서 건물을 한 바퀴 돌아 방 창문을 흔들었다. 하지만 창문을 열 수가 없자 귀를 기울여 보았다.

안에서 신음이 들려왔다.

라울은 창문을 깨고 손잡이를 돌렸다. 그러고 나서 뛰어올라 커튼을 젖히고 성큼성큼 걸어갔다.

펠리시앵은 의자에 기대어 머리를 숙인 채로 무릎을 꿇고서, 피 범벅이 된 수건으로 목을 누르고 있었다. 바닥에 권총 한 자루가 보였다.

라울이 소리쳤다.

「이럴 수가!」

펠리시앵은 대답을 하려고 했지만 기절해 버렸다.

라울은 서둘러 무릎을 꿇고 심장에 귀를 대 본 다음, 상처를 살피고 권총을 집어 들었다. 그는 생각했다.

〈자살을 하려고 했군. 하지만 팔이 떨렸는지 상처는 그렇게 심각하지 않아.〉

펠리시앵을 보살피면서 창백해진 얼굴을 들여다보고 있자니 수많은 질문이 머리를 스쳐 갔다.

〈네가 내 아들, 클레르 데티그의 아들이냐? 네가 도둑, 살인자, 그리고 죽은 두 강도의 공범이냐? 그런데 왜 자살을 하려고 한 거지?〉

5분 뒤에 하인들이 들어와 펠리시앵 주위에 모여들었다.

라울이 지시를 내렸다.

「이 일에 대해서는 한마디도 발설하지 말게」

라울은 편지지에 글을 몇 줄 적었다.

포스틴.

펠리시앵이 자살을 시도했소. 아무에게도 말하지 말고 이곳으로

138

와서 펠리시앵을 간호해 주시오. 의사는 부르지 않을 테니 병원에
는 돌봐야 할 환자가 있다고 이야기하시오.

——라울 다베르니

라울은 봉투에 풀칠을 하고 나서 운전사를 병원에 보냈다.

포스틴이 자동차에서 내렸을 때, 라울은 부속 건물 앞에서 그
녀를 기다리고 있었다.

「두 사람, 전에 만난 적 없소?」

「없어요」

「시몽 로리앙이 당신 얘기를 하지 않았을까?」

「아니에요」

「시몽이 죽음과 싸우고 있을 때 펠리시앵이 병원을 방문하진
않았소?」

「병원에 온 적은 있어요. 하지만 그냥 간호사라고 생각했는지
저한테는 별 주의를 기울이지 않았어요」

「좋소. 당신이 누군지, 내가 누군지 말하지 마시오」

포스틴은 안으로 들어갔다.

2부

약혼

　상황은 조금씩 변해 6주 만에 완전히 다른 양상을 보였다. 라울 다베르니가 애초에 예상했던 대로 별개의 두 사건이 얽힌 것이며, 두 갈래 길이 우연찮게 한 지점에서 교차한 것뿐이었다.
　첫 번째 사건. 라울 다베르니는 어느 날 돈 다발을 소지한 사람의 뒤를 따라 베지네까지 왔고, 그곳에서 저택 한 채를 샀다. 그는 이왕 이곳까지 왔으니 여행 경비와 집값이나 벌어야겠다는 생각에 돈을 훔칠 계획을 세운다. 그런데 하필 바르텔르미 부자도 같은 물건에 손을 대려고 한다. 그들은 라울을 협박하려고 음모를 꾸미다가 〈오랑주리〉 저택에 돈 다발이 숨겨져 있다는 사실을 알게 된 것이다.
　두 번째 사건. 같은 날⋯⋯, 바로 이 부분이다. 두 사건이 같은 날 일어났기 때문에 한데 얽힌 것이므로 이 점이 중요하다. 같은 날 일어난 두 번째 사건은 첫 번째 사건과는 상관없이 계획된

범행이었다. 그날 저녁, 누군가 계획한 대로 엘리자베트 가브렐은
〈오랑주리〉 저택 앞에 나와 있었다. 그런데 하필이면 그때 바르텔
르미가 저택에서 일을 마치고 나왔다. 그때부터 두 사건은 뒤죽박
죽 얽히어 해결할 수 없는 미스터리가 되고 말았다. 경찰은 어두
컴컴한 숲 속 한가운데 서 있는 것처럼 꼼짝도 하지 못했다.

라울 다베르니는 생각했다.

〈이제 모든 게 분명하고 간단해졌어. 적어도 나한테는……. 분
명히 두 사건은 아무 관련도 없어. 두 번째 사건, 즉 바르텔르미
의 협박 사건은 바르텔르미와 시몽이 죽고, 토마 르 부크가 체포
되고, 포스틴이 고백을 함으로써 정리됐지. 첫 번째 사건은 가브
렐 자매 사건. 난 여기에 간접적으로 관련되었을 뿐이고, 이 사
건은 아직 아무 해결도 나지 않은 채 진행 중이야. 이제 펠리시앵
이 남았군. 펠리시앵은 모호한 태도를 취하고 있지만 어쨌든 그
자가 두 사건에 모두 관련된 건 확실해.

이제 펠리시앵이 남았군. 협박의 핵심 도구이자 필요조건인 펠
리시앵. 하지만 계략을 꾸민 자들은 제거됐지……. 펠리시
앵……, 냉정하고 무관심해 보이지만 왠지 수상하고 불안한 인물
이야. 갑자기 바르텔르미 사건이 벌어지면서 펠리시앵이 수상해
보이기 시작했지. 그자의 가면을 벗기려면 먼저 두 자매 사건을
해결해야 해. 펠리시앵은 그 사건과 어떤 관련이 있을까? 정체는
뭘까? 아무 이유 없이 자살을 시도하는 사람은 없어. 그렇다면 뭔
가 크게 충격을 받고 죽겠다고 결심한 건 아닐까? 펠리시앵은 도
대체 누구지? 누구일까? 나한테 원하는 게 뭘까?〉

라울은 펠리시앵의 방을 찾아갈 때마다 날카로운 시선으로 그
를 관찰했다. 빨리 펠리시앵과 이야기를 나누고 싶었다. 그는 이

제 열이 많이 내린 상태였고, 포스틴은 상처에 감았던 붕대도 풀어 주었다. 하지만 펠리시앵은 자살을 결심하게 한 끔찍한 원인 때문에 아직도 괴로운 모양이었다. 의욕도 없고, 기력도 없어 보였다.

그런데 어느 날 아침, 펠리시앵의 작업실에서 머물며 그를 간호하던 포스틴이 라울을 불러냈다.

「어젯밤에 누가 펠리시앵을 보러 왔어요」

「누가 말이오?」

「모르겠어요. 소리가 나기에 들어가려고 했는데 빗장이 채워져 있었어요. 가끔 침묵이 흐르기도 했지만, 두 사람은 오랫동안 대화를 나눴어요. 그러고 나서 몰래 방을 빠져나갔더라고요」

「그럼, 아무것도 알아내지 못했다는 거요?」

「예. 아무것도」

「할 수 없군!」

어쨌든 라울은 한밤중에 있었던 만남이 펠리시앵에게 어떤 변화를 가져왔는지 똑똑히 볼 수 있었다. 펠리시앵은 완전히 다른 사람이 되었다. 얼굴에는 순식간에 생기가 돌았고 가끔씩 웃으며 포스틴과 이야기도 나누었다. 그는 포스틴의 초상화를 그리고 싶다며 일을 다시 시작할 계획도 세웠다.

라울은 더 이상 망설이지 않았다. 그로부터 사흘 후, 펠리시앵이 휴식을 취할 때, 라울은 그의 방으로 들어가 곁에 앉았다.

라울이 말했다.

「펠리시앵, 회복됐다니 다행이군. 전처럼 잘 지내 보자고. 하지만 우리 사이가 좀더 친밀해지려면 솔직해질 필요가 있네. 자, 루슬랭 판사는 수사 결과 자네가 이번 사건과 관련이 없다는 결론

을 내렸지. 하지만 자네와 나 사이에는 다른 특별한 문제가 남아
있네」

라울은 부드럽게 물었다.

「펠리시앵, 왜 자네가 푸아투의 한 농장 여주인 손에서 자랐다
는 말을 하지 않았나?」

펠리시앵은 얼굴을 붉히며 중얼거리듯 말했다.

「자기가 입양아였다는 말을 하기가 쉽진 않으니까요」

「하지만……. 그 이전의 일은……?」

「그 이전의 일은 기억 나는 게 없습니다. 새어머니는…… 물론
저한테는 친어머니나 다름없는 분이시지만…… 그분은 돌아가시
기 전에 아무 말씀도 하지 않으셨습니다. 단지, 제게 돈을 좀 주
시면서 예전에 어떤 여자가 돈을 맡겨 두고 갔다는 말씀을 하셨
습니다……. 하지만 돈을 주었다는 분도 제 생모는 아닌 것 같았
습니다」

「어머니가 돌아가시기 전에 몇 년 동안 농장에서 함께 지낸 남
자가 있었지?」

「예……. 어머니의 친구…… 아니, 친척이었던 것 같습니다」

「그 사람 이름이 뭐었나?」

「정확한 이름은 모릅니다. 그땐 알았더라도 지금은 기억이 나
질 않아요」

「바르텔르미였네」

펠리시앵은 깜짝 놀라 움찔거리며 말했다.

「바르텔르미……? 도둑……? 그 살인자 말입니까……?」

「그래. 시몽 로리앙의 아버지. 그자는 그 이후로 계속 자넬 지
켜봐 왔네. 자네가 파리에서 뭘 했는지, 어디에 살았는지도 알았

지. 결정적으로 내 친구를 통해서 나한테 자넬 추천한 사람도 바로 바르텔르미였네」

　펠리시앵은 놀라는 눈치였다. 라울은 펠리시앵에게서 시선을 떼지 않았다. 그의 몸동작과 반응을 통해 조금이라도 진심이 엿보이는지, 뭔가를 감추고 있는 것은 아닌지 살피기 위해서였다.

　펠리시앵이 물었다.

　「왜죠? 바르텔르미란 자가 도대체 무슨 목적으로?」

　「난 모르네. 하지만 바르텔르미가 어떤 목적을 달성하기 위해 자네를 내 곁에 심어 놓으려고 한 건 확실해. 또, 그의 아들 시몽이 이곳으로 온 것도 날 협박하려는 계획에 자네를 끌어들이기 위해서였지. 무슨 목적이었을까? 어떤 계획이었지? 난 알아낼 수가 없었네. 시몽 로리앙이 그런 뜻을 내비치진 않던가?」

　「아뇨……. 도대체 무슨 말씀이신지 이해가 안 가는군요」

　「그럼 자네는 단지 일을 하려고 내 집에 온 건가?」

　「그럼 뭐 다른 이유가 있겠습니까?」

　라울은 기분이 좋았다. 펠리시앵은 진실을 말했다. 설령 뭔가 안다 하더라도 무슨 요구를 하지 않는 것을 보니 협박에 가담하지 않은 게 분명했다.

　「펠리시앵, 그럼 다른 얘길 하지. 토마 르 부크는 자신의 혐의를 인정했네. 사건 당일 저녁, 배를 탄 사람이 자기였다고 주장했지. 자넨 그 자백을 듣고 놀라지 않았나?」

　「아뇨. 배를 탄 건 제가 아닌데 놀랄 이유가 뭐가 있겠습니까? 전 그 시간에 자고 있었습니다」

　하지만 펠리시앵은 라울의 시선을 피했다. 목소리 톤이 달라지고 얼굴도 빨개지는 모습을 보니 그를 의심할 수밖에 없었다.

〈거짓말을 하고 있어. 지금 거짓말을 하는 거라면 이전에 했던 얘기도 전부 거짓이겠지.〉

라울은 발소리를 크게 내며 방 안을 서성거렸다. 펠리시앵은 두 얼굴을 분명히 드러냈다. 위선자, 사기꾼! 언젠가는 아들의 권리를 요구하며, 그의 공범들처럼 라울에게 협박을 해 올지도 모른다. 라울은 분노를 억누를 수가 없었다. 라울이 문을 향해 걸어가자 펠리시앵이 앞을 가로막으며 걱정스러운 얼굴로 말했다.

「절 못 믿으시는군요. 예, 그래요……. 전 느낄 수 있습니다……. 그날 밤 훔친 가방을 다시 빼앗으려고 한 사람이 저라고 생각하시죠? 그럼 제가 시몽 로리앙의 공범이고, 칼을 휘둘러 그 자를 죽였다고 생각하시겠군요. 그렇다면 전 그만 떠나는 게 좋겠습니다」

「아니. 오히려 진실이 밝혀질 때까지 남아 있는 게 좋겠네……. 어느 쪽으로 판가름 나든 간에……」

「진실이 밝혀져도 예심판사님의 결정과 달라질 건 없습니다」

라울은 화를 내며 소리쳤다.

「루슬랭 판사의 결정은 아무 의미도 없네. 내가 토마 르 부크를 찾아내서 돈을 주고 거짓 사백을 시켰으니까. 그래서 판사가 그런 결론을 내린 거라고. 하지만 자네가 처음부터 어떤 역할을 했는지 드러난 건 아무것도 없어. 난 단 한순간도 자네가 솔직하게 얘기한다고 느낀 적이 없네. 화가 날 때 자연스럽게 드러내 놓고 화내는 것도 아니고……. 자네는 중요한 일이나 폭력적인 행동은 숨어서 하지. 자살을 시도한 일도 그래. 나에게 마지막 인사를 하면서 무슨 설명을 하려고 다시 이곳을 찾은 거 아닌가? 그런데 내가 본 건 손에 권총을 쥐고 죽어 가는 모습이었어. 왜지?」

펠리시앵이 또다시 입을 다물자 라울은 더욱더 기분이 나빠졌다.

「침묵……. 그놈의 지겨운 침묵……. 침묵을 지키지 않으면 예심판사 앞에서처럼 말을 돌리고 빠져나갈 구멍만 찾겠지. 어서 대답해, 젠장! 우리 사이를 가로막는 건 바로 그 침묵과 지나치게 조심스러운 자네의 태도라고. 내 신뢰를 얻고 싶으면 전부 뒤집어엎어 보란 말야! 그렇지 않으면 나 혼자 해답을 찾아보고, 의심하고, 추측하고, 상상하고, 그러다가 잘못 짚어서 자네를 유죄로 몰고 가겠지. 그렇게 되길 바라나?」

라울은 펠리시앵의 팔을 붙잡고 말했다.

「자네 나이에 자살을 기도하는 이유는 뻔하지. 사랑……. 난 자네가 자살을 기도하던 날 뭘 했는지 조사해 봤네. 자네는 롤랑드 가브렐과 제롬 엘마를 멀리서 뒤쫓아 갔어. 두 사람은 집에서 나와 호숫가로 향했지. 그러고는 섬의 벤치에 앉았어. 그때 자네는 어떤 장면을 목격했고……. 나 역시 그 장면을 목격했지. 누구도 예상치 못했지만 두 사람 사이에는 친밀한 감정이 싹텄어. 자네는 정원사에게 티 나지 않게 질문했지. 그래서 요즘 들어 두 사람이 매일 함께 다닌다는 사실을 알아냈어. 그로부터 1시간 뒤, 자네는 권총을 집어 들었지. 어때, 정확하지 않나?」

펠리시앵은 일그러진 표정으로 라울의 말을 듣고 있었다.

「계속하지. 어떻게 알았는지는 모르겠지만 롤랑드는 자네가 자살을 기도했다는 소식을 들었네. 사흘 전날 밤, 그녀는 혼비백산해서 자네를 보러 왔어. 그래서 살아야 한다고, 자네가 혐의를 받은 것은 잘못된 것이었다고 말해 줬겠지. 자네는 그녀의 얘기를 듣고 갑자기 기분이 좋아져 빨리 회복되기 시작했어. 어때, 정확하지 않나?」

이번에는 펠리시앵도 라울의 질문 공세를 피할 수 없는 모양이었다. 아니, 그보다는 피하기 싫어하는 것 같았다. 하지만 어떻게 대답해야 할지 몰라 망설이다가 마침내 입을 열었다.

「저는 사건 당일 이후에 롤랑드를 만난 적이 없습니다. 밤에 절 찾아온 사람도 롤랑드가 아니었습니다. 롤랑드는 그냥 친구일 뿐, 제가 자살을 기도했다고 해서 문병을 올 만큼 가까운 사이는 아닙니다. 롤랑드의 하인이 가져온 편지를 보시면 더 잘 이해가 가실 겁니다. 롤랑드가 어떤 결정을 내렸는지……」

펠리시앵은 라울에게 편지를 건네주었다. 라울은 편지를 읽으면서 점점 더 놀라지 않을 수 없었다.

펠리시앵.

제롬과 저는 불행을 겪으며 더 가까워졌어요. 우리는 불쌍한 엘리자베트 언니를 생각하며 함께 울었죠. 우리가 위안을 얻으려면 서로의 곁을 지켜 주면서 언니에 대한 기억을 간직하는 방법밖에 없을 것 같아요. 우리 두 사람을 이어 준 것도 언니가 아닐까 싶어요. 언니가 여태까지 행복하게 지냈고, 미래에 더 큰 행복을 꿈꿨던 이 집에서 우리 두 사람이 새 가정을 꾸리길 바랐겠죠.

정확한 결혼식 날짜는 아직 정하지 않았어요. 이런 말이 무슨 필요가 있을까마는 아직은 걸림돌이 많은 것 같아요. 제 생각이 잘못된 건 아닐까요? 이런 두려움 때문에 마지막 순간에 망설이게 되진 않을까요? 그러면 전 어떻게 살아야 하죠? 이젠 혼자서 버틸 힘이 없어요.

펠리시앵, 당신도 언니와 알고 지냈으니, 내일 〈클레마티트〉로 오셔서 언니도 우리 결혼을 찬성할 거라고 말해 주세요.

라울은 다시 작은 소리로 천천히 편지를 읽어 내려가다가 비웃으며 말했다.

「웃기는군! 그게 언니에 대한 기억을 영원히 간직하는 방법이라고! 자, 펠리시앵, 어서 가서 만나게. 롤랑드의 결정을 지지해 주라고. 여기 일은 급하지도 않고, 자네도 며칠간은 휴식이 필요한 것 같으니까」

라울은 잠시 생각에 잠겼다가 펠리시앵에게 몸을 기울여 속삭이듯 말했다.

「하지만 자꾸 이상한 생각이 떠오르는군. 두 약혼자가 무슨 합의를 본 건 아닐까?」

펠리시앵은 움찔하며 대답했다.

「물론 결혼을 약속했으니 합의를 봤겠죠」

「그래. 하지만 합의를 본 시점이 더 오래전으로 거슬러 올라가는 건 아닐까?」

「오래전이라뇨? 언제 말입니까?」

라울은 한 단어씩 천천히 끔찍한 말을 내뱉었다.

「엘리자베트, 가브렐이, 아직, 살아 있을 때」

「무슨 뜻입니까?」

「무슨 뜻이냐 하면…… 결혼식을 두 달 앞두고 엘리자베트 가브렐을 노린 범죄가 벌어졌으니 정말 이상하다 이거지」

펠리시앵은 분개하며 소리쳤다.

「아니! 어떻게 그런 생각을 하실 수가! 전 두 사람을 잘 압니다. 롤랑드가 언니를 얼마나 사랑했는지도 알고요……. 아니, 아님니다. 그런 식으로 롤랑드를 모욕하고 죄인으로 몰고 가지 마십시오……」

「죄인으로 모는 게 아냐. 할 수밖에 없는 질문을 한 것뿐이네」

「왜 그런 질문을 할 수밖에 없다는 겁니까?」

「이 편지 때문일세, 펠리시앵. 정말 양심도 없는 사람 아닌가?」

「롤랑드는 올바르고 품위 있는 사람입니다」

「하지만 롤랑드도 여자야……. 과거를 쉽게 잊어버리지……」

「롤랑드는 절대 잊지 않을 겁니다」

라울은 농담조로 말했다.

「아니. 하지만 결혼 조건도……. 롤랑드한테 그다지 나쁜 것 같진 않군」

펠리시앵은 자리를 박차고 일어나 심각하게 말했다.

「제발, 더 이상 아무 말씀 마십시오. 롤랑드는 그런 의심받을 사람이 아닙니다」

라울은 펠리시앵에게 편지를 돌려주고 잠시 잔디밭을 거닐었다. 펠리시앵과 대화를 하다 보니, 그가 뭔가에 화가 나 있으며 반발한다는 듯한 느낌이 들었다. 조금만 더 참고 몰아붙이면 좀처럼 밖으로 드러내지 않는 그의 속내도 대충 파악할 수 있을 것 같았다. 하지만 공교롭게도 그때 울타리 문이 열리는 소리가 들렸다.

라울이 중얼거렸다.

「젠장! 구소 주임 수사관이군. 오늘은 또 무슨 불길한 소식을 가져왔나?」

수사관은 두 사람이 서 있는 잔디밭으로 다가가 라울에게 악수를 청했다. 라울은 웃으며 말했다.

「아니! 수사관님, 아직도 일이 남았습니까?」

수사관은 평소와 다르게 익살스런 어조로 말했다.

「아, 물론이죠, 물론이고말고요. 의심 가는 사람한테는 경찰도 이만한 권리쯤은 있으니까요……」

「감시할 권리 말씀입니까?」

「아뇨, 그보다는 친근한 관심을 보일 권리라고나 할까? 그래서 조사를 하던 중에 환자 분의 안부나 물을까 해서 왔습니다만」

「펠리시앵 샤를르는 아주 잘 지내고 있습니다. 안 그런가, 펠리시앵?」

「다행이군요! 아주 다행입니다! 아, 마을에 이상한 소문이 돌아서요. 총성을 들었다, 누가 자살을 했다, 뭐 이런……. 그 소문과 관련된 편지도 받았죠. 타자를 쳐서 익명으로 보냈더군요. 물론 그런 헛소리는 한마디도 믿지 않았습니다만……. 결백이 밝혀진 마당에 자살할 이유가 뭐가 있겠습니까?」

「물론이죠」

「죄가 있다면 또 몰라도」

「그건 생각도 할 수 없는 일입니다」

「그렇지 않습니다」

「그래요?」

「물론이죠. 저 젊은이가 출소하자마자 어딘가로 전화를 걸었더군요. 뭐, 이런 수사 방식이 기분 나쁘시다면 사과드리죠……」

「저한테 건 전화였습니다」

「그 뒤에 롤랑드 가브렐 양에게 전화를 걸어 오후에 만나러 가도 되겠는지 물어봤습니다」

「그런데요?」

「그런데 롤랑드 양이 거절을 했죠」

「무슨 뜻입니까?」

「그 아가씨는 이자가 결백하지 않다고 생각한 겁니다……. 그게 아니고서야 그렇게 거절할 이유가 있겠습니까?」

라울은 빈정대며 말했다.

「주임 수사관 님, 그 불쾌한 수사의 결론이 고작 그겁니까?」

「물론, 그렇습니다만」

「그렇다면……」

라울은 울타리로 이어진 길을 가리켰다. 구소 수사관은 뒤를 돌아보고 다시 적을 향해 돌아섰다.

「아! 깜박했군요. 파리 역 수하물 보관소에서 시몽 로리앙의 가방을 하나 찾았습니다. 그런데 옷 주머니에 이 명함이 들어 있더군요. 뒷면에 보이시죠? 연필로 어떤 집의 평면도를 그려 놨더군요. 빨간 잉크로 가위표도 그려 놨는데…… 그 지점이 바로 펠리시앵 샤를르의 친구인 시몽 로리앙, 그의 아버지가 필리프 가브렐의 돈을 훔친 장소입니다」

「누구 명함입니까……?」

「펠리시앵 샤를르」

수사관은 라울과 펠리시앵에게 인사를 하고 버릇없이 빈정대며 걸어 나갔다.

「공식적인 증거는 아니지만 그냥 기억해 두려고요. 혹시 또 압니까? 다른 증거를 찾을지……」

라울은 달려가 울타리 근처에서 수사관을 붙잡았다.

「수사관님!」

「다베르니 씨, 무슨 볼일이라도 있으신가?」

「아뇨, 그냥 할 말이 있어서요. 저기, 울타리 기둥 두 개 보이십니까?」

「그럼요!」

「다시는 저 기둥 안으로 들어오지 마십시오」

「전 경찰입니다……」

「제대로 교육받은 예의 바른 경찰관이면 몰라도, 사적인 감정에 사로잡혀 원한을 품은 경찰은 그럴 자격이 없습니다. 잘 알아들으셨겠죠? 그럼 안녕히 가십시오!」

라울은 펠리시앵에게 다가갔다. 펠리시앵은 이런 일이 벌어지는 동안에도 아무 말 없이 꼼짝 않고 서 있었다.

「나한테는 롤랑드를 다시 만난 적 없다고 하지 않았나?」

「롤랑드가 절 만나지 않겠다고 했습니다」

「롤랑드 때문에 자살을 시도한 게 아니라고 계속 잡아뗄 참인가?」

펠리시앵은 아무 대답도 하지 않았다.

라울이 계속해서 물었다.

「다른 질문을 하지. 그 명함은 어떻게 된 건가?」

「다베르니 씨가 돌아오시기 전에 시몽 로리앙이 이곳에 온 적이 있습니다. 그때 가져간 모양입니다」

「〈오랑주리〉저택의 평면도는?」

「그자가 그렸겠죠. 전 모르는 일입니다」

「경찰은 아직도 자네를 의심하고 있어. 그런데 불안하지도 않나?」

「아뇨. 저에게 불리한 증거를 찾으려고 애쓴 모양이지만 아무것도 찾지 못했잖습니까? 전 죄를 지은 게 없으니 불안하지 않습니다」

수상한 방문

라울은 펠리시앵에게서 아무 설명도 들을 수 없자 그만 포기해 버렸다. 아무리 위험하다고 말해도 펠리시앵은 걱정하는 기색조차 보이지 않았다. 겉으로만 태연한 척하는 것인지는 몰라도 어쨌든 그는 전혀 동요하지 않았다. 말로는 그의 비밀을 캐낼 수 없을 것 같았다.

그렇다면 행동으로 나서는 수밖에 없었다.

하지만 처음에는 그런 여건이 마련되지 않았다. 포스틴도 병원으로 돌아간 뒤였다. 펠리시앵은 포스틴과 함께 부속 건물에서 점심을 먹다가 다시 〈클레마티트〉 저택으로 가서 점심 식사를 하고 그곳에서 오후를 보냈다.

다섯째 날, 라울도 상황을 파악하기 위해 〈클레마티트〉로 갔다.

요리사가 문을 열어 주며 말했다.

「아가씨는 잔디밭에 계신 것 같던데요. 아가씨를 만나고 싶으시면 식당 문을 통해서 정원으로 나가 보십시오」

거실에는 문이 두 개 있었다. 라울은 식당으로 들어갔다. 하지만 정원으로 내려가지 않고 옆방 창문에 드리워진 얇은 망사 커튼 사이로 방 안을 들여다보았다. 그곳에는 놀라운 광경이 벌어지고 있었다.

왼쪽에 불이 환하게 켜진 방 안에서는 펠리시앵이 캔버스 앞에 앉아 있었고, 정면에는 포스틴이 어깨와 팔을 드러낸 채 포즈를 취하고 있었다.

라울은 화가 치밀었다. 질투심 섞인 감정이라 더욱 기분이 나빴다. 라울은 굳이 그런 감정을 억누르려고 하지도 않았다.

〈매춘부 같으니! 도대체 저기서 뭘 하는 거야? 저놈은 뭘 바라고 저러는 거야?〉

라울은 정면에서 그녀의 얼굴을 바라보았다. 하지만 그녀는 열려 있는 큰 창문 너머, 잔디와 호수를 바라봤다. 금빛을 머금은 햇살이 방 안으로 들어오자 드러난 어깨가 더욱더 환하게 빛났다. 라울의 머릿속에는 다시 한번 눈부신 프리네 동상이 떠올랐다.

롤랑드와 제롬 엘마, 두 약혼자는 다리를 밖으로 내놓고 창가에 앉아 있었다. 라울은 두 사람의 대화를 엿듣고 싶은 마음에 소리가 나지 않도록 살짝 문을 열었다.

그들은 낮은 소리로 이야기를 나누었다. 펠리시앵 샤를르는 작업을 하다 말고 가끔씩 두 사람 쪽으로 고개를 돌리곤 했다.

라울은 〈클레마티트〉와 〈오랑주리〉 저택 사건 중 첫 번째 사건이 바로 이 방에 있던 네 사람 사이에서 일어난 일이라고 확신했다. 첫 번째 사건에 개입한 사람은 그 네 명뿐이었다. 사랑과 증오, 야망과 질투의 비극은 이 작은 공간 안에서 싹이 튼 것이다.

네 사람은 모두 평온해 보였고, 각자의 일에 열중하는 것 같았다. 하지만 과거와 미래, 범죄와 처벌, 삶과 죽음은 천적처럼 서로 대립했다.

네 사람은 각자 얼마큼씩 사건에 개입한 것일까? 펠리시앵은 롤랑드를 사랑하는 게 분명하다. 그렇다면 그는 저 두 약혼자 사이에서 무슨 일을 벌이고 있는 것일까?

간호사 포스틴은 어떻게 이들 사이에 끼어들었을까? 롤랑드는 자신과 너무 사회적 지위가 차이 나는 포스틴을 왜 이곳으로 데려왔을까? 수많은 의문이 생겼지만 답변은 찾을 수가 없었다.

두 약혼자가 정원으로 나가자 라울은 조심스럽게 안으로 들어갔다. 포스틴은 캔버스 쪽으로 시선을 돌리다가 펠리시앵 뒤쪽에 서 있는 라울을 발견하고는 당황해서 얼굴을 붉혔다.

그녀는 서둘러 숄을 집어 들고 어깨에 둘렀다.

라울이 말했다.

「펠리시앵, 일어나지 말게. 정말 아름다운 모델이군」

「정말 훌륭하죠. 저한테는 과분한 모델입니다」

「겸손하군」

「이런 아름나움 앞에서는 서설도 고개가 숙여지는 법이쇼……」

라울은 비웃으며 말했다.

「포스틴, 당신은? 병원에서 환자를 돌보는 것보다 그런 옷을 입고 포즈를 취하는 게 훨씬 재미있나 보군?」

「요즘은 환자가 거의 없어요. 오후는 자유 시간이에요」

「그럼 저녁, 밤 전부 자유 시간이겠군. 마음껏 즐겨요, 포스틴. 젊음을 만끽하시오」

라울은 정원으로 나가 두 약혼자를 만났다. 그는 두 사람에게 결혼 축하 인사를 건네면서도 계속 롤랑드를 관찰했다. 물론 포스틴처럼 완벽하게 아름다운 얼굴은 아니었지만 롤랑드에게는 포스틴보다 더 사람의 마음을 사로잡는 매력이 있었다. 또, 포스틴과 마찬가지로 얼굴과 몸 전체에서 아름다움 이상의 감각적인 매력을 뿜어내며 가슴 설레게 만드는 여자였다. 제롬 엘마는 감탄 섞인 시선으로 롤랑드를 바라보았다.

제롬은 오후에 파리로 갈 예정이었다. 롤랑드와 라울은 그를 배웅하기 위해 〈오랑주리〉 저택의 채소밭 쪽으로 걸어갔다. 그들은 엘리자베트의 죽음이라는 재앙을 몰고 온 부서진 계단, 즉 사건 현장을 지나갔다. 하지만 두 사람은 그 장소에는 신경도 쓰지 않는 것 같았다. 심지어 그들은 매일 그 근처를 산책했다. 두 사람은 아무 걱정 없이 밝은 얼굴로 그 앞에 멈춰 서서 호수 맞은편의 흔들리는 배를 바라보았다. 배에는 구소 수사관과 부하 두 명이 타고 있었다. 부하 중 한 명은 호수 밑바닥을 노로 휘저어 대며 무언가를 찾았다.

제롬이 말했다.

「수사가 계속되는 모양이군요. 범인이 시몽 로리앙과 저를 찔렀던 칼을 찾는 겁니다」

롤랑드는 몸을 부르르 떨며 작은 소리로 말했다.

「이 악몽은 절대로 끝나지 않을 거예요」

제롬이 파리로 출발하자 롤랑드와 라울은 〈클레마티트〉를 향해 천천히 걸음을 옮겼다. 라울은 속마음을 내비치며 말했다.

「결혼한 후에도 계속 이 저택에서 살 생각입니까?」

「예, 그럴 거예요……. 필요한 곳은 수리를 하려고요……」

「하지만 우선 여행을 다녀오겠죠……? 아주 긴 여행을?」

「아직은 아무것도 결정된 게 없어요……」

라울은 그녀에게 다른 질문을 던졌다. 롤랑드는 대충 짤막하게 대답하다가 질문을 그만하라는 듯 말했다.

「누가 초인종을 누르네요. 집에 올 사람도 없는데……」

현관에 다다르자 말다툼하는 소리가 들리더니 곧 큰 싸움으로 번졌다. 하인 에두아르가 화를 내며 고함을 질러 댔다.

「들어오지 마십시오! 내가 살아 있는 한, 당신은 이 집에 한 발짝도 들여놓을 수 없을 거요」

롤랑드는 서둘러 부엌을 지나 달려갔다. 펠리시앵과 포스틴도 이미 현관에 와 있었다. 현관 옆에서 늙은 하인이 한 나이 지긋한 남자를 가로막고 서 있었다. 남자가 부드럽게 말했다.

「부디, 날 용서해 주게. 롤랑드와 얘기를 하고 싶네……. 제발 내가 왔다고 전해 주게」

롤랑드는 문지방에 멈춰 서서 방문객을 살펴본 뒤에 말했다.

「전 모르는 분 같은데요……」

남자는 아무 말 없이 그녀에게 명함을 내밀었다. 롤랑드는 명함을 슬쩍 보더니 소스라치게 놀랐다.

남자는 매정하게 거절이라도 당할까 두려운지 서눌러 말했다.

「롤랑드, 얘기를 좀 하고 싶구나……. 꼭 들어야 하는 얘기야……. 거절하지 말아 다오……. 너한테도 도움이 될 거다……」

남자는 백발에 허리가 굽었지만 섬세하고 고상한 얼굴이었다. 하지만 얼굴색이 지나치게 창백해서 병들고 기력이 다한 사람 같았다.

롤랑드는 잠시 망설이다가 하인에게 명령했다.

「에두아르, 그냥 놔둬……. 괜찮아, 그냥 놔둬」

에두아르가 화를 내며 밖으로 나가자 롤랑드가 남자에게 말했다.

「제 약혼자가 이곳에 없어서 유감이군요. 소개시켜 드렸으면 좋았을 텐데……」

「롤랑드, 네가 약혼한 사실은 알고 있다……」

「예, 제롬 엘마와 약혼했어요」

「나도 안다……. 네 언니와 결혼하려고 했던 남자지?」

「예. 그러려고 했죠」

「예전에 제롬의 어머니와도 잘 아는 사이였단다. 제롬이 아주 어렸을 때……」

롤랑드는 사람들이 대화 내용을 들을까 봐 꺼리는 것처럼 서둘러 말했다.

「제 방으로 올라가요. 거기서 얘기하는 게 낫겠네요. 절 따라 오세요」

롤랑드가 앞장서서 걷자 남자는 힘겹게 천천히 계단을 올라갔다.

펠리시앵과 포스틴도 놀란 표정이었다. 이 수상한 방문객에 대해 설명해 줄 사람은 아무도 없는 것 같았다.

그들 세 사람은 각자 나름대로 조용히 시간을 보내며 기다렸다.

두 시간가량 지나자 남자가 롤랑드의 부축을 받으며 내려왔다. 눈이 붉게 충혈된 롤랑드의 얼굴에는 당황한 기색이 역력했다.

「롤랑드, 네 결혼식이…… 언제라고?」

그녀는 갑자기 결심이 선 듯 분명하게 대답했다.

「열이틀 후예요. 청첩장을 보낼 시간이 필요해서요」

「행복하게 살아라, 롤랑드」

남자가 롤랑드의 이마에 입을 맞추자 그녀는 눈물을 글썽거렸다. 롤랑드는 조금씩 안정을 되찾으며 남자를 문까지 배웅했다.

그녀가 말했다.

「모셔다 드릴까요?」

「아니다. 역까진 그리 멀지 않은걸 뭐. 혼자서 가는 게 더 좋다. 조만간 다시 만나자, 롤랑드. 우리 집으로 놀러 오면 정말 기쁠 게다. 약속했지? 롤랑드, 너무 늦게 오진 마라」

남자는 뒤도 한번 돌아보지 않고 걸어갔다. 롤랑드는 눈으로 남자를 좇다가 문을 닫고 생각에 잠겨 방으로 돌아갔다. 라울은 지체 없이 부엌문을 통해 밖으로 나왔다. 남자를 따라가 몇 가지 정보를 얻으려는 속셈이었다. 큰길로 나오니 운전사에게 부축을 받고 있는 남자의 모습이 보였다. 자동차는 국도 옆에 주차되어 있었는데, 운전사가 남자를 차에 태우더니 바로 시동을 걸었다. 자동차에 뽀얗게 먼지가 앉은 것을 보니 꽤 먼 길을 달려온 모양이었다.

7시 무렵, 라울은 포스틴을 찾아갔다. 그녀는 마침 병원을 나서던 중이었다.

「그 남자에 대해 아는 게 없소? 롤랑드가 아무 말도 하지 않던가?」

「아뇨」

「젠장. 들은 말이 있어도 나한테는 아무 말도 하지 않으려고 하겠지. 좋소, 나 혼자서 어떻게든 해 보지. 뭐 그렇게 어려운 일이 아닐 수도 있으니까. 이미 알아낸 사실을 약간만 보충하면 될 거요, 포스틴. 그동안 많은 성과가 있었거든」

라울은 좀더 신랄하고 공격적인 어조로 덧붙여 말했다.

「다른 얘길 하지. 무슨 장난을 치려고 〈클레마티트〉 저택을 드나드는 거요? 그 집 친구라도 되는 것 같더군. 무슨 자격으로? 네 사람 사이에 무슨 공통점이라도 있소? 펠리시앵을 흔들어 놓으려고 그렇게 꾀는 거요? 거기서 그만하시오. 그렇지 않으면 찾을 수 없는 곳으로 펠리시앵을 보내 버릴 테니. 그럼 당신은 헛고생만 하는 거지」

그녀는 화도 내지 않고 미소까지 지어 보이며 말했다.

「제가 당신 관심을 끌려고 애쓰던가요?」

「물론, 그건 아니지」

「하지만 제가 마음에 드시는 모양이죠?」

라울도 긴장을 풀고 웃으며 말했다.

「물론이오. 그래서 잠깐 정신이 어떻게 됐나 보군……」

그날 저녁과 다음날 아침, 라울은 자동차로 20분 거리에 있는 가르슈의 한 양로원을 찾아가 조사를 벌였다. 면담을 요청하자 스타니슬라스 노인이 대기실로 나왔다. 허리가 반쯤 굽은 노인이 불안정한 자세로 들어오자 라울은 자신이 방문한 이유를 설명했다.

「베지네 시 출신으로 40년 동안 하인으로 일하셨군요. 현재 〈오랑주리〉 저택의 소유주인 필리프 가브렐의 부친 밑에서만 30년을 계셨고요. 제 말이 맞죠? 베지네 시 당국에서 선생님께 생활 보조금을 지급할 겁니다. 제가 100프랑짜리 지폐를 가지고 왔습니다」

라울은 처음 5분 동안 그렇게 노인의 마음을 사로잡은 다음, 베지네와 베지네 주민들, 〈오랑주리〉 저택을 자주 찾던 사람들, 이웃 저택 소유주에 관해 한 시간가량 이야기를 들으며 원하던 정보를 얻어 냈다.

특히, 엘리자베트와 롤랑드 자매의 아버지이자 필리프 삼촌의 형인 알렉상드르 가브렐이 부인과 사이가 좋지 않았다는 사실도 알아냈다. 가브렐 부인은 바람둥이에다 질투까지 심한 남편 때문에 항상 불행하게 살았다. 하지만 나중에 보니 질투를 할 만한 이유가 있긴 했다. 알렉상드르 가브렐 부인의 먼 친척 한 명이 항상 부인 곁에 붙어 있었기 때문이다.

스타니슬라스 노인이 말했다.

「〈오랑주리〉 저택 정원에 있던 우리한테까지 들릴 정도로 싸움을 하곤 했습죠. 엘리자베트 양이 세 살 되던 해였는데, 하루는 알렉상드르 씨가 부인의 사촌을 내쫓으며 현관에서까지 싸움을 했지 뭡니까. 제 친구인 에두아르가 주인을 말려야 할 정도였죠. 어찌나 소리를 질러 대던지! 우리 하인들은 엘리자베트 아가씨의 진짜 아버지는 부친 조르주 뒤그리발이라고 부엌에서 수군대곤 했습니다」

「그런데 가브렐 부부가 화해를 했습니까?」

「그럭저럭요. 삼사 년 후에 딸도 낳았으니까요. 롤랑드 아가씨 말입니다요. 두 분은 다시 한번 신혼여행도 떠났습니다. 파리에서 친구들과 함께 지내다가 폭탄을 맞아 사망하기 전까지는 그래도 잘 지낸 편이었습죠」

「그 이후로 사촌은 다시 보지 못했습니까?」

「한번도 못 봤습니다. 알렉상드르 가브렐 부인은 돌아가시기 전까지 딸들을 데리고 카부르에 있는 바닷가에서 여름을 보내시곤 했습죠. 카부르는 캉에서 20킬로미터 떨어진 곳인데, 알렉상드르 부인의 사촌인 조르주 뒤그리발이 지금 거기서 삽니다요. 뒤그리발 씨가 카부르 해변에서 알렉상드르 부인과 함께 있는 모습을 여러 번 목격한 사람이 있습니다. 물론 두 아이는 떼어 놓고 말입죠. 한번은 〈오랑주리〉 저택의 요리사가 이런 말을 하지 뭡니까. 〈재산은 전부 엘리자베트 아가씨가 상속받을걸. 뻔할 뻔자지. 이미 뒤그리발 씨와 알렉상드르 부인이 합의를 본 일이라고. 아! 정말 엘리자베트 아가씨는 엄청난 부자가 되겠는걸……!〉」

라울은 이번 방문이 무척 만족스러웠다. 생각하면 할수록 이번 방문에서 얻은 결과가 더 중요하게 느껴졌다. 모든 문제의 핵심이자 베일에 감춰진 사건의 원인은 바로 그 당시의 가정 불화였다. 라울은 이제야 사건의 의미를 제대로 파악할 수 있었다.

그 다음날 오후, 라울은 〈클레마티트〉 저택으로 향했다. 사람들은 여전히 라울을 반갑게 맞았지만 라울은 처음 그 저택으로 들어갔을 때처럼 혼자서 고립된 느낌이었다. 심지어는 비장한 분위기마저 느껴졌다. 사람들은 서로 다른 생각을 하며 각자의 목적에 따라 제각각 산 것 같았다. 이 사람들은 무슨 생각을 하는 것일까? 가끔씩 롤랑드와 제롬은 애정 어린 눈길을 주고받았다. 또, 펠리시앵은 포스틴을 뚫어져라 바라보며 공들여 초상화를 그리다가 롤랑드와 제롬에게 시선을 돌리곤 했다.

잠시 침묵이 흐른 뒤에 롤랑드가 약혼자에게 말했다.

「제롬 오빠, 서류는 준비됐어?」

「물론이지」

「나도 다 준비했어. 오늘이 7일, 화요일이니까 결혼식은 토요일인 18일에 하는 게 어때?」

제롬은 흥분해서 롤랑드의 손을 잡고 입을 맞추었다. 그가 얼마나 롤랑드를 사랑하는지 충분히 알 수 있었다. 롤랑드는 미소를 짓고 눈을 감았다.

펠리시앵은 열심히 작업에만 몰두했다.

라울은 생각했다.

〈9월 18일이면 11일 남았군. 그 전에 일이 벌어져야 할 텐데. 저들의 열정이 진실을 밝혀 주겠지. 아직은 멀고도 복잡한 길이야…….〉

롤랑드를 찾아온 수상한 사람이 누군지는 확실히 밝혀졌다. 하지만 이곳을 찾아온 이유는 무엇일까? 롤랑드는 왜 그 남자에게 처음엔 적대적이었다가 나중에 부드러운 태도로 바뀌었고, 떠날 때쯤엔 왜 그렇게 감정이 격해진 것일까? 제롬 엘마도 그 사실을 알까?

9월 11일 토요일, 라울은 〈클레마티트〉로 와 주었으면 좋겠다는 롤랑드의 전갈을 받았다. 구소 수사관이 중요한 이야기를 하러 3시에 올 텐데 라울 다베르니와 펠리시앵 샤를르가 증인이 되어 주면 좋겠다고 했다.

라울은 정확히 약속 시간에 맞추어 저택으로 갔다. 펠리시앵도 정확한 시각에 도착했다. 하지만 포스틴의 모습은 보이지 않았다.

구소 수사관의 이야기는 짧게 끝났다. 그는 라울과 펠리시앵에게는 신경도 쓰지 않고 롤랑드와 제롬에게만 이야기했다.

「자, 여기, 경찰청에 익명으로 배달된 편지들이죠. 모두 타자로 쳤는데, 타자 솜씨는 영 엉망입니다. 편지는 모두 밤중에 베지네 우체국에서 부쳤더군요. 그래서 저는 타자기를 사용하는 사람들을 대상으로 수사를 진행했습니다. 그러던 중 오늘 아침, 이곳에서 3킬로미터 떨어진 곳에 있는 폐기물 더미에서 낡은 타자기 한 대를 발견했죠. 그리고 어제 저녁에 마지막 편지가 배달되었습니다. 지금 그 편지를 읽어 드리죠.

〈그날 밤, 시몽 로리앙이 사고를 당한 길을 따라가다 보면 몇 달 전부터 비어 있는 집이 보일 겁니다. 담벼락은 낮고 철책이 쳐 있습니다. 그 철책 너머로 소관목이 있는데 그 아래 낙엽 더미에서 손수건 하나가 발견됐습니다. 누구 손수건인지 알아보시는 게 좋을 겁니다.〉

그래서 저는 편지에 씌어진 장소를 찾아갔죠. 손수건은 아주 더럽고, 비와 이슬에 젖었습니다. 하지만 길고 네모난 다갈색 흔적이 남았더군요. 손수건으로 피 묻은 칼을 닦았을 겁니다. 가게에서 파는 평범한 손수건이지만 F라는 머리글자가 새겨 있었습니다. 펠리시앵 샤를르 씨, 당신이 그 현장에 있었으니 한번 확인해 봐야겠죠?」

펠리시앵은 수사관의 말대로 가지고 있던 손수건을 내밀었다. 구소는 손수건 두 장을 비교하며 말했다.

「이 손수건에는 머리글자를 새기지 않았군요. 하지만 얇은 천도, 크기도 똑같습니다. 감사합니다. 이 손수건을 자세히 조사해 봐야겠군요. 이 다갈색 얼룩이 핏자국이 맞는지 확인해야 하니까 연구소에 맡길 예정입니다. 핏자국이 확인되면 엘마 씨와 시몽 로리앙을 찌른 범인에겐 아주 치명적인 증거가 되겠죠」

수사관은 더 이상 말을 하지 않고 두 약혼자에게 인사를 한 뒤 저택을 나섰다.

라울은 몸을 일으키며 펠리시앵의 동태를 살폈다.

「펠리시앵, 사건이 빠르게 진전되고 있어. 경찰은 자넬 확실한 범인으로 지목하고 있네. 이제 며칠 안에 루슬랭 예심판사가 자넬 소환할걸, 그러면……」

펠리시앵은 아무 말도 없었다. 그는 다른 생각에 골몰하는 것 같았다. 라울은 펠리시앵이 몹시 못마땅했다.

그날 저녁, 라울은 식사를 마치고 정원을 거닐었다. 그런데 갑자기 길 쪽에서 가벼운 휘파람 소리가 들려 뒤로 돌아보니 커다란 호수를 따라 천천히 걸어가는 여자의 형체가 보였다. 여자는 왼쪽으로 돌아 〈클레마티트〉 저택과 반대 방향으로 사라졌다.

라울은 그 휘파람 소리가 무슨 신호일 거라고 생각했다. 잠시 후, 펠리시앵이 모습을 드러내더니 천천히 문을 열고 여자가 사라진 왼쪽 방향으로 걸어갔다.

라울은 조심스럽게 〈클레르 로지〉 저택 안으로 들어갔다가 차고 문을 통해 밖으로 나갔다.

호수 주위에 난 오솔길 사이로 멀어져 가는 두 사람의 모습이 보였다. 아직은 그렇게 어둠이 짙지 않아서 두 사람이 정신없이 이야기하는 모습을 어렴풋이 볼 수 있었다. 펠리시앵과 함께 있는 여자는 분명 포스틴이었다.

라울은 멀리서 그들을 따라갔다.

두 사람은 다리를 건너 롤랑드와 제롬 엘마가 앉았던 벤치에 앉았다.

그들이 라울 쪽으로 등을 돌리고 있었기 때문에 라울은 걱정 없이 25~30미터 떨어진 곳까지 다가갈 수 있었다.

펠리시앵은 포스틴의 팔에 안긴 채 그녀의 어깨에 머리를 기대고 있었다.

납치

　라울은 두 연인을 공격하고 싶은 충동을 느꼈다. 펠리시앵을 물속에 처넣고, 포스틴을 목 졸라 죽이고 싶었다. 하지만 그는 다리 쪽으로 두세 걸음 내딛다가 걸음을 멈추었다. 나중에서야 깨달았지만 라울이 본능대로 행동하지 않은 것도 다 이유가 있었다.

　라울은 잠자코 있었다. 지금은 화를 내거나 생각 없이 공격을 가할 때가 아니었다. 그는 포스틴에게 욕망을 느꼈을 뿐, 그 감정에는 약간의 애정도 섞여 있지 않았다. 또, 앞으로 다가올 폭풍우와 결말을 예고하는 일이 벌어지고 있는 마당에 괜한 자존심 때문에 본능대로 행동했다가는 일을 어렵게 만들기 십상이었다. 어지럽게 얽혀 있던 일이 이제야 조금씩 머릿속에서 정리되기 시작했는데 지금 느닷없이 나서면 다시 일이 복잡해질 수도 있다.

　또, 그 순간 칼리오스트로의 모습이 떠오른 것도 또 한 가지 이유였다. 아버지와 아들이 한 여자를 두고 싸우는 모습을 보이면 칼리오스트로에게 통쾌한 승리를 안겨 주는 꼴이 되지 않겠는가! 그녀의 끔찍한 복수의 저주가 실현된 셈이 아니겠는가!

라울은 집으로 돌아왔다. 그는 울타리를 닫고 사용하지 않던 장치를 작동시켰다. 울타리가 열리면 초인종이 울리는 장치였다.

30분 후 초인종이 울렸다. 펠리시앵이었다. 라울은 잠이 들었다.

라울은 펠리시앵이 점점 더 못마땅했다. 그는 오전 내내 펠리시앵을 생각하며 욕을 퍼부어 댔다. 또, 모순되고 말도 안 되는 일일지 모르겠지만 라울은 롤랑드와 제롬이 공범이라는 쪽으로 생각을 굳혔다. 두 약혼자가 뒤그리발의 유산을 노리고 계획한 일이라면 그렇게 생각처럼 해결하기 어려운 일도 아니었다. 라울은 잠시 산책을 하고 점심을 먹으면서 캉으로 가야겠다고 생각했다. 그곳으로 가서 조르주 뒤그리발에 대한 정보를 얻고, 그를 직접 만나거나 밤에 몰래 집으로 들어갈 계획이었다.

하지만 차에 오르려는 순간, 〈클레르 로지〉의 전화 벨이 울렸다. 제롬 엘마가 아주 급한 일이니 당장 와 달라고 부탁했다. 절망적인 목소리였다.

잠시 후, 라울은 〈클레마티트〉에 도착했다. 제롬은 문지방에 하인과 함께 서서 기다리고 있다가 가쁜 숨을 몰아쉬며 더듬더듬 말했다.

「납치됐습니다……」

「누가 말인가?」

「롤랑드요. 그 빌어먹을 놈한테 납치됐습니다」

「빌어먹을 놈이라니?」

「펠리시앵 샤를르 말입니다」

라울은 조금 전까지 포스틴의 팔에 안겨 있던 펠리시앵의 모습을 떠올리고 있던 터라 제롬의 말을 믿을 수가 없었다.

「그럼 어서 가세! 그런데 롤랑드가 동의해서 따라간 건 아닌가?」

제롬은 화를 내며 소리쳤다.

「말도 안 됩니다. 강제로 납치당한 겁니다! 자동차로요! 제가 설명드리죠……. 어쨌든 선생님께 부탁드려야겠단 생각이 들었습니다……」

그는 차에 올라탔다.

라울이 물었다.

「어느 길로 갔나?」

「생제르맹 쪽으로 갔습니다. 그렇지, 에두아르? 자네도 두 사람을 봤지?」

하인이 대답했다.

「예, 생제르맹 쪽이었습니다」

라울은 하인이 말을 마치기도 전에 차를 출발시켰다.

그는 300미터쯤 달려서 오른쪽에 있는 국도로 접어들어 센 강을 건넜다. 190번 국도는 노르망디, 루앙 방면이었다…….

제롬은 흥분해서 그런지 계속해서 지껄였다.

「롤랑드는 전혀 의심하지 않았습니다……. 저도 그랬으니까요……. 그놈이 자기가 살 차라면서 파리에서 한 대 끌고 왔더군요. 제가 정원에 있는 틈을 타서 롤랑드에게 한번 타 보라고 했을 겁니다……. 그래서 롤랑드가 차에 올랐죠. 그런데 그놈이 시동을 걸자 롤랑드는 내리려고 하는 것 같았습니다. 롤랑드가 소리를 지른 걸 보면 그놈이 내리지 못하게 한 게 분명합니다. 저뿐만 아니라 에두아르도 비명소리를 들었습니다. 에두아르가 달려갔지만 자동차는 벌써 멀어진 뒤였습니다」

「차종은 뭐였나?」

「카브리올레 형 자동차였습니다」

「특별한 점은?」

「밝은 노란색이었습니다」

「얼마나 앞서가고 있나?」

「적어도 10분은 앞설걸요」

「따라잡을 수 있을 걸세. 펠리시앵은 운전을 잘 못하니까」

라울은 생제르맹 쪽으로 접어들었다가 갑자기 베르사유 방면으로 차를 돌렸다.

「직선 코스로 10~12킬로미터 정도 될 걸세. 전속력으로 달려 보자고」

「그런데 왜 방향을 바꾸셨습니까?」

「다 생각이 있지……! 펠리시앵은 푸아투에서 자랐네. 우린 그를 잘 모르니까 어쨌든 위험 부담을 줄여야 해. 펠리시앵이 아는 장소로 숨어들 거란 생각도 배제해선 안 되네. 10번 국도를 타는 게 좋을 것 같군」

「잘못 생각하신 거면요?」

「그럼 할 수 없고」

그들은 베르사유에 있는 아름 광장을 전속력으로 달려 생시르와 트라프까지 다다랐다.

「벌써 노란색 카브리올레가 보였어야 하는데. 펠리시앵도 전속력으로 달리는 모양이군」

「하지만, 확실합니까……?」

「아! 물론 확실하지. 우리도 시속 110킬로미터로 달리고 있질 않나. 이 속도로만 가면 랑부예에 도착하기 전에 따라잡을 수 있을 걸세……」

라울은 승리를 목전에 두고 기분이 좋아졌다. 그놈, 펠리시앵에게 보기 좋게 복수를 해 줄 수 있겠군. 빠져나갈 길은 없어. 놈은 패배해서 웃음거리가 될 거다.

제롬이 물었다.

「확실합니까? 정말 확실합니까? 길을 잘못 들으신 거면?」

「그럴 리가 없네……. 자, 저기 저 차 아닌가……? 숲 속으로 들어가는 차 말일세」

제롬이 소리쳤다.

「예, 맞아요」

그는 갑자기 흥분하면서 욕을 퍼부어 댔다.

「빌어먹을 놈! 전 그놈이 롤랑드를 사랑한다는 사실을 진작부터 알고 있었습니다……. 롤랑드한테도 몇 번이나 얘기를 했습니다……. 그놈은 처음부터 롤랑드를 좋아했던 겁니다……. 처음부터 롤랑드의 주위를 맴돌았죠. 불쌍한 엘리자베트가 있을 때부터……. 그런 사실을 눈치 챈 것도 엘리자베트였습니다. 확실합니다. 그놈이 롤랑드를 사랑하고 있다고요……! 아! 음흉한 놈……. 포스틴한테 관심을 쏟는 척하면서 감정을 숨겨 온 겁니다. 하지만 전 녀석의 증오심……, 강한 질투심을 느꼈습니다……. 롤랑드가 결혼한다고 말했을 땐 태연한 척하려고 했지만 그래 봤자 소용없었죠. 분노로 치를 떠는 모습이 다 보였다니까요. 그자는 롤랑드를 사랑해요……. 롤랑드를 사랑하니까 납치한 겁니다……. 아! 녀석이 도망치면……. 녀석을 놓치면 롤랑드를 구할 수 없을 겁니다. 아! 정말 끔찍해……! 그러니 어서 속력을 내십시오! 거리가 줄어

들질 않는군요……」

라울은 이상하게도 자신이 뿌듯함을 느끼고 있다는 사실을 깨달았다. 심지어는 그런 느낌을 음미하기까지 했다. 펠리시앵은 때론 정말 괜찮은 놈처럼 보였다. 경찰의 의심을 받는 불안한 상황에서도 그가 관심을 쏟는 일은 무엇인가? 포스틴을 정복하고 롤랑드를 납치하는 일! 펠리시앵은 자신을 변호하거나 다가올 위험에 몸을 사리지 않았다. 대신 앞일은 걱정하지 않고 정면으로 맞서 싸우고 공격을 시도했다. 얼마나 대담한 녀석인가!

랑부예로 들어서니 울퉁불퉁한 돌길이 길게 이어져 속도를 늦춰야 했다. 설상가상으로 길은 두 갈래로 나뉘었다. 한쪽은 샤르트르, 또 한쪽은 투르 방면이었다.

라울이 말했다.

「운에 맡기는 수밖에」

제롬은 이성을 잃고 흥분해서 말했다.

「비겁한 놈! 롤랑드한테도 그놈을 믿지 말라고 했는데! 음흉한 놈……. 위선자……. 더 얘기할 필요도 없습니다……. 그래요, 나머지는……. 〈오랑주리〉 저택에서 일어난 일도……. 이놈, 내 손에 잡히기만 해 봐라!」

제롬은 두 주먹을 앞으로 내밀었다. 라울은 제롬이 키가 크고 건장하며 몸도 탄탄하고 운동으로 다진 체격이라 그보다 훨씬 마르고 겉보기에도 부실해 보이는 펠리시앵을 쉽게 때려눕힐 것이라고 생각했다. 라울은 펠리시앵을 향한 미움 때문에 그가 패배하길 바랐다. 그래서 도망자를 따라잡으려고 액셀을 끝까지 밟았다.

모퉁이를 돌자 삼사백 미터 앞에서 달리는 노란 자동차가 보였다. 라울은 마지막에 역주하는 경주마처럼 자동차 속력을 두 배로 높였다. 어떤 장애물도, 아무리 먼 거리도 납치범을 잡는 일을 방해하지는 못했다.

라울은 차간 거리를 서서히 좁히지도 않고 순식간에 노란 자동차를 따라잡아 버렸다.

라울의 차가 갑자기 앞으로 끼어들자, 펠리시앵은 충돌을 피하기 위해 속도를 줄여야 했다. 그러다가 50미터 앞에 있는 길가에 차를 세웠다.

주위에는 아무도 없었다.

제롬 엘마가 차에서 뛰어내리며 소리쳤다.

「이거 한번 해보자는 거야!」

펠리시앵도 이미 차에서 내린 뒤였다. 롤랑드는 비틀거리며 내려와 인도 한가운데 멈춰 섰다.

제롬은 펠리시앵을 향해 달려갔다. 그는 마치 권투 선수처럼 공격 태세를 갖추며 천천히 펠리시앵 주위를 맴돌았다.

펠리시앵은 움직이지 않았다.

롤랑드가 두 사람 사이에 끼어들려고 했지만 라울은 그녀의 어깨를 붙잡으며 막았다.

롤랑드는 벗어나려고 몸부림을 쳤다.

「그냥 여기 있어요」

「안 돼요! 서로 치고 받고 싸울 거예요」

「그래서요?」

「전 싫어요……. 죽을지도 몰라요……」

「진정하십시오……. 한번 보고 싶군요……」

「끔찍해요……. 절 놔주세요……」

「안 됩니다. 저런 상황에서 겁을 먹는지 한번 봐야겠습니다……」

롤랑드는 라울의 팔을 뿌리치려고 몸을 비틀었다. 하지만 라울은 그녀를 꼭 붙들고 펠리시앵을 뚫어져라 바라보았다.

펠리시앵은 겁을 먹기는커녕 희한하게도 미소를 지었다. 도발적이고 냉소적이며 상대에 대한 경멸과 자신감을 머금은 미소였다. 어떻게 저럴 수가 있을까?

2미터 앞에서 제롬 엘마가 걸음을 멈추고 씩씩거렸다.

「꺼져⋯⋯. 꺼져 버리란 말이야⋯⋯. 안 그러면⋯⋯」

펠리시앵은 어깨를 으쓱하며 더 큰 미소를 지었다. 심지어는 방어 태세도 취하지 않았다.

한 걸음, 또 한 걸음. 제롬은 온 힘을 실어 펠리시앵의 얼굴에 주먹을 날렸다.

펠리시앵은 머리를 움직여 그의 주먹을 피했다.

제롬은 헛손질을 하고 앞으로 튕겨져 나갔다가 돌아서서 소리쳤다.

「롤랑드, 움직이지 마. 다 끝났어」

곧 치열한 권투 시합이 벌어졌다. 펠리시앵은 양 다리로 떡 버티고 서서 상체만 움직일 뿐 조금도 물러서지 않았다. 제롬은 선제 공격이 실패하자 이런 식으로는 결말이 나지 않을 것 같다고 생각한 모양이었다. 그는 적에게 달려들어 허리를 붙잡았다. 그리고 자신의 몸무게를 이용해 상대를 넘어뜨리려고 온 힘을 쏟아부었다.

펠리시앵은 처음에 조금 버티다가 곧 뒤로 몸이 꺾이면서 허리가 부러질 지경이 되었다. 그러자 버티기를 포기하고 그냥 뒤로 넘어졌다. 제롬 엘마도 펠리시앵과 함께 쓰러졌다.

롤랑드가 계속해서 몸부림치며 소리를 질러 대자 라울은 그녀의 입을 막아 버렸다.

「조용히하십시오…… 걱정하지 않아도 됩니다……. 둘 중 한 사람이라도 무기를 꺼내면 제가 개입할 테니까요. 제가 즉시 나설 테니 걱정 마십시오」

「끔찍해요」

「아닙니다……. 승패는 가려야 합니다. 그래야 하고말고요……」

결투는 오래 걸리지 않았다. 두 사람은 맨땅과 먼지 덮인 풀 위를 뒹굴었다. 펠리시앵은 힘이 빠져 보였고, 이제 곧 결투는 끝날 것 같았다. 하지만 결과는 기대하던 것과 정반대였다. 손바닥으로 옷의 먼지를 털며 일어난 사람은 펠리시앵이었고, 신음하며 꼼짝 못하는 사람은 제롬이었다.

라울은 냉소를 지으며 말했다.

「잘했군. 정말 자알했네」

라울은 패배자에게 달려가 몸을 숙이고 부상 정도를 살펴보았다. 제롬은 팔에 통증을 느낄 뿐 다른 부상은 없었다.

라울이 제롬에게 말했다.

「잠시 후면 일어설 수 있을 걸세. 어쨌든 이젠 그만하게…….저런 녀석하고는……」

펠리시앵은 천천히 멀어져 갔다. 그의 표정에서는 흥분도 기쁨도 찾아볼 수 없었다. 그토록 증오하던 경쟁자를 방금 물리치고 난 사람이라고 하면 아무도 믿지 않을 것 같았다. 그는 롤랑드 옆을 지나쳐 갔다. 롤랑드는 펠리시앵을 비난하지 않았고, 펠리시앵도 롤랑드에게 아무 말도 건네지 않았다.

롤랑드는 라울에게서 풀려난 뒤에도 걱정스러운 얼굴로 망설였다. 그녀는 두 남자를 차례로 바라보고 나서 라울을 보더니 다시 주위를 빙 둘러보았다.

그리 멀지 않은 곳에서 자동차 한 대가 천천히 달려왔다. 랑부예로 돌아가는 빈 택시였다. 롤랑드는 택시를 불러 운전사와 몇 마디 흥정을 하더니 차에 올랐다.

제롬은 일어서서 롤랑드에게 손짓을 하더니 옆자리에 올라탔다. 그러자 택시가 출발했다.

펠리시앵은 아무 일도 없었다는 표정이었다. 그가 자동차를 타려고 하자 라울이 말했다.

「축하하네. 정말 대단하더군. 정통 유도 기술에 팔 비틀기까지……. 어쨌든 정말 잘했네. 어디서 그런 기술을 배웠지? 권투도 보통 실력이 아니더군! 특히 신장과 체중의 열세를 극복하고 제롬을 이겼으니 다시 한번 축하를 해야겠군」

펠리시앵은 아무 관심도 없는 듯 차문을 열었다. 그러자 라울이 그를 붙잡으며 말했다.

「펠리시앵, 자넬 보면 항상 깜짝 놀란단 말이야. 성격도 참 희한하지! 롤랑드를 사랑한다며 이성을 잃고 납치할 때는 언제고, 이제 아무 일 없다는 듯 적에게 여자를 내주다니!」

펠리시앵이 숭얼거리듯 말했다.

「두 사람은 약혼한 사이지 않습니까」

「물론, 그래. 하지만 유리한 고지를 점령했으면 끝까지 싸워야지」

펠리시앵은 라울을 똑바로 쳐다보며 공손하면서도 분명하게 대답했다.

「다베르니 씨께서 제롬을 두둔하지만 않으셨어도 끝까지 싸워 이겼을 겁니다. 다베르니 씨도 두 사람을 약혼자로 인정하지 않으셨습니까? 그러니 제가 불한당으로밖에 보이지 않으시겠죠…….
절도 혐의나 받고 있는 불한당……. 그러니 상황이 흘러가는 대로
놔둘 수밖에요……. 될 대로 되라죠……!」

수수께끼 같은 말이었다. 세 젊은이의 행동, 롤랑드의 태도도
전부 수수께끼 같았다. 펠리시앵이 떠난 뒤에도 라울은 한동안
생각에 잠겼다. 그는 지금까지 발견한 비밀과 새로운 사건을 연
관 지어 보려고 했다. 그러면서 어떤 사실은 재차 확인하고 어떤
사실은 새로운 시각에서 바라보게 되었다. 라울은 그렇게 해서
새로운 가정을 세웠고, 진실은 더욱더 논리적이고 확실한 근거를
가지게 되었다. 어려운 수수께끼가 조금씩 풀려 갈 때처럼 흥분
되는 일은 없었다!

라울은 파리로 돌아가지 않고 북서쪽으로 차를 몰았다. 그는
마음이 진정되어 가끔씩 피식피식 웃거나 혼잣말을 중얼거리기도
했다.

「그런데, 뭐라고! 운동 선수? 완벽한 운동 선수? 일에만 매달
려 있는 건축가의 모습 안에 그런 건장한 몸과 정신, 의지, 용
기, 대담성이 숨어 있을 줄은 몰랐군. 정말 멋진 놈이야! 유도와
권투, 사바트(19세기 초반. 강도들에 대항하기 위해 만든 프랑스 무
술. 상대를 발로 차서 쓰러뜨리는 격투기 —옮긴이)를 조금만 정식
으로 배우면 완벽해질 텐데……. 자, 이 친구 뤼팽, 네 아들로도
그렇게 나쁜 것 같진 않은데! 좀더 지켜보자고」

라울은 속력을 높였다. 그의 인생에 밝은 빛이 비추는 느낌이
었다. 펠리시앵에 대한 평가도 달라지기 시작했다.

노낭쿠르……. 에브뢰……. 리지외……. 8시경, 라울은 캉에서
제법 규모가 큰 호텔로 들어갔다. 그는 트렁크에 항상 넣어 가지

고 다니던 가방을 꺼낸 뒤, 호텔에서 저녁 식사를 했다.

그날 저녁, 라울은 가브렐 부인의 애인이며 엘리자베트의 아버지로 추측되는 인물, 조르주 뒤그리발을 조사하기 시작했다.

이날은 9월 12일, 일요일이었다. 다음주 토요일에는 롤랑드와 제롬 엘마의 결혼식이 예정되어 있었다.

푸른 보석 상자

조르주 뒤그리발은 어렸을 적부터 내내 부유하게 살았다. 그는 재산을 목축업에 투자하거나 노르망디의 광산 회사와 제철 회사 지분을 엄청나게 사들여 결국 종마 사육장 하나와 지방 경마장에 작은 마구간도 하나 소유할 정도가 되었다.

뒤그리발은 여전히 고풍스럽고 그림같이 아름다운 캉의 한 낡은 저택에서 하인들과 함께 살았다. 뒤그리발의 저택은 평화롭고 한산한 거리를 바라보며 서 있었다. 건물 정면에는 오를레앙 공 섭정 시대(1715~1723년 — 옮긴이)의 조각상과 당시의 유행을 반영하는 높은 형태의 창문이 달려 있었다. 라울은 그날 저녁에 저택 앞을 몇 번이나 지나다녔다. 새벽 1시까지 창문 세 곳에서 불빛이 새어 나왔는데, 한곳은 수위가 머무는 방, 2층의 나머지 두 방은 커튼이 부분적으로 쳐진 것으로 보아 침실인 모양이었다.

라울은 처음에 조르주 뒤그리발을 찾아가 상황을 설명할 생각이었다. 하지만 다음날 아침 일찍, 라울은 조르주 뒤그리발의 간질환이 더욱 악화되어 방문객을 맞이할 수 없을 정도로 심각한 상태가 되었다는 정보를 입수했다. 불빛이 새어 나오던 방이 바로 뒤그리발의 침실인 모양이었다. 간병인 두 명이 밤낮으로 그를 간호했으며 수위는 잠도 자지 않고 항상 의사를 부르러 갈 채비를 했다.

라울은 생각했다.

〈그렇다면 밤에 몰래 들어가는 수밖에 없겠어. 그런데 어디로 들어가지?〉

저택 정면 쪽으로 들어가려면 정문에서도 한참이나 들어가야 했고, 뒤쪽으로 들어간다고 해도 벽이 너무 높았다. 정원을 사이에 두고 건물 후면과 평행하게 세워진 벽은 5미터는 족히 되어 보였다. 벽 가운데에 커다란 문이 있어서 벽과 나란히 바깥쪽에 난 길에서 그 문으로 침입할 수도 있지만 그곳은 마을 사람들의 왕래가 잦은 곳이었다. 따라서 저택으로 몰래 들어가는 일은 어려울 것 같았다. 아니, 아예 불가능할 것 같았다.

라울은 당황해서 호텔로 돌아왔다. 그런데 호텔 레스토랑 입구로 들어서다가 그 자리에 얼어붙고 말았다. 눈앞에 이상한 광경이 펼쳐져 있었다. 창문 너머로 펠리시앵 샤를르와 포스틴이 점심 식사를 하며 진지하게 대화를 나누는 모습이 보였다.

두 사람은 저곳에 앉아 무슨 음흉한 일을 꾸미고 있는 것일까? 보다시피 저렇게 친밀한 두 사람이 공모해서 무슨 일을 벌인 것일까?

라울은 두 사람이 앉아 있는 자리로 가서 함께 식사를 할까도 생각했다. 하지만 그렇게 하지 않은 이유는 자신이 두 사람을 비웃으며 얼마나 신랄한 비판을 해 댈지 잘 알았기 때문이었다. 그런데 두 사람은 왜 조르주 뒤그리발의 주위를 맴도는 것일까?

라울은 서둘러 방으로 올라갔다. 그는 방에서 식사를 하며 종업원을 불러 이것저것 질문을 던졌다.

종업원의 말에 따르면 두 사람은 밤 열차로 이곳에 도착했다. 방 두 개를 달라고 했지만 빈방이 거의 없어 여자는 3층, 남자는 5층 방을 쓴다는 것이다.

또 아침에는 남자 혼자서 외출을 했고, 여자는 방을 나가지 않았다고 했다.

라울은 로비로 내려갔다. 두 사람은 아직도 얼굴을 맞대고 대화를 나누고 있었다. 사업 이야기를 하거나 아니면 무슨 좋은 해결책을 찾으려고 함께 고민하는 것 같았다.

라울은 그들이 대화를 마치기도 전에 밖으로 나와 호텔 근처에 있는 공원으로 갔다.

20분쯤 지나자 펠리시앵이 밖으로 나왔다. 그는 혼자였다.

라울은 울타리 너머로 펠리시앵의 표정을 살펴보았다. 그의 얼굴에는 결연한 의지가 담겨 있었다. 펠리시앵은 자신이 해야 할 일을 정확히 알고 한 가지씩 실행에 옮길 준비도 되어 있었다. 그는 그 일의 목표뿐 아니라 가장 신속 정확하게 그 목표에 도달하는 방법까지 알았다. 따라서 한시도 지체하지 않을 것이다.

펠리시앵은 조르주 뒤그리발의 저택이 있는 쪽으로 걸음을 옮겼다. 하지만 저택 정문을 향해 곧바로 가지 않고 뒤뜰과 나란히 뚫린 길로 빙 둘러서 걸어갔다.

라울은 어이가 없었다.

〈뭐야! 이런 대낮에, 그것도 사람들이 지나다니고 이웃 가게도 영업 중인 시각에 담을 넘겠다는 건가? 주머니에 사다리가 들어 있을 리는 만무하고……. 또, 지금 시간엔 자물쇠를 부술 수도 없어. 너무 복잡하고 사람들의 이목을 끌어 경찰서로 끌려가기 십상이란 말이야.〉

그러나 펠리시앵은 이런 문제가 걱정되지 않는 모양이었다. 그는 일에 방해가 될 만한 점은 없는지, 다른 방도는 없는지 머리를 굴리는 것 같지도 않았다. 펠리시앵은 조금 들뜨긴 했지만 사람들의 주의를 끌 정도는 아니었다. 그는 높은 벽을 따라 걷다가 문 앞에 멈춰 서서 열쇠를 꺼냈다.

라울은 생각했다.

〈잘했군! 정말 조심스럽게 행동하는데! 닫힌 문을 여는 가장 간단하고 평범한 방법은 열쇠를 이용하는 거지. 열쇠를 가지고 있으니 아무렇지 않게 집 안으로 들어가기만 하면 되겠군. 누가 신경이나 쓰겠어?〉

펠리시앵은 열쇠를 자물쇠에 넣고 두 번 돌렸다. 그러고는 또 다른 열쇠를 두 번 돌려서 안쪽의 빗장을 열었다. 그는 문을 열고 안으로 사라졌다.

라울은 펠리시앵이 안쪽에서 사물쇠를 채운 게 아니라면 다시 문을 여는 일은 어렵지 않을 거라고 생각했다. 문이 이중으로 잠겨 있지 않으니 자물쇠를 따는 일은 식은 죽 먹기였다. 가느다란 고리 하나와 경험만 있으면 얼마든지 가능했다. 라울은 두 가지를 다 갖추고 있었다. 그는 펠리시앵이 사용한 방법을 그대로 이용했다. 길을 따라 걷다가 고리를 자물쇠에 넣고 돌리면……. 그리고 〈두 번째 남자도 아무렇지 않은 듯 집 안으로 들어갔다.〉

안뜰 왼쪽 절반 정도는 증축한 1층짜리 건물이 차지하고 있었다. 저택에서는 이 건물로 누가 드나드는지 볼 수 없었다.

라울은 소리를 내지 않고 안으로 들어갔다. 우선 작은 현관이 나타났다. 한쪽 구석에 놓인 옷장에는 외투가 몇 벌 걸려 있었다. 정면에 따로 떨어져 있는 방이 뒤그리발이 사용하던 방 같았다. 커다란 책상과 서랍장, 책장이 갖추어진 방 안에는 카펫이 깔려 있었다.

구석의 붙박이장 문은 열려 있었는데 그 안에 금고가 들어 있었다. 그리고 금고 앞에, 무릎을 꿇은 펠리시앵의 모습이 보였다.

펠리시앵은 작업에 몰두하느라 라울이 조심스럽게 들어가는 소리도 듣지 못한 모양이었다. 라울은 문지방에 서서 머리만 삐죽 들이밀었다.

펠리시앵은 금고 앞에서도 침착하게 행동했다. 그는 금고 번호를 아는 사람처럼 주저 없이 번호판을 세 번 돌렸다. 그러고는 금고에 맞게 제작된 열쇠를 구멍에 넣고 돌렸다.

그러자 묵직한 철문이 열렸다.

금고 안에는 수많은 서류가 있었지만 펠리시앵은 그쪽으로 눈길도 주지 않았다. 달리 찾는 물건이 있는 모양이었다. 그는 우선 위칸에 있던 서류를 치우더니, 중간 칸에 있던 서류도 옆으로 밀어 두었다. 그러고는 서류 뒤편으로 손을 집어넣어 몇 번 휘젓더니 푸른색의 커다란 보석 상자 하나를 끄집어 냈다. 찾던 물건이 분명했다.

펠리시앵은 여전히 무릎을 꿇은 채 물건을 빛에 비춰 보기 위해 창 쪽으로 몸을 돌렸다. 덕분에 라울은 펠리시앵의 동작 하나하나를 자세히 관찰할 수 있었다.

푸른 보석 상자의 뚜껑이 열리자 다이아몬드 여섯 알이 보였다. 펠리시앵은 다이아몬드를 한 알씩 천천히 검토한 후, 주머니에 차례로 집어넣었다.

라울은 펠리시앵의 행동이 너무 침착해 놀랄 수밖에 없었다. 준비 방법은 물론 정보 수집, 절차까지 제대로 이루어졌기 때문에 이처럼 침착한 행동이 가능했던 것이다. 심지어 펠리시앵은 정원이나 저택에서 무슨 소리가 나는지 귀를 기울이지도 않았다. 이 시간에는 자기 일을 방해할 사람이 없다는 사실까지 아는 모양이었다.

〈아이를 도둑으로 만들어라…….〉

칼리오스트로 백작 부인이 이런 지시를 내리지 않았던가! 펠리시앵이 그 저주의 대상이 맞는다면 명령은 제대로 행해진 것이다. 펠리시앵은 도둑질을 하고 있었다. 펠리시앵은 집을 털고 있었다. 그것도 아주 훌륭한 솜씨로! 불필요한 동작은 없었다. 냉정하게 기술과 생각만으로……. 아르센 뤼팽도 이보다 더 잘할 수는 없을 것이다.

펠리시앵은 보석 상자를 비우고 나서 상자에 이중 바닥은 없는지 확인했다. 그러고는 금고 안쪽에 다른 상자가 있는지 살펴본 뒤 금고 문을 닫았다.

라울은 펠리시앵과 마주치지 않기 위해 옷장 안으로 들어가서 걸려 있는 옷 뒤에 숨었다. 펠리시앵은 들킬 것을 우려하는 기색도 없이 밖으로 나갔다.

그는 정원을 가로질러 문을 통과한 뒤, 다시 자물쇠를 잠그고 빗장을 채웠다.

라울은 다시 커다란 방으로 들어갔다. 펠리시앵의 모습에 깊은 인상을 받은 라울은 왠지 모르게 기분이 좋아졌다. 라울은 편안

한 자세로 생각을 하려고 소파에 앉았다.

〈아이를 도둑으로 만들어라…….〉

칼리오스트로 백작 부인의 의지가 실현된 것이다. 펠리시앵은
도둑이 되어 아버지의 눈앞에서 물건을 훔쳤다. 이렇게 끔찍한
복수가 세상에 어디 있단 말인가!

라울은 생각했다.

〈그래, 펠리시앵이 실제로 내 아들이라면 정말 끔찍하겠지. 내
아들이 도둑이란 사실을 인정할 수 있을까? 자, 뤼팽, 솔직해져
봐. 아무도 듣지 않아. 연극을 할 필요도 없어. 단 한순간이라도
그 사기꾼이 네 아들이라고 생각했다면 죽을 만큼 고통스럽지 않
았을까? 그래, 그렇지? 그런데 넌 펠리시앵이 도둑질하는 모습을
보면서도 전혀 괴로워하지 않았어. 그러니까 펠리시앵은 네 아들
이 아닌 거야. 이건 명백한 사실이라고. 아무도 반론도 제기할 수
없을걸. 이봐, 펠리시앵, 너에 대한 평가는 다시 바닥으로 떨어
졌다. 도둑질을 하든 말든 그건 네 맘이야. 난 관심 없어.〉

라울은 큰 소리로 덧붙여 말했다.

「이건 또 다른 문제인걸……」

하지만 라울은 그 문제에 관해서는 생각하지 않기로 했다. 이
상한 추론을 만드느라 시간을 보내느니 직접 행동으로 옮기는 게
나을 것 같았다. 그는 책상 서랍을 뒤지기로 했다.

라울은 손쉽게 자물쇠를 열고 서랍을 뒤졌다. 그러면서 그는
조금 전에 다른 사람이 도둑질하는 모습을 보며 혐오감을 느끼던
자신을 떠올렸다. 그런데 지금은 자기가 직접 도둑질을 하다니
참으로 아이러니가 아닐 수 없었다.

경우에 따라서는 과정보다 결과가 중요한 일이 있다. 라울은

성공했고, 어쨌든 중요한 물건을 발견했으니 그만이었다.

라울은 비밀 서랍 안 깊숙이 놓여 있던 상자에서 스무 통이 넘는 편지를 발견했다. 모두 여자의 필체로, 서명은 없었지만 자세히 읽어 보니 누가 보낸 편지인지 금세 알 수 있었다. 엘리자베트와 롤랑드 자매의 어머니가 쓴 편지였다. 소문이야 어떻든 간에 편지 내용으로만 보면 가브렐과 뒤그리발의 사이가 틀어질 당시에 가브렐 부인은 여전히 남편에게만 충실했다는 사실을 알 수 있었다.

가브렐 부인의 편지 내용이 부드럽게 바뀌기 시작한 것은 훨씬 나중의 일이었다. 그렇다면 그때부터 그녀가 조르주 뒤그리발의 사랑을 받아들였다는 추측이 가능했다. 그러니, 두 자매 중에 조르주 뒤그리발의 친딸이 있다면 그 사람은 롤랑드일 수밖에 없었다. 하지만 아무도 그런 사실을 알지 못했고 사실을 확인할 방법도 없었다. 롤랑드조차 자신의 출생에 얽힌 비밀을 몰랐으며 여전히 모르는 것이 분명했다. 그녀의 어머니는 비밀이 밝혀질까봐 이런 말을 남겼다.

「그 애에겐 비밀로 해 주세요, 제발……」

라울은 들어왔던 길로 다시 나갈 수 없게 되자 밤이 오길 기다리며 새롭게 발견한 사실을 한참 동안 생각했다.

7시경, 그는 계단 네 개를 올라가 저택 1층으로 들어갔다. 처음 눈에 띈 곳은 커다란 응접실로, 커튼이 쳐져서 매우 어두웠고 가구와 피아노에는 천이 덮여 있었다. 이어 현관이 보였는데 그곳에서부터 넓은 계단이 이어졌다. 계단 위로 올라가니 채광창 너머로 수위가 머무는 방이 들여다보였다.

8시경, 집 안에서 소동이 벌어졌다. 두 남자가 서둘러 계단을 내려와 의사를 부르자 잠시 후, 의사가 도착했다. 의사는 두 남자와 몇 마디 이야기를 나눈 뒤 계단을 올라갔다.

허름한 옷차림의 두 남자는 수위와 낮은 소리로 이야기를 나눴다. 그러고는 응접실 현관 옆에 놓인 의자에 앉아 대기했다. 바로 옆방 문은 빠끔히 열려 있었다. 두 남자는 다시 소곤거리며 대화를 나눴다. 대화를 엿들어 보니 두 사람은 뒤그리발의 조카인 모양이었다. 그들은 환자의 건강 상태가 안 좋아 한두 주를 넘기기 힘들 것 같다고 말했다. 또 금고 안, 보석 상자에 어마어마한 다이아몬드가 들어 있으며 그와 관련하여 법원에 서류를 제출할 것이라는 이야기도 나눴다.

다시 의사가 내려왔다. 두 조카는 의사를 배웅하기 위해 모자를 쓰려고 옆방으로 들어갔다. 그사이, 라울은 응접실에서 나와 친척이라도 되는 양 의사에게 악수를 청했다. 라울은 수위가 의사에게 문을 열어 주는 틈을 이용해 조용히 밖으로 빠져나왔다.

밤 10시, 라울은 캉을 떠났다. 그런데 갑자기 천둥을 동반한 폭우가 내리는 바람에 리지외에서 밤을 보내야 했다. 그는 다음날 오전 늦게야 생제르맹 아래쪽에 있는 페크 다리를 지날 수 있었다.

그런데 그곳에선 운전사가 망을 보며 라울을 기다리고 있었다. 라울이 물었다.

「왜 그래, 무슨 일 있나? 새로운 소식이라도 있어?」

운전사는 그의 곁에 털썩 주저앉았다.

「예, 다른 길로 오실까 봐 걱정했습니다……!」

「얘기하게」

「구소 수사관이 아침에 가택 수사를 했습니다」

「우리 집에서? 〈클레르 로지〉 저택에서 말인가? 나 때문에?」

「아닙니다. 그게 아니라 부속 건물을……」

「펠리시앵이 머무는 곳 말인가? 펠리시앵이 그곳에 있었나?」

「예. 오늘 저녁에 돌아왔습니다. 펠리시앵이 있을 때 수색을 벌였습니다」

「뭘 찾아냈나?」

「모르겠습니다」

「펠리시앵을 데려가던가?」

「아뇨. 하지만 저택을 포위해 버렸습니다. 펠리시앵이 빠져나가지 못하게 하려고 그런 모양인데, 이제 다른 사람들도 외출을 하려면 경찰한테 직접 허락을 받아야 합니다. 그렇게 될 것을 예상하고 미리 빠져나온 겁니다」

「나에 대해서는 묻지 않던가?」

「몇 가지 묻던데요」

「영장은?」

「모르겠습니다……. 어쨌든, 구소 수사관이 경찰청에서 무슨 서류를 가져와서는 두목님께서 돌아오시기만 기다리고 있습니다」

「젠장! 여기서 기다리길 잘했네. 이렇게 된 이상 일부러 전장에 뛰어들 필요는 없지」

라울은 입을 꽉 다물고 말했다.

「그래서 뭘 원하는 거지? 날 체포하는 거? 아니, 아니야……. 감히 그렇게는 못할걸. 적어도……, 적어도 가택 수색을 할 수는 있겠지만……. 그렇다면?」

잠시 후, 라울은 운전사에게 지시를 내렸다.

「돌아가게. 난 내일 아침까진 라늘라그에 있는 집에서 꼼짝도 하지 않겠네. 오후에 전화하지」

「하지만 구소 수사관은? 경찰들은요……?」

「그때까지도 나가지 않으면 모두 끝장난 거지. 그럼 자네가 알아서 하게. 아! 한 가지만 더……. 포스틴은……?」

「그 여자 얘기도 하던데요……. 병원으로 가려는 것 같았습니다……. 그냥 제 생각입니다만……」

「아! 이런! 문제가 심각해지겠는걸……. 그만 가 보게」

운전사는 집으로 돌아갔다. 라울은 국도와 베지네 쪽을 피해 가려고 크루아시쉬르센을 빙 둘러 샤투까지 올라갔다.

그는 우체국에서 병원으로 전화를 걸었다.

「코르티나 양 부탁합니다」(원문에는 포스틴이라고 나와 있지만 내용상 오해의 소지가 있어, 성으로 바꿔서 표기함. 아래 포스틴도 코르티나로 바꾸어 표기함. 1부「포스틴 코르티나와 시몽 로리앙」장의 이름을 바꾸라는 이야기 참조 — 옮긴이)

「누구시라고 전해 드릴까요?」

라울은 이름을 밝히지 않을 수 없는 상황이었다.

「다베르니라고 전해 주십시오」

코르티나를 부르는 소리가 들렸다.

「당신이요, 코르티나? 나요, 다베르니……. 그런데……. 당신이 위험하게 됐소……. 내 말을 믿어요……. 당신을 안전한 곳으로 데려가야겠소. 우선, 집을 정리하고 샤투 변두리에 있는 크루아시가에서 만납시다. 너무 서두르진 않아도 될 거요. 아직은 좀 시간이 있으니」

그녀는 대답하지 않았지만 30분 후, 가방을 들고 약속 장소에 나타났다.

그들은 아무 말도 하지 않고 부지발과 말메종을 지났다. 뇌이에 다다르자 라울이 물었다.

「어디에 내려 주면 되겠소?」

「포르트마이요요」

라울이 비웃으며 말했다.

「주소치고는 범위가 너무 넓군. 여전히 날 믿지 못하는 거요?」

「예」

「어리석긴! 이런 일이 생긴 것도 다 당신이 날 믿지 못하기 때문이오. 도대체 왜 그러는 거요? 어제저녁, 당신은 캉에 있는 호텔에서 잠을 자고 내려와 점심 식사를 했소. 바로 같은 시각, 같은 장소에서 내가 점심 식사를 했다면 믿겠소? 그리고 뒤그리발의 집에서 펠리시앵이 물건을 훔칠 때도 함께 있었다면 믿을 수 있겠소? 난 당신, 포스틴을 이기고, 당신한테서 원하는 것을 반드시 얻어 낼 거요. 그것도 못 믿으시겠지? 잘 가시오」

라울은 파리, 라늘라그에 있는 은신처 중 한 곳에서 점심을 먹고 오후 내내, 그리고 밤새도록 잠을 잤다.

그 다음날, 라울은 경찰청으로 가서 루슬랭 예심판사에게 명함을 전달했다.

9월 15일 수요일이었다.

롤랑드와 제롬의 결혼식은 토요일에 치뤄질 예정이었다.

결혼?

예심판사의 사무실에 들어선 지 몇 분밖에 지나지 않았지만 라울은 자신이 찾아온 것을 보고 루슬랭 판사가 당황했다는 사실을 눈치 챘다. 하긴 다베르니가 스스로 위험에 뛰어들다니 놀랄 수밖에 없었을 것이다.

라울이 손을 내밀자 루슬랭 판사는 당황해서 얼떨결에 악수를 했다.

라울이 웃으며 말했다.

「이런 걸 억지 악수라고 하지요」

상대가 웃음을 보이자 라울이 농담을 던졌다.

「이번 사건에선 그런 악수를 할 기회가 종종 생기는군요. 펠리시앵 샤를르와도 그런 악수를 하셔야 할 텐데, 오늘은 어쩔 수 없이 제 악수를 받아들이셨군요」

「다베르니 씨와 말입니까?」

「이런! 구소 수사관이 제 영장을 가지고 있다는 말을 들었습니다만」

「소환장일 뿐입니다」

「그것으로도 충분하죠, 판사님. 저한테 전화 한 통화만 하셨으면 됐을 텐데요.〈다베르니 씨의 설명을 듣고 싶습니다.〉하고 말입니다. 그럼 제가 당장 달려왔을 것 아닙니까? 그래서, 이렇게 온 겁니다. 자, 이제 뭘 도와드릴까요?」

루슬랭 판사는 다시 침착함을 되찾았다. 단 몇 마디 말로 협력자가 되어 버린 희한한 남자에게 마음이 끌렸기 때문이다. 루슬랭 판사는 서기에게 경찰청으로 가서 어떤 사람을 데려오라고 지시했다. 그러고는 즐거운 듯 말했다.

「뭘 도와줄지 물었습니까? 다베르니 씨께서 알고 계신 것을 말씀해 주시면 됩니다」

「오늘은 일부만 말씀드리겠습니다. 나머지는 토요일이나 일요일에 말씀드리죠. 하지만 그때까지는 제가 마음대로 일을 할 수 있도록 내버려 두십시오」

「다베르니 씨는 벌써 두 달 전부터 마음대로 일을 하시지 않았습니까? 사건을 조작하고, 펠리시앵을 교도소에 보내고, 그랬다가 다시 토마 르 부크로 바꾸고…… 그걸로도 충분치가 않단 말씀입니까?」

「예. 사흘만 더 주십시오」

「어디 한번 봅시다. 우선 펠리시앵 샤를르의 얘기를 해 보죠. 어제 아침, 다베르니 씨를 소환해 오라고 구소 수사관을 보냈더니〈클레르 로지〉에는 안 계시다더군요. 구소 수사관은 다베르니 씨가 없는 틈을 타서 다시 한번 펠리시앵 샤를르의 거처에 들어

194

가 가택 수색을 벌였습니다. 그래서 방구석에 교묘하게 감춰 둔 물건 두 개를 찾아냈죠. 칼과 톱날이었습니다. 그런데 그 칼은……」

「판사님, 말을 잘라서 죄송하지만 전 펠리시앵 샤를르를 변호하러 온 게 아닙니다」

「그럼 누구를 변호하러 오신 겁니까?」

「제 자신이죠. 판사님께서 제게 혐의를 두시는 것 같아 제 자신을 변호하러 온 겁니다. 그 혐의가 진짜 구형으로 이어질 수도 있으니까 정확히 알아야겠기에 이렇게 온 겁니다. 제가 잘못 짚은 겁니까?」

루슬랭 판사는 유쾌하게 말했다.

「다베르니 씨, 상상력 한번 풍부하시군요. 그러고 보니 제가 아니라 다베르니 씨가 대화를 이끌어 가고 있는 것 같습니다그려. 어찌됐든 제가 뭘 알려 드리면 되겠습니까?」

「제게 혐의를 두시는 이유를 알고 싶습니다」

루슬랭 판사는 분명하게 말했다.

「그렇다면 말씀드리죠. 갑작스럽게 벌어진 일들로 보나, 제가 진행하는 조사의 결과로 보나, 토마 르 부크의 진술과 망설이는 태도로 보나…… 다베르니 씨께서 이번 사건에 직접 개입하셨다는 느낌을 떨칠 수가 없습니다……. 아니, 그 단어는 적절치 않은 것 같군요. 느낌이라기보다는 확신이 듭니다. 이번엔 제가 질문을 드리죠. 제가 잘못 짚은 겁니까?」

「솔직히 대답하죠. 아닙니다. 잘못 짚으신 게 아닙니다. 하지만 전 어디까지나 판사님께 도움이 되는 일을 하고 있는 겁니다」

「저와 반대로 행동하시면서 도움을 주신다고요?」

「구체적으로 말씀해 주시면요?」

「토마 르 부크가 체포되게 만들고, 진술 내용을 미리 적어 준 사람이 본인 아닙니까?」

「인정하죠」

「왜 그러셨습니까?」

「펠리시앵이 풀려나게 하려고 그랬습니다」

「왜요?」

「이번 사건에서 펠리시앵이 무슨 역할을 했는지 알아내려고 그랬습니다. 경찰은 도무지 밝혀낼 수 없을 것 같기에……」

「그래서, 알아내셨습니까?」

「판사님께서 제가 무슨 일을 하든지 그냥 놔두시기만 하면 토요일이나 일요일에는 알아낼 수 있습니다」

「자꾸 제 결정을 거스르는 방향으로 개입하시면 그런 약속은 할 수가 없습니다」

「또 하실 말씀 있으십니까?」

「어제 일에 관한 겁니다」

「뭐죠?」

「포스틴을 병원으로 들여보내 시봉 로리앙을 간호하게 한 사람도 다베르니 씨죠? 그 여자가 시몽 로리앙의 애인이었더군요. 안 그렇습니까?」

「맞습니다」

「어제 오후에 구소 수사관이 그 여자를 심문하려고 병원을 찾아갔는데 이미 달아났더랍니다. 그런데 정오에 다베르니 씨 전화를 받고 나갔다더군요. 구소 수사관은 그녀가 살던 하숙집으로 서둘러 달려갔습니다. 거기서도 도망친 뒤였죠! 포스틴이 12시

30분에 자동차를 타는 걸 목격한 사람이 있습니다. 물론 다베르니 씨의 자동차였겠죠?」

「그렇습니다」

그 순간, 누군가 루슬랭 판사의 사무실 문을 두드렸다. 루슬랭이 대답했다.

「들어오게」

덩치 큰 남자가 안으로 들어왔다.

「판사님, 부르셨습니까?」

「그래, 뭘 좀 물어보려고 불렀네. 다베르니 씨, 우선 소개부터 하죠. 이쪽은 몰레옹 경찰서장입니다. 몰레옹 서장을 아시죠?」

「이름이야 물론 알죠. 국방부 채권 사건(『마약 수사반 빅토르』를 참조할 것——지은이) 당시, 그 유명한 아르센 뤼팽과 대결했던 분 아니십니까?」

루슬랭 판사가 말했다.

「몰레옹, 자네도 다베르니 씨를 아나?」

몰레옹은 말문이 막혀 라울을 뚫어져라 바라보기만 했다. 마침내 그는 펄쩍 뛰며 더듬더듬 말했다.

「물론……. 물론……. 이럴 수가……. 하지만 이 사람은……」

예심판사는 몰레옹의 입을 막고 팔을 잡아끌며 한쪽으로 데려갔다. 그들은 잠시 은밀하게 대화를 나눴다. 루슬랭 판사가 몰레옹에게 문을 열어 주며 말했다.

「몰레옹, 복도에서 기다리게. 동료 몇 명도 불러서 같이 기다리게. 아직은 입 다물고 있게. 한마디도 해선 안 돼. 알겠나?」

판사는 온후해 보이는 얼굴을 잔뜩 찌푸린 채 사무실을 빠른 걸음으로 왔다 갔다 하기만 했다. 짧은 다리 위로 배가 불룩 튀어

나와 있었다.

라울은 판사를 바라보며 생각했다.

〈그래. 정체가 드러났나 보군. 판사가 아무리 자기 과시에는 관심 없는 사람이라고 해도, 마음속으로는 뤼팽을 잡아 넣고 싶을걸……. 그게 얼마나 큰 영광이야! 하지만 책임지고 일을 벌일 용기가 있을까? 바로 그 점이 관건이지. 판사가 영장에 서명하고 행동에 나서려고 하면 아무도 막을 수 없을 거야……. 이 세상 어느 누구도!〉

루슬랭 판사는 갑자기 자리에 앉더니 페이퍼 나이프로 탁자를 치며 감정을 실어 거칠게 말했다.

「요구를 들어주면 어떤 거래를 하시겠습니까?」

「거래라뇨?」

「제발, 그만하십시오. 무슨 말인지 잘 아시지 않습니까?」

물론 라울은 거래란 말이 무슨 뜻인지, 무엇에 관한 거래인지 잘 알고 있었다. 루슬랭이 반복해서 묻자 라울은 단호하게 대답했다.

「어떤 거래를 하겠냐고 물으셨죠? 범인, 또는 범인들의 이름을 알려 드리죠. 계단을 받치고 있던 기둥을 자른 범인, 엘리자베트 가브렐을 죽게 만들고, 시몽 로리앙을 때려죽인 범인의 이름 말입니다」

「자, 여기 펜과 종이가 있습니다. 여기 그 이름을 쓰십시오」

「사흘 후에 알려 드리겠습니다」

「왜 사흘이 필요합니까?」

「사흘 후에 일어날 사건이 결정적인 단서가 될 테니까요. 그때면 어느 쪽으로든 결론이 날 겁니다」

「그럼 두 혐의자 사이에서 망설이고 계신 겁니까?」

「예」

「그게 누구죠? 지금은 묵비권을 행사하실 권리가 없습니다. 그게 누굽니까?」

「펠리시앵 샤를르…… 아니면……」

「아니면?」

「아니면 제롬과 롤랑드입니다」

루슬랭 판사는 갑자기 숨을 짧게 들이마시며 말했다.

「아니! 지금 무슨 말씀을 하시는 겁니까? 무슨 사건이 일어난다는 거죠?」

「결혼식이 토요일 오전에 열리기로 되어 있습니다」

「하지만 그 결혼식은 아무 상관도 없……」

「상관 있습니다. 펠리시앵이 범인이라면 그 결혼식은 열리지 못할 겁니다」

「이유가 뭡니까?」

「펠리시앵이 롤랑드를 미친 듯이 사랑하고 있기 때문입니다. 한 여자 때문에 두 번이나 범죄를 저지르고 납치까지 했다면, 그 여자가 다른 남자의 품에 안기는 걸…… 받아들이지 못할 겁니다. 그것도 자기가 부상까지 입힌 남자한테……. 사건 당일 밤에 있었던 일을 떠올려 보십시오……. 그리고 사랑이 전부가 아닙니다……」

「그럼 뭐가 또 있습니까?」

「돈이죠. 롤랑드는 조만간 어머니의 사촌으로부터, 아니 생부로부터 거액의 유산을 물려받게 되어 있습니다. 펠리시앵도 그 사실을 알고 있죠」

「결혼식이 그대로 진행되면요?」

「그럼 제 생각이 틀린 거겠죠. 그렇게 되면 범인은 엘리자베트가 살해당한 후, 이득을 보는 롤랑드와 제롬일 겁니다」

「그럼 포스틴은요? 그 여자는 어떤 역할을 한 겁니까?」

「그건 잘 모르겠습니다. 하지만 포스틴은 자기 애인인 시몽 로리앙의 복수를 하겠다는 일념뿐입니다. 그녀가 펠리시앵과 롤랑드, 제롬 세 사람 주위를 맴돌고 있는 건 여자의 직감 때문일지도 모릅니다. 펠리시앵, 롤랑드, 제롬……. 범인은 멀리서 찾을 필요가 없습니다. 아니! 확실히 밝혀진 건 아니니 장담하진 않겠습니다! 아직은 설명할 수 없는 일들이 남아 있습니다. 상황이 달라지면 저절로 밝혀지겠죠. 어쨌든, 이 상황을 끝까지 해결해 나갈 수 있는 사람은 저밖에 없습니다. 경찰이 개입하면 다 망치고 말 겁니다」

「왜죠? 다베르니 씨께서 말씀하신 대로……」

「그렇게 하면 아무것도 얻어낼 수 없습니다. 진실은 바로 여기, 제 머릿속에 들어 있으니까요. 바로 이곳에 사건과 관련된 요소가 전부 정리되어 있습니다. 제가 개입하지 않으면 두 달 전부터 그랬던 것처럼 경찰은 계속 우왕좌왕하기만 할 겁니다」

판사가 망설이자 라울은 그에게 다가가 친근하게 말했다.

「너무 많이 생각하지 마십시오, 예심판사님. 결과부터 생각해야 할 때도 있는 법이니까요」

루슬랭 판사는 단호하게 말했다.

「다베르니 씨, 결정권은 예심판사가 가지고 있습니다」

「예. 하지만 결정을 내리기 전에 앞으로 무슨 결정을 내릴 것인지는 알려 주셔야죠」

200

「누구한테 알린단 말입니까?」

라울은 대답하지 않았다. 루슬랭 판사는 매우 흥분한 것 같았다. 그는 종종걸음으로 방 안을 서성거렸다. 양심을 따르기도 망설여지는 모양이었다.

판사가 문을 열자 몰레옹 서장이 동료 여섯 명과 이야기를 나누는 모습이 보였다.

루슬랭 판사는 안심이 되었다. 몰레옹은 제대로 감시를 하고 있었다……. 그는 밖으로 나갔다.

라울은 이제 혼자 남았다.

라울이 빠끔히 문을 열자 몰레옹이 서둘러 다가왔다. 라울은 손짓으로 부드럽게 인사를 하고 몰레옹 서장의 코앞에서 문을 쾅 닫아 버렸다.

10분이 흘렀다. 더도 말고 딱 10분이었다. 루슬랭 판사가 평소와 달리 얼굴을 찌푸리고 들어서는 것을 보니 직속 상관이든 고위급 상관이든 단호한 결정을 내린 모양이었다. 판사가 입을 열었다.

「결론은……」

라울은 웃으며 말했다.

「결론은 〈토요일까지 아무 일도 벌이지 마라.〉는 거겠죠」

「하지만 펠리시앵은 의심이 가는 정도가 아니라……」

「펠리시앵은 제가 책임지겠습니다. 펠리시앵이 나서려고 하면 제가 손발을 꽁꽁 묶어서 배달해 드리죠. 토요일 오전 11시까지 전화가 없으면 결혼식이 열린 걸로 아십시오. 그러면……」

「그러면……?」

「그 다음날 오전 9시 30분에 〈클레르 로지〉로 오십시오. 일요

일 휴일이니까요. 그때 얘기하죠. 괜찮으시면 점심 식사나 같
이……」

루슬랭 판사는 어깨를 으쓱하고 투덜거리며 말했다.

「구소 수사관과 그의 부하들도 데리고 가겠습니다」

라울이 웃으며 말했다.

「마음대로 하십시오. 하지만 그래 봐야 별 도움은 안 될 겁니
다. 전 제 손에서 포장까지 제대로 마친 물건만 배달하니까요.
아! 한 가지 잊은 게 있습니다. 베지네에서 일시적으로 구소 수사
관의 명령이 효력을 발휘하지 못하도록 명령서를 몇 줄 써 주십
시오. 주말에는 시끄러운 일이 일어나면 안 되니까요」

루슬랭 판사는 종이 한 장을 집어 들었다.

라울이 말했다.

「필요 없습니다. 제가 이미 써 왔습니다. 여기 서명만 하시면
됩니다……. 예, 거기 있는 종이에……」

이제 판사도 거북했던 기분이 모두 사라진 모양이었다. 그는
소리 내어 껄껄 웃어 젖혔다. 하지만 서명을 하는 대신, 구소에
게 전화를 거는 방법이 낫겠다고 했다. 판사는 라울 다베르니를
복도 끝까지 배웅했다. 라울은 상체를 약간씩 흔들며 고개를 약
간 숙인 채 몰레옹과 그의 동료들 앞을 지나쳤다.

목요일과 금요일, 라울과 펠리시앵은 〈클레르 로지〉 밖으로는
한걸음도 나가지 않았다. 두 사람은 밖에서 일어나는 일에는 전
혀 관심이 없는 것 같았고, 다른 사람의 생활에 간섭하거나 알려
고 하지도 않았다.

그들은 자주 만났지만 저택의 가구 배치와 인테리어에 관련된
필요한 대화만 나눌 뿐이었다. 전에 있었던 일에 관한 언급도, 앞

으로 일어날 일에 대한 암시도 없었다. 가택 수사, 새로 받게 된 혐의, 경찰의 위협적인 감시, 갑자기 얻은 행동의 자유, 롤랑드와 제롬의 결혼…… 등 이들에겐 그 어느 것도 중요하지 않아 보였다.

실제로 라울은 그런 일에 조금도 신경 쓰지 않았다. 갑자기 알게 된 사실이든, 여전히 미궁 속에 있는 사실이든 이제는 아무 의미가 없었다. 그의 머릿속에서 제기되는 문제는 심리적인 부분뿐이었다. 라울이 그토록 심리적인 문제에 매달린 이유는 이 사건의 주인공 세 명의 심리를 아직 제대로 파악하지 못했다고 생각했기 때문이다.

라울은 두 달 전부터 펠리시앵의 일거수일투족을 지켜보았다. 하지만 그의 생각이나 마음속 깊이 숨겨진 본능을 파악하지 못해 그의 행동을 제대로 예측할 수가 없었다. 또 유령처럼 안개 속에 감춰진 인물, 롤랑드와 제롬의 실체를 얼마나 알고 있는 것일까?

라울은 아직 확실한 결정은 내릴 수 없음을 깨닫고 루슬랭 판사에게 기다려 달라고 말했던 것이다. 그리고 루슬랭 판사는 그가 확신에 가득 차서 이야기하자 다른 사람들과 마찬가지로 라울의 요구를 받아들일 수밖에 없었다. 하지만 마음 깊은 곳에서도 부인할 수 없는 한 가지 사실이 있었다. 논리적인 판단과 여러 직감을 종합해 보면 결혼식과 함께 이 사건은 마침표를 찍을 게 분명했다. 결혼식이 지나면 펠리시앵, 제롬과 롤랑드의 정체가 밝혀질 것이다.

하지만 펠리시앵은 마지막 순간까지도 결혼식에 무관심한 것처럼 보였다. 물론 펠리시앵은 롤랑드를 납치하려고 했기 때문에 〈클레마티트〉 저택은 물론, 시청이나 교회에도 갈 수 없었다. 하지만 그건 그렇다쳐도, 토요일 아침 시청에서 결혼 서약을 하는 시각이 되어서도, 교회 종소리가 울리는 순간에도 그는 얼굴 하나 찌푸리지 않았고, 약간의 동요도 보이지 않았다. 하지만 모든 게 끝났다. 이제 롤랑드는 그의 손을 벗어났다. 그녀는 이제 다른 남자의 이름을 얻었고 손가락에는 결혼반지를 꼈다.

펠리시앵이 마음을 숨기고 있는 것일까? 갖은 애를 쓰며 감정을 억누르고 있는 것일까? 사랑의 감정도 억제하고 있을까? 라울은 펠리시앵을 주의 깊게 관찰했지만 아무런 단서도 찾을 수 없었다. 펠리시앵은 실내 장식이 세상에서 가장 중요한 일이라도 되는 양 일에 몰두했다.

9월의 맑고 평화로운 오후는 그렇게 흘러갔다. 때때로 낙엽이 하나 둘 조용히 떨어졌다.

라울은 오후 내내, 저녁 내내 계속해서 생각에 잠겨 있었다.

〈펠리시앵, 넌 괴롭지도 않느냐? 잠시 후에 일어날 일은 생각도 안 한단 말이냐? 어떻게 그럴 수가 있지! 네가 사랑하는 여자가 다른 남자의 부인이 될 텐데 그대로 보고만 있겠다는 거냐? 그럼 뭐 하러 롤랑드를 납치했지?〉

땅거미가 내려앉았다. 어둠이 짙어져 이상하리만큼 컴컴히고 후텁지근하며 무거운 밤이 시작되었다. 라울은 몰래 차고를 통해 〈클레르 로지〉를 빠져나왔다. 그러고는 자신의 소유지를 지나 울타리 옆 어두운 곳으로 다가갔다. 머릿속에는 온통 혼란스러운 생각뿐이었다. 라울은 조르주 뒤그리발의 집에서 금고 앞에 무릎을 꿇고 앉아 푸른 보석 상자에서 보물을 훔치던 펠리시앵의 모습을 떠올렸다. 지금 자신은 그 당시의 펠리시앵과 다를 바가 없었다. 또 롤랑드가 보는 앞에서 제롬 엘마와 격투를 벌이던 펠리시앵의 모습도 떠올렸다. 그때 롤랑드는 이런 말을 했다. 〈죽을지도 몰라요.〉 또, 포스틴의 수상한 행동도 떠올랐다. 포스틴은 어떻게 되었을까? 그러니까 라울은 네 인물 중 한 명을 놓친 것이다. 포스틴은 어둠 속에서 계속해 온 자신의 역할을 포기한 것일까?

어디선가 시계 종이 열 번 울려 퍼졌다. 라울은 하인들을 통해, 롤랑드의 삼촌인 필리프 가브렐이 결혼식에 참석하기 위해 아들 내외를 데리고 남프랑스에서 올라왔다는 사실을 알고 있었다. 펠리시앵도 분명 그 사실을 알고 있을 것이다. 가족 식사는 끝난 뒤였고, 이제 〈클레마티트〉에는 신혼부부만 남았다. 펠리시앵은 체념하고 운명을 받아들일 것인가? 롤랑드의 남편을 공격하고 적을 제거하려고 하지는 않을까?

다시 15분이 지나고, 10시 30분을 알리는 종소리가 들렸다······.

라울이 나무 뒤에 숨어 있을 때, 갑자기 자갈 밟는 소리가 들려왔다. 누군가 조심스럽게 걸으며 다가왔다. 울타리 문이 부드럽게 열렸다가 다시 닫혔다.

걸어가는 사람이 보였다. 펠리시앵 샤를르였다.

펠리시앵이 라울이 숨어 있는 나무를 지나치자 라울은 펠리시앵이 알아차리지 못하도록 뒤에서 달려들어 허리를 붙잡고 거꾸러뜨렸다.

싸움은 오래가지 않았다. 펠리시앵은 불시에 공격을 당해 저항조차 하지 못했다. 라울은 그의 머리에 천을 씌우고 밧줄로 단단히 묶어 버렸다.

라울은 펠리시앵을 팔로 안아 〈클레르 로지〉로 데려왔다. 그런 뒤 끈으로 현관 기둥에 묶고, 커튼을 씌워 조금도 움직이지 못하도록 만들어 놓았다. 라울은 펠리시앵에게서 손을 떼 보았다. 펠리시앵은 전혀 움직일 수 없었다.

라울은 자유롭게 행동할 수 있었다…….

〈네 명 중 한 명은 해결됐군.〉

증오

　라울은 언젠가 밤에 몰래 〈오랑주리〉 저택에 들어갈 생각으로 오래전부터 그에 필요한 준비를 해 두었다. 〈오랑주리〉 저택 정원 오른쪽에 있는 채소밭의 열쇠를 마련하고 〈클레마티트〉 저택 측면에 담쟁이덩굴이 올라갈 수 있도록 붙여 놓은 격자 틀의 고정쇠 위치도 확인해 두었다.

　라울은 우선 채소밭으로 들어갔다. 그런 다음, 불이 전부 꺼진 〈오랑주리〉 저택 앞 호수를 빙 돌아 〈클레마티트〉에 도착했다. 식당과 그 위층 방은 캄캄했다. 1층에 있는 커다란 방에는 불이 환하게 켜져 있었지만 안에는 아무도 없었다. 롤랑드와 그녀의 남편은 위층에 있는 모양이었다. 위층에 불이 켜진 방 두 개 중 하나는 롤랑드의 방이었고, 또 다른 하나는 층계 끝에 있는 커다란 방으로, 예전에는 엘리자베트의 방이었지만 지금은 신혼 방으로 꾸며져 있었다.

라울은 건물 측면을 덮은 담쟁이덩굴 사이에서 쇠갈고리를 찾아냈다. 그런 다음, 손쉽게 벽을 타고 올라가 모퉁이에 있는 욕실까지 다가갔다. 코니스를 밟고 걸음을 옮기니 욕실에서부터 방까지 이어진 긴 베란다에 다다를 수 있었다. 덧문은 닫혀 있었지만 잠기지 않은 상태였고, 창문은 살짝 열려 있었다. 롤랑드는 라울 쪽으로 등을 돌린 채 소파에 앉아 있었다. 그녀는 웨딩드레스를 잠옷으로 갈아입고선 어깨에는 얇은 숄을 걸치고 있었다.

제롬은 방 안을 서성거렸는데 실내복을 입은 모습이 꽤 멋있어 보였다. 두 사람은 아무 말도 없었다.

라울은 생각했다.

〈됐어. 이제 막이 올랐군.〉

라울은 참 파란 많은 삶을 살아오면서도 이처럼 고통스러울 정도의 열정을 가지고 어떤 사건이 일어나길 기다려 본 적은 거의 없었다. 처음으로 어떤 장면이 펼쳐지고, 처음으로 어떤 말이 튀어나오는지에 따라 두 사람 사이의 분위기나 그들의 생각, 친밀한 정도, 비밀 등을 파악할 수 있기 때문이었다. 그동안 밝혀 낼 수 없었던 문제가 이제 막 드러나려는 순간이었다.

한동안 침묵이 흐른 뒤에 제롬이 롤랑드 앞에 멈춰 서서 말했다.

「좀 어때?」

「괜찮아졌어」

「그런데, 롤랑드……?」

「왜?」

「좀 전에, 저기…… 우리 방으로 같이 들어가자니까 왜 싫다고 했지……? 왜 나한테 가까이 오지 않은 거야……?」

롤랑드가 속삭여 말했다.

「좀 기다려. 아직도 몸이 좀 안 좋아서 그래」

그는 잠시 멈춰 서 있다가 자리에 앉아 팔꿈치를 무릎에 대고, 롤랑드에게 시선을 고정시킨 채 말했다.

「이상해! 우린 이제 결혼했어. 아무리 생각해도 이해가 안 돼……」

「뭐가 이해가 안 간다는 거야?」

「우리 결혼……. 모든 게 너무 이상해! 내 감정은 나도 모르는 사이에 우정에서 사랑으로 바뀌었어……. 너한테 그런 고백을 하면서도 네가 혹시 거절하면 내가 무척 힘들어지겠다고 생각했어……. 그 이후로 난 정말 널 사랑하게 됐지. 그동안 널 사랑하면서도 그 사실을 몰랐던 거야」

그는 낮은 목소리로 덧붙여 말했다.

「내가 너에게 하는 말은 단순한 고백이 아냐……. 이유는 잘 모르겠지만 불안하면서도 이 말을 꼭 해야 할 것 같아서 하는 거야」

그는 오지 않는 대답을 기다리다가 계속해서 말을 하려고 했다. 그러다가 그는 문득 돌아서더니 귀를 기울였다.

「무슨 소리가 들린 것 같은데……. 네 방에서……」

「뭐라고!」

「소리가……」

「그럴 리가. 하인들은 옆 건물에서 자는데……」

「아냐…… 아냐……. 자, 들어 봐」

제롬이 자리에서 일어서자 롤랑드가 앞장서서 자기 방 안으로 머리를 들이밀어 보더니 다시 문을 닫고, 열쇠로 잠갔다. 그녀는 큰 소리로 말했다.

「아무도 없어. 누가 여길 들어오겠어?」

그는 잠시 생각에 잠겼다가 말했다.

「넌 아직도 내가 그 방에 들어가는 게 싫은 모양이구나」

「그래 싫어. 거긴 숙녀가 쓰던 방이니까」

「그게 뭐 어떻다고 그래?」

롤랑드는 무력하게 다시 자리에 앉았다. 제롬은 그녀 곁에 무릎을 꿇고 한동안 그녀를 바라보았다. 그러고 나서 아주 부드럽게 천천히 그녀의 손을 잡고 조금씩 그녀의 드러난 팔을 향해 머리를 기울였다. 하지만 그들의 입술이 닿으려는 순간 그녀가 갑자기 자리를 박차고 일어섰다.

「아냐, 싫어……. 그러지 마……」

그들은 얼굴을 마주 댄 채, 서로의 눈을 뚫어져라 바라보며 그대로 있었다. 제롬은 자신을 회피하는 롤랑드의 마음을 깊숙이 들여다보려고 했다. 하지만 그는 감정을 추스르고 다시 부드럽게 말했다.

「롤랑드, 진정해. 오늘 아침에 정신을 잃은 뒤로 넌 아직도 안정을 찾지 못하고 있어. 하지만 우린 이미 결혼에 동의했고, 난 너한테 생전에 우리 어머님의 바람에 대해서도 얘기해 줬어……. 생각해 봐……. 우리 어머니는 부자가 아니있어. 나한테 남겨 준 기라고는 약혼반지 하나가 전부였지. 어머니는 그 반지만은 절대 팔지 않으면서 항상 이렇게 말씀하셨어. 〈나중에 결혼을 하면 네 아버지가 했던 것처럼 아내를 대하렴. 그리고 결혼식을 마치고 교회에서 돌아오면 네 아내에게 이 반지를 끼워 줘. 미리 주지도 말고 꼭 교회에서 돌아온 뒤에……. 결혼반지 위에 이 반지를 끼워 주려무나…….〉 너도 알고 있잖아……. 동의도 했고……. 그런데……, 그런데……, 이 반지를 주자 넌 기절해 버리고 말았어……」

그녀가 말했다.

「우연일 뿐이야……. 감정이 복받치고……. 너무 피곤해서……」

「하지만……. 진심으로 받은 거지……?」

그녀는 손을 내보였다. 손가락에는 금으로 된 결혼반지와 함께 다이아몬드 반지가 끼워져 있었다.

제롬이 웃으며 말했다.

「결혼반지……. 내가 고른 반지와 어머니가 물려주신 다이아몬드 반지를 모두 너에게 준 거야……. 그러니 롤랑드, 이 손은 이제 내 거나 다름없어……. 내가 원하면 언제든지 손을 잡을 수도 있고……」

「아니」

「아니라고? 내 손을 잡지 않겠단 얘기야?」

「아니. 오빠 그냥 이렇게 말했잖아. 〈언젠가 나와 결혼해 주겠어?〉」

「그래서 너도 그러겠다고 대답했잖아」

「결혼을 하겠다고 했지 손을 잡아도 된다고 하진 않았어」

그들은 마주 보고 서 있었다. 제롬이 속삭이듯 말했다.

「그게 무슨 뜻이야……? 넌 벌써 다른 사람이 된 것 같아……. 오늘 저녁……. 오늘 저녁부터……. 벌써 나한테서 한걸음 멀어진 느낌이야. 어떻게 이럴 수가 있지?」

그는 점점 화를 내며 말했다.

「자……. 자……. 하지만 확실히해 두자고……. 롤랑드, 네 손에는 반지가 끼워져 있어. 넌 결혼반지를 끼고 있다고. 손을 이리내……. 난 네 손을 잡을 권리가 있어……. 난 네 손에 입 맞출 권리도 있다고」

「아니」

「뭐! 이건 말도 안 돼」

「오빠가 내 손에 입을 맞춘 적 있어? 내가 손을 만져도 된다고 한 적 있어? 내 입술, 내 얼굴, 내 이마, 내 머리를 만져도 된다고 한 적 있냔 말이야?」

「물론 아니지……. 물론 아니지만……. 하지만 그 이유는 말했 잖아. 엘리자베트 때문에……. 우리에겐 아직 엘리자베트에 대한 기억이 너무 생생해서 그런 걸 원치 않는다고……. 내가 애무하 는 걸 원치 않는다고 했잖아……. 난 이해했어……. 나도 인정했 잖아……. 하지만 지금은……」

「뭐가 달라졌는데?」

「롤랑드, 넌 이제 내 여자야……」

「뭐라고……?」

제롬은 어안이 벙벙하여 완전히 다른 목소리로 말했다.

「그럼 네가 원했던 건……? 이런 거였어……?」

롤랑드는 심각하게 말했다.

「그럼 오빠 내가 이 집에서……. 언니가 살던 집에서……. 언 니와 오빠가 사랑하던 곳에서…… 그럴 수 있을 거라고 생각했 어?」

그는 화를 내며 말했다.

「그럼 떠나자! 네가 바라는 곳으로 떠나자고! 다시 한번 말하 지만 넌 내 여자야. 내 여자가 될 거야」

「아니」

「뭐, 아니라고?」

「오빠가 원하는 그런 의미에선 아냐」

그는 갑자기 두 팔로 그녀의 목을 감싸 쥐고 입을 맞추려고 했다. 롤랑드는 있는 힘을 다해 그를 밀어내며 소리쳤다.

「안 돼……. 안 돼……. 이러지 마……. 싫어……」

제롬은 다시 억지로 입을 맞추려고 했다. 하지만 그녀의 강한 저항을 꺾을 수 없다고 생각했는지 당황하여 몸을 떨며 말했다.

「다른 게 있지, 안 그래? 단지 그 이유뿐이라면 이렇게까진 하지 않을 거야. 다른 뭔가가 있어」

「다른 이유는 많지……. 하지만 오빠한테 상황을 이해시키려면 한 가지 이유만으로도 충분할 걸」

「그게 뭔데?」

「난 다른 남자를 사랑해. 내 연인은 아니었지만 그 사람도 날 존중해 줬고」

그녀는 눈 하나 깜짝 않고 또박또박 말했다. 그녀의 당당한 말투에서 제롬을 향한 도전뿐만 아니라 그에 대한 경멸까지 엿볼 수 있었다.

제롬은 쓴웃음을 지으며 말했다.

「롤랑드, 왜 거짓말을 하는 거지? 네가……. 어떻게 그 말을 믿으라는 거야……?」

「다시 한번 말하지, 제롬 오빠. 난 다른 남자를 사랑해. 세상 그 누구보다 그 남자를 사랑해」

제롬은 자기도 모르게 그녀에게 주먹을 내밀며 소리쳤다.

「입 닥쳐! 입 닥쳐! 입 닥쳐……. 거짓말하는 거 다 알아. 그냥 날 흥분시키려고 그러는 거 다 안다고! 왜 그러는지는 모르겠지만……. 어쨌든 너 때문에 미칠 것 같아. 너, 롤랑드!」

그는 미친 사람처럼 발을 구르며 방 안을 왔다 갔다 했다. 그러다가 다시 그녀 앞으로 돌아와 말했다.

「난 널 알아, 롤랑드. 그게 사실이라면 이 반지를 끼고 있지도 않을걸」

그녀는 다이아몬드 반지를 빼내어 멀리 집어던졌다.

제롬은 그녀를 거칠게 몰아붙였다.

「이런 못된 년! 너, 지금 뭐 하는 거야? 왜 이 결혼반지도 바닥에 던지지 그래? 네가 받아들인 이 반지도? 내가 네 손가락에 끼워 준 이 반지도 말야!」

「이 반지는 다른 사람이 끼워 준 거야. 오빠가 준 반지가 아니라고」

「거짓말! 거짓말! 우리 이름이 반지에 새겨져 있잖아. 롤랑드와 제롬」

「그렇지 않아. 이 반지에는 다른 이름이 새겨져 있어」

「거짓말!」

「다른 이름이야……. 롤랑드와 펠리시앵」

제롬은 그녀에게 다가가 손을 잡고, 거칠게 금반지를 빼낸 뒤에 넋이 나간 눈빛으로 반지를 살펴보았다.

그는 한숨을 내쉬듯 중얼거렸다.

「롤랑드……. 펠리시앵……」

제롬은 용납할 수 없는 현실에 대항해 싸웠다. 하지만 그 현실은 사방에서 그를 조여 왔고, 아무리 믿지 않으려 해도 벗어날 수가 없었다.

그가 낮은 소리로 말했다.

「이건 미친 짓이야……. 그럼 왜 나랑 결혼했지……? 이제 넌 내 여자야……. 그 사실은 변하지 않아……. 넌 내 여자라고…….

그러니 난 너한테 권리가 있어……. 오늘은 신혼 첫날밤이야……. 그리고 난 내 집에 있어……. 내 집……. 내 여자와 함께……」

그녀는 조용하면서도 고집스럽게 대꾸했다.

「여긴 오빠 집이 아냐……. 지금은 신혼 첫날밤도 아니고……. 오빠는 이방인이고, 적이야……. 내가 몇 마디만 하면 이곳을 떠나야 할걸」

제롬이 소리쳤다.

「내가, 떠난다고! 미쳤군」

「오빠는 떠나고 다른 사람한테 자리를 내줘야 할 거라고. 벌써 여기 와 있는 이 집 주인한테」

「오기만 해 보라지! 감히 여길 어떻게 들어와!」

「벌써 와 있어, 제롬 오빠. 엘리자베트 언니가 죽은 그곳에서 오늘 밤 날 만나려고 온 거야……. 난 그의 품에 안겨서 울었어……. 그리고 그 사람한테 내 사랑을 고백하고 정말 행복했지. 그리고 그 이후로, 두 번이나 그 사람은 이곳에 왔어……. 제롬, 그 사람이 이곳에 있어. 내 방에. 이젠 그 사람 방이 되겠지……. 조금 전에 들린 소리도 그 사람이 낸 소리야……. 그 사람은 이제 떠나지 않을 거야. 신혼 첫날밤은 그 사람 거야……」

제롬은 달려가 주먹으로 문을 치며 열리지 않으면 부수려고 했다.

롤랑드는 무서울 정도로 침착하게 말했다.

「그렇게 수고할 필요 없어. 내가 열쇠를 가지고 있거든. 내가 열어 주지……. 하지만 그 전에 뒤로 물러서. 뒤로 열 걸음……」

제롬은 롤랑드의 말을 따르지 않았다. 그는 망설이고 있었다. 그러면서 긴 침묵이 흘렀다.

베란다에서 빠끔히 열린 덧창 뒤에 숨어 있다가 이 비극적인 장면을 본 라울은 무척 혼란스러워졌다. 라울은 갑자기 변해 버린 롤랑드의 태도와 잔인하고 끈질긴 공격을 보며 생각했다.

〈왜 펠리시앵이 저 방에 있다고 확신하는 걸까? 겨우 15분 전에 내가 〈클레르 로지〉에 묶어 두고 왔으니 저 방에 있을 리가 없는데…….〉

하지만 이런 위기 상황에서는 모든 일이 비논리적으로 전개되기 때문에 추리도 얼마든지 빗나갈 수 있었다. 라울은 제롬이 얼마나 고통스러울까 생각하니 가슴이 두근거렸다. 제롬이 롤랑드에게서 열쇠를 빼앗아 잔인하게 펠리시앵을 공격하지는 않을까?

하지만 먼저 제롬에게 권총을 겨누며 기세를 제압한 것은 롤랑드였다.

「물러서라니까……. 뒤로 열 걸음……」

제롬은 뒤로 물러섰다. 롤랑드는 계속 총을 겨눈 채, 앞으로 다가가 문을 열었다.

그러자 펠리시앵이 모습을 드러냈다. 라울이 〈클레르 로지〉 저택에 결박시켜 둔 그 펠리시앵이었다…….

그는 방에서 나와 웃으며 말했다.

「롤랑드, 무기는 필요 없습니다. 저렇게 멋진 실내복을 차려입은 사람이 싸움을 걸어 올 리는 없으니까요. 그리고 저자는 지금 싸울 생각조차 없을 겁니다」

펠리시앵은 평소보다 더 쾌활해 보였다. 펠리시앵은 롤랑드처럼 조용하면서도 진지한 태도로 눈을 반짝이고 있었는데 라울에게는 그런 모습이 훨씬 더 진실하게 느껴졌다.

라울은 계속해서 생각했다.

〈하지만 어떻게 이곳에 온 거지? 어떻게 빠져나왔을까?〉

펠리시앵은 몸을 숙여 카펫 위에 떨어진 반지를 주웠다. 그러고는 알 수 없는 말을 하며 반지를 화장대 위에 올려놓았다.

「롤랑드, 이제 반지를 빼지 마십시오. 이제 반지를 낄 권리가 있다는 걸 알고 있지 않습니까?」

그러고 나서 그는 제롬에게 말했다.

「롤랑드는 이런 만남을 기다려 왔어. 나도 동의했지. 그녀는 항상 옳으니까. 그리고 우리 세 사람 사이에서 설명이 필요할 것 같기도 하고」

롤랑드가 말했다.

「네 사람이야. 엘리자베트 언니도 우리와 함께 있으니까. 언니는 죽은 후에도 날 떠나지 않았어. 난 무슨 일을 하건 언니에게 의견을 물어보고 나서 행동으로 옮겼지. 오빠, 이제 내가 뭘 원하는지 이해가 가?」

딱딱하게 굳은 제롬의 얼굴이 창백해졌다.

그가 말했다.

「롤랑드, 나한테 고통을 주려고 했다면 성공이야. 행복을 되찾을 수 있을 거라 믿었던 결혼이 끔찍한 함정이었다니」

「그래, 함정. 난 처음 진실을 직감했을 때부터 이 함정을 계획했어. 오빠가 내게 내민 함정과 어울리는…… 치명적인 함정……. 이해하지, 안 그래? 이해가 가지?」

롤랑드는 냉정을 유지하려고 애썼지만 마음속 깊은 곳에서 끓어오르는 분노를 참을 수 없었던지 몸을 조금 기울였다.

「언니를 봐. 언니를! 언니는 이 세상에서 가장 부드럽고 사랑스러운 여자였어. 그리고 오빠를 사랑했지. 그런데 오빠는 그런 언니를 죽였어. 아, 불쌍한 언니」

　라울은 롤랑드와 제롬의 분위기가 심상치 않다고 느낄 때부터 이런 말이 나올 것을 예상하고 있었다. 하지만 그렇게 의심을 하면서도 지금까지 두 사람을 한번도 떨어뜨려 생각해 보지 않았다는 사실이 스스로도 놀라웠다.

　롤랑드는 결백하며 살인 사건은 제롬의 단독 범행일 수 있다고 짐작할 만한 단서가 있었는데도 라울은 전혀 예상하지 못했다. 라울처럼 예리한 관찰력을 지닌 사람이 눈치를 채지 못했으니 롤랑드의 계획은 매우 치밀하게 진행된 것이었다. 그러니 제롬처럼 자신의 감정에만 몰두했던 사람이 어떻게 제일 먼저 함정에 빠지지 않을 수 있겠는가? 하지만 제롬은 여기서 물러서지 않았다. 그는 어깨를 으쓱하며 말했다.

　「이제야 이해가 가는군. 네가 왜 그렇게 이상하게 행동했는지……. 넌 언니의 죽음에 복수를 하기 위해 희생자가 필요했던 거야. 그래서 날 범인으로 지목한 거고. 롤랑드, 하지만 너도 봤잖아? 네 언니는 바르텔르미의 손에 죽었어. 그리고 난 엘리자베트의 복수를 하기 위해 살인자를 총으로 쏴 죽였잖아?」

　롤랑드도 어깨를 으쓱하며 말했다.

　「변명이나 핑계 따윈 필요 없어. 난 이미 오빠에 대해 충분히 알고 있었고, 그동안 더 많은 사실을 알아냈어. 오빠의 과거를 캐내고, 오빠를 관찰하면서 발견한 사실만으로도 충분해. 오빠의 자백 따윈 필요 없어. 그리고……」

　그녀는 서랍에서 공책 한 권을 꺼내며 말했다.

　「자, 이건 엘리자베트 언니의 일기장이야. 난 언니의 일기 뒤에, 거짓과 위선으로 가득 찬 오빠의 생활을 빠짐없이 적어 놓았어. 경찰이 이 일기를 보면 오빠를 유일한 범인으로 지목할걸」

제롬이 얼굴을 찌푸리며 말했다.

「아! 그래서 어떻게 할 생각인데?」

「우선 고발장을 보여 주지」

그는 비웃으며 말했다.

「날 재판에 회부하겠다고? 법정에 서 있는 기분인걸」

「오빠는 지금 법정이 아니라 엘리자베트 언니 앞에 서 있어. 그러니 내 말 잘 들어」

제롬은 그녀를 바라보다가 펠리시앵 쪽으로 시선을 돌렸다. 무기를 든 두 사람을 보니 반항을 하면 개죽음을 당할 수도 있겠다는 생각이 들었다. 그는 아무렇지도 않은 듯 다리를 꼬고 자리에 앉았다. 그러더니 할 수 없이 지겨운 설교를 들어 준다는 표정으로 한숨을 내쉬며 말했다.

「말해 봐」

누군가 죽다

롤랑드는 흥분도 하지 않고 신랄한 비판을 퍼붓지도 않았다. 그녀는 절제된 목소리로 입을 열었다. 제롬 엘마의 본성에 대한 평가나 심리적 분석을 곁들여 인신 공격을 퍼붓지도 않았다. 단지 간결하게 사건을 요약해서 말할 뿐이었다.

「첫 희생자는 바로 오빠의 어머니셨어. 아니라고 하지 마. 오빠가 자백한 거나 다름없으니까. 그분은 결국 오빠가 지지른 일 때문에 돌아가셨어. 주위 사람들에게는 끝까지 숨겼지만 오빠가 저지른 잘못 때문에⋯⋯. 하지만 아들을 걱정하는 마음에서 그분은 아무 얘기도 하지 않으셨지⋯⋯. 가짜 서명, 부도 수표, 그밖에 수많은 파렴치한 일들⋯⋯. 사람들은 잘 몰랐을 거야. 오빠 어머니는 재산을 전부 날리면서까지 오빠가 진 빚을 갚아 주셨으니까. 그래서 돌아가실 때도⋯⋯. 그 얘기는 그만하지」

제롬이 웃으며 말했다.

「그게 좋겠군. 하지만 계속 지어낸 얘기만 할 거면 괜한 시간 낭비야」

「난 그 후로 몇 년 동안 일어난 일에 대해서는 잘 몰라. 오빠는 그때 지방이나 외국에서만 살았으니까. 그런데 우연히 엘리자베트 언니를 만나 다시 베지네에 머물기 시작했지. 그러면서 〈클레마티트〉에도 자주 드나들었어. 오빠 그때부터 음모를 꾸몄어」

「무슨 음모?」

「엘리자베트 언니와 결혼하려는 음모. 하지만 확실히 마음을 굳힌 건 아니었지. 오빠 욕심에 비해 엘리자베트 언니의 결혼 지참금은…… 턱없이 부족했으니까. 그러던 어느 날 언니는 실수로 오빠한테 비밀 얘기를 들려줬고, 오빠는 그 얘기에 결혼을 결심하게 됐지」

「그래?」

「그래. 언니는 언젠가 지참금이 엄청난 금액이 될 거라고 말했어. 어머니의 사촌이 엄청난 유산을 물려줄 거라면서」

「거짓말 마. 난 모르는 얘기야」

「거짓말! 자, 이건 엘리자베트 언니의 일기장이야. 다른 사람들한테는 벌써 보여 줬지만, 왠지 모르게 오빠한테는 보여 주고 싶지 않았지. 그 일에 대해선 일기장에 정확하게 적혀 있어. 오빠는 유산을 물려줄 사촌 아저씨가 병에 걸렸다는 말도 들었어. 그래서 곧 유산을 받게 될 거란 생각에 서둘러 일을 진행했지. 엘리자베트 언니의 마음을 사로잡은 다음, 청혼을 했어. 물론 언니는 청혼을 받아들였지. 언니는 정말 행복해했어. 오빠도 겉으로는 행복해 보였고. 하지만 그러는 와중에도 오빠는 조사를 그만두지 않았지」

「내가 무슨 조사를 했다고 그래?」

「아저씨가 유산을 물려주는 이유에 대해서……. 오빠는 과거 일을 알아내기 위해 여기저기 수소문하고 돌아다녔어. 부인할 생각마. 증인도 있으니까. 그 결과 오빠는 과거의 일을 알아냈고, 우리 아버지와 아저씨 사이에 싸움이 벌어졌다는 사실도 알아냈어. 그리고 엘리자베트 언니가 조르주 뒤그리발의 딸이라는 헛소문도 들었지. 내가 그 아저씨 이름을 밝히는 것도 그게 다 말도 안 되는 헛소문이기 때문이야」

「그래, 사실 그건 헛소문일 뿐이었지」

「어쨌든 오빠는 조르주 뒤그리발의 계획이 뭔지 확실하게 알고 싶었던 거야. 엘리자베트 언니가 병을 앓는 동안에도 오빠는 캉으로 가서 조사를 벌였어. 어느 날 밤, 오빠는 아저씨의 집 안으로 몰래 들어가기까지 했지. 어떻게 거기까지 들어갔는지는 모르겠지만 아무튼 오빠는 진열장 문을 열고 그 안에 있던 유언장을 훔쳐봤어. 벌써 10년 전에 작성된 유언장이었지. 오빤 그제야 엘리자베트 언니가 아무것도 물려받지 못한다는 사실을 알았던 거야. 상속자는 바로 나였으니까. 그때부터 엘리자베트 언니는 죽은 목숨이나 다름없었지」

제롬은 고개를 가로 저었다.

「그래? 지금 네가 쓰고 있는 소설 속에 한마디 정도는 진실이 있다고 치자. 하지만 왜 그때부터 엘리자베트가 죽은 거나 다름없다는 거지? 네 말이 사실이라면 난 엘리자베트와 헤어지면 그만이었을 텐데?」

「언니와 헤어지면 나랑 어떻게 결혼을 하겠어? 언니를 배신하면 모든 기회를 잃을 텐데. 그렇게 되면 유산은 물 건너간 거나 다름없지. 그래서 오빠 망설였어. 시간이 흐르면서 머릿속엔 끔찍한 계획이 떠올랐지…… . 비겁하고 위선적인 계획…… .

끔찍하고 위험한 살인 계획…… . 그게 바로 오빠가 생각해 낸 해결책이었어. 언니로부터 자유의 몸이 되려면 살인을 저질러야만 할까? 아니지. 오빠는 시간을 벌면서 아무도 눈치 채지 못할 만큼 음흉하고 교묘하게 결혼식을 연기해 왔어. 안 그래도 기관지염 때문에 몸이 많이 약해진 상태에서 언니의 병이 재발하면 문제는 저절로 해결될 테니까. 그렇게 되면 결혼도 못할 테고 오빠는 자유의 몸이 되겠지. 그러다가 기회를 봐서 나한테 돌아서려고 했던 거야. 그렇게 하면 언니를 배신할 필요도 없고 살인을 저지를 필요도 없으니까. 언니는 저절로 죽을 테고. 아니면 오빠는 뒤로 빠지고 언니에게 사고가 일어나 죽는다면 더할 나위 없이 좋겠다고 생각했지. 그래서 아무도 모르게 일을 꾸몄어. 뭐 계획을 반드시 끝까지 밀고 나가려고 애쓸 필요도 없었지. 오빠 결과를 우연에 맡기고 계획을 실행에 옮겼어. 엘리자베트 언니가 매일 같은 시각에 밟는 층계 아래 기둥을 톱으로 조금씩 자르면서……」

롤랑드는 많이 지쳤는지 목소리가 잦아들었다. 그녀는 잠시 말을 멈췄다. 제롬은 아무 걱정도 없는 사람처럼 담담한 모습이었다. 그는 억지로 설교를 듣는 표정이었다. 펠리시앵은 그의 움직임을 하나하나 놓치지 않고 감시했다.

라울은 덧문 뒤에서 심각하게 이야기를 들으며 세 사람을 지켜봤다. 롤랑드의 이야기는 논리 정연했다. 하지만 여전히 풀리지 않는 의문이 하나 있었다. 롤랑드는 조르주 뒤그리발의 유산 상속자가 왜 엘리자베트가 아닌 자신인지 말하지 않았기 때문이다.

아무 증거 없이 느낌만 가지고 하는 말 같지는 않았다.

롤랑드가 다시 말을 시작했다.

「자기가 꾸민 일이긴 해도 눈앞에서 사건이 벌어지자 오빠 당황했어. 그래서 몇 시간 동안은 겁을 먹고, 절망에 빠졌지. 하지만 바르텔르미의 시체 옆에서 가져온 회색 천 가방을 보고는 기분이 좋아졌어.

살인 사건 때문에 사람들이 우왕좌왕하는 사이, 가방을 주워서 어딘가에 숨겨 놓았지. 서재 안 어딘가에 숨겼을 거야. 하지만 오빠가 가방을 줍는 모습을 본 사람이 있었어. 시몽 로리앙……. 그 자는 〈클레마티트〉 저택으로 몰려든 사람들 틈에 끼어 있다가 오빠를 지켜봤지. 그리고 그날 저녁 오빠의 뒤를 따라가 덮친 거야. 오빠는 시몽과 싸움을 했고, 다음날 아침, 두 사람은 쓰러진 채 발견되었어. 아무리 오빠도 부상을 당했다지만 시몽을 죽일 필요까진 없었을 텐데……. 그게 오빠가 저지른 두 번째 범죄야」

제롬은 농담까지 던졌다.

「이제 세 번째로 가 볼까?」

「오빠는 세 번째 범죄도 계획했어. 다른 사람에게 죄를 덮어씌우고 자기만 쏙 빠져나가려고 했지. 그게 누구였을까? 우연찮게도 펠리시앵이 날 위로하려고 배를 타고 호수를 건너왔어. 그는 두 시간 동안 내 곁에 있다가 돌아갔지. 그런데 호수로 가는 길에 누군가 그의 모습을 본 거야. 오빠가 〈클레마티트〉 근처에서 시몽 로리앙에게 미행을 당하던 바로 그 시각이었지. 경찰한테 오빠가 뭐라고 대답했지?

〈호수로 이어진 길에서 나온 사람이 절 공격했습니다.〉

그때부터 펠리시앵은 혐의를 받기 시작했어.

하지만 펠리시앵은 아무런 변호도 하지 않았어. 변호하고 싶어 하지 않았지. 자기가 왜 호수 근처에 있었는지 해명하면 내가 방 안에 남자를 끌어들였다는 비난을 듣게 될까 봐. 펠리시앵은 집 에서 나온 적이 없다고 거짓말을 하고 체포됐어. 그렇게 해서 오 빠는 장애물이 모두 사라졌다고 믿었지. 하지만…… 하지만 내가 오빠를 의심하기 시작했어」

그녀는 작은 소리로 말했다. 호흡이 가빠졌다.

「그래, 난 생각했어. 단 한순간도 쉬지 않고 생각했지. 집착이 될 정도로 생각에만 매달렸어. 묘지에서 관 위에 손을 얹고 언니 에게 복수를 다짐했지. 내 인생을 걸고, 내 전부를 희생하더라도 꼭 복수하고 말겠다고……. 그래서 펠리시앵을 희생시켰던 거야.

라울 아저씨는 이렇게 말했어. 〈주위를 살펴보십시오. 어떤 일 이 있어도 포기하면 안 됩니다.〉 내 주위에 누가 있었지? 펠리시 앵과 오빠뿐이었어. 하지만 펠리시앵은 범인이 아니었어. 펠리시 앵이 언니를 죽일 이유가 없었으니까. 그렇다면 제롬 오빠일까? 언니의 일기장을 자세히 읽어 보니 의심이 들기 시작하더군. 언 니가 그날 산책하려고 배를 가지러 가자 오빠는 어떤 생각에 빠 져 불안해했어. 또, 오빠가 장래 문제로 걱정을 하자 불쌍한 언 니는 유산 얘기를 꺼내며 위로했지. 난 그때까지도 오빨 특별히 의심하진 않았어. 그땐 모든 사람을 의심했으니까. 충계 밑 기둥 이 잘려진 사실을 말해 준 라울 아저씨까지 의심할 정도였지. 그 래서 아무에게도 말하지 않았던 거야. 시몽 로리앙과 바르텔르미 에 관한 사건에는 관심도 두지 않았지. 그런데 오빠가 퇴원하던 날 나를 찾아왔던 일을 떠올려 봐……. 우린 아무 말도 하지 않았 고……. 난 오빠한테 질문을 하거나, 오빠를 의심할 생각도 없었어. 무슨 직감이나 다른 생각이 떠오르지도 않았으니까. 그런데 어느 날……」

롤랑드는 생각에 잠겼다가 제롬에게 다가가 말했다.

「어느 날, 우린 잔디밭에서 나란히 앉아 책을 읽었어. 오빠 5시쯤 자리를 뜨면서 내 손을 잡고 인사를 했지. 손을 잡은 건 잠깐뿐이었지만 그건 분명 우정이나 슬픔, 언니에 대한 추억을 떠올리며 나온 행동이 아니었어. 아니었고말고. 숨겨 둔 감정을 드러내려는 남자의 본능……. 그 행동은 자백에 가까웠고, 동시에 나를 향한 경고였어. 신중하지 못한 행동이었어! 그런 짓을 하려거든 일이 년은 더 기다렸어야지. 겨우 한 달밖에 안 지나서 그런 행동을 하다니……. 난 그날 마음을 결정했어. 내 주위에, 친한 사람 중에 범인이 있다면 그건 약혼자가 죽은 지 한 달도 안 돼서 동생한테 접근하는…… 사람일 거라고 생각했지.

하지만 수수께끼는 여전히 남아 있었어. 그 수수께끼의 비밀은 오빠의 머릿속에, 오빠가 알고 있는 사실 속에, 오빠의 바람 속에 들어 있었지. 그래서 난 생각을 멈추고 관찰을 하기 시작했어. 범인은 바로 오빠라는 가정 하에, 우리 두 사람과 엘리자베트 언니가 관련된 사건을 전면 재검토하기 시작했지. 그뿐 아니라 오빠를 함정에 빠뜨리려면 오빠의 신뢰부터 얻어야 한다고 생각했어. 그래서 오빠의 사랑을 받아들인 거야. 오빠 나 역시 오빠한테 애정을 느낀다고 믿었겠지. 오빠는 그 이후로 정말 날 사랑하기 시작했어. 냉정함을 잃으면서까지……」

롤랑드는 목소리를 낮췄다.

「그래! 이제 알겠어? 내가 비탄에 잠긴 동안에도 확신은 날로 커져 갔어. 언니의 복수를 할 수 있을 거라고 믿었으니까. 난 누가 내 비밀을 알아챌까 봐 그 사실을 보석처럼 가슴 깊숙이 혼자서만 간직했지. 출소한 펠리시앵을 만나 주지도 않고, 내가 언니와 펠리시앵을 배신했다고 믿게 만들었어. 펠리시앵에게 이 모든 사실을 고백한 건 훨씬 나중의 일이었어. 펠리시앵이 자살을 기도했다는 소식이 들려왔거든. 그래서 난 너무 괴로워서 어느 날 밤 펠리시앵을 찾아가 전부 얘기해 버렸던 거야. 포스틴도 나한테 자기 비밀과 범인에 대한 증오, 복수심을 털어놓았지. 난 포스틴의 애인을 죽인 범인으로 의심이 가는 사람이 있다고 말했어. 의심? 아니 그보다는 확신이란 말이 정확하겠군. 그렇게 해서 포스틴도 상황을 이해하게 됐어. 그동안에도 확실한 증거는 있었지만 아무도 그 사실을 몰랐던 거야! 오빠는 언니가 살던 집에 계속 머물렀고, 정원을 산책하며 부서진 계단 앞을 아무렇지도 않게 돌아다녔으니까. 그러면서 겨우 몇 주 전에 언니한테 하던 얘기를 동생인 나한테 똑같이 지껄여 대면서……. 아! 쓰레기 같은 인간! 어떻게 그럴 수가 있었지……?」

롤랑드는 다시 한번 치밀어 오르는 분노를 삼키며 이야기를 계속했다.

「오빠가 그랬던 것처럼 우리도 치밀하게 일을 꾸몄어. 펠리시앵과 내가 합의한 일에 대해서 오빠는 전혀 눈치를 못 챘으니까. 우리가 워낙 조심하기도 했고……. 처음엔 오빠가 펠리시앵을 질투하더군. 처음부터 펠리시앵이 날 좋아하는 걸 알고 있었으니까. 하지만 펠리시앵이 포스틴과 붙어 다니는 모습을 보며 안심했지. 그래도 계속 익명으로 편지를 보내 펠리시앵에게 죄를 뒤집어씌우려고 했어. 그래, 편지를 쓴 사람도 바로 오빠였어. 시몽이 쓰러져 있던 장소에 펠리시앵의 것과 똑같은 손수건에 피를

묻혀 갖다 놓은 사람도 오빠였지……. 아무리 발버둥쳐도 나한테
는 오빠가 범인이라는 확실한 증거일 뿐이었어. 그런데 마침, 중
요한 사건이 벌어졌어. 행운의 여신이 날 도운 거야. 어느 날 조
르주 뒤그리발 아저씨가 날 만나러 오셨지. 그것도 오빠가 이곳
에 없을 때……」

　제롬은 놀란 티를 내지 않으려고 노력했지만 겁을 먹고 얼굴을
찌푸렸다.

　그녀가 말했다.

　「그래. 그분이 날 만나러 오셨어. 예전에 아버지와 사이가 안
좋았던 분이란 걸 알고 있었기 때문에 처음에는 만나지 않으려고
했어. 하지만 그분은 날 꼭 만나야겠다고 하시더군. 아주 중요한
문제라면서 말야. 그래서 이 방으로 올라와 얘기를 나눴어. 아저
씨는 우리 어머니에게 그랬던 것처럼 나한테도 애정을 가지고 다정
하게 말씀하셨어. 그리고 갑자기 날 찾아온 이유를 말씀하시더군.

　〈롤랑드, 최근에 내가 앓아누운 사이에 내 방에 있던 진열장이
털렸지 뭐니. 유산에 관해서 기록해 둔 유언장도 열려 있고, 가
보로 물려받은 보석이 가죽 상자에 들어 있었는데 그것도 없어졌
더구나. 보석과 반지, 귀걸이가 잔뜩 들어 있었시……. 또, 쌍으
로 된 반지 하나도 도둑맞았단다. 그로부터 며칠 후에, 베지네에
있는 친구들한테 편지를 받았는데 네 결혼 소식과 약혼자인 제롬
엘마에 관해 안 좋은 소식을 들려 주더구나. 그래서 롤랑드, 너
한테 알려 주려고 이렇게 온 거란다.〉

　그분과 나눈 대화 내용을 더 이상 말할 필요가 있을까? 난 아
저씨의 유산을 상속받을 이유가 없으니 그 유언장을 찢어 달라고
부탁했어. 하지만 아저씨가 선물로 주신다는 보석은 받기로 했

지. 그래서 내 대신 펠리시앵을 캉으로 보내겠다고 했어. 아저씨는 펠리시앵이 그 집으로 들어갈 때 다른 사람한테 들키지 않도록 필요한 열쇠를 주셨고, 도둑이 든 이후로 금고에 넣어 둔 가죽 보석 상자를 꺼낼 수 있게 금고 열쇠도 주셨지. 그렇게 해서 펠리시앵이 그 집 금고를 열게 된 거야. 지금 그 보석 상자는 내 서랍 안에 있지. 보석 상자 안에는 도둑맞은 것과 똑같은 반지가 들어 있고⋯⋯. 그때부터 난 행동에 나설 준비가 된 셈이었지. 결혼식 날, 오빠가 어머니한테서 물려받았다며 똑같은 반지를 내밀면 오빠가 반지를 훔쳤다는 얘기가 되니까. 오빠가 엘리자베트 언니와 시몽의 살인자라는 증거도 되고⋯⋯. 하지만 그러기 위해서는 오빠와 결혼을 해야 했어. 펠리시앵은 내 계획에 반대였어. 내가 오빠의 성을 따르게 된다고 생각하자 이성을 잃고 날 납치하기까지 했지. 하지만 그것도 소용없었어. 결혼식은 꼭 치러야 했으니까. 그리고 오늘 아침, 오빠는 나한테 반지를 내밀었어. 알겠어? 물론 그 전에도 오빠가 범인이라는 확신이 있었지만 직접 내 눈으로 반지를 보니까 미쳐 버릴 것 같더군. 두 반지는 모양이 아주 똑같았으니까. 오빠가 범인이라는 확실한 증거였지. 이젠 알겠지, 파렴치한 놈, 이젠 알아듣겠지?」

롤랑드의 목소리는 점점 더 거칠어졌다. 그녀는 경멸과 증오심이 복받쳐 올라 몸을 부들부들 떨었다. 그녀는 온 힘을 다해 제롬을 위협하며 저주를 퍼부었다.

하지만 이렇게 위협하며 저주를 퍼부어 봐야 무슨 소용이 있겠는가? 그녀는 제롬이 자기 말을 듣지 않는다는 사실을 깨달았다. 제롬은 멍하니 방바닥만 바라보고 있었다. 롤랑드가 자신의 죄상을 낱낱이 공개하며 빈틈없는 증거를 제시하자 제롬은 자신을 변호할 생각조차 하지 못하는 것 같았다.

제롬은 고개를 들고 말했다.

「그래서?」

「그래서라니?」

「그래서 어쩔 건데? 내가 범인이라고? 좋아. 그럼 경찰에 신고라도 할 거야?」

「그래, 벌써 편지도 써 놨어」

「부쳤어?」

「아니」

「언제 부치려고?」

「내일 오후에」

「내일 오후? 그래?」

제롬은 씁쓸하게 말했다.

「해외로 도피할 시간이라도 주겠다는 거야?」

그러다가 제롬은 갑자기 흥분해서 말했다.

「날 고발할 필요까진 없잖아? 네 인생에서 날 몰아낸 걸로 충분히 복수한 거 아냐? 사랑을 가장하면서까지 날 절망에 빠뜨릴 필요가 있어?」

「그럼 혐의를 받고 쫓겨 다니는 펠리시앵은 어떡하고? 그게 다 누구 때문인데? 범인이 나타나지 않으면 무슨 수로 펠리시앵의 결백을 증명하란 말이야? 그리고 오빠가 다시 이곳에 발을 들여놓지 못하게 하려면 확실히해 둘 필요가 있지……. 증거가 필요하다고. 그러니 이 편지는 경찰청으로 보내야 해」

그녀는 잠시 망설이다가 말했다.

「편지는 보낼 거야. 단지……」

230

「단지, 뭐……?」

「탁자 위에 펜이 있어. 여기 앉아서 오빠가 범인이라고 써. 엘리자베트를 죽이고 시몽을 죽인 범인도 바로 오빠라고. 펠리시앵을 범인으로 몰았던 것도 오빠였다고. 그리고 서명해」

제롬은 한동안 망설였다. 그의 표정에서 고통과 끝없는 절망이 느껴졌다.

제롬이 작은 소리로 말했다.

「싸울 필요까진 없잖아? 난 너무 지쳤어. 네 말이 맞아, 롤랑드……. 내가 어떻게 그런 일을 꾸밀 수 있었지? 난 엘리자베트가 죽은 게 나 때문은 아니라고 생각했어. 시몽 로리앙을 공격한 것도 정당방위였다고 생각했지. 그래, 정말 어리석은 생각이었어! 하지만 롤랑드, 난 널 사랑할수록 점점 더 두려워졌어. 내가 저지른 일 때문에……. 하지만 난 조금씩 달라지고 있었어. 네가 날 구원해 줄 거라고 믿었으니까. 아, 이제 그만하자. 다 끝난 일이니까」

그는 의자에 앉아 펜을 쥐고 진술서를 써 내려가기 시작했다. 롤랑드는 제롬의 어깨 너머로 글을 읽었다. 서명이 끝났다.

「이제 됐어?」

「그래」

제롬이 일어섰다. 이제 사건은 롤랑드가 원하는 대로 해결된 셈이었다. 제롬은 나란히 서 있는 펠리시앵과 롤랑드를 바라보았다. 뭘 기다리는 것일까? 작별 인사? 용서한다는 말 한마디?

롤랑드와 펠리시앵은 입을 꾹 다문 채 손가락 하나 까딱하지 않았다. 제롬은 갑자기 화가 치밀어 오르는지 덤벼들려고 하다가 참고 방에서 나갔다.

제롬이 짐을 챙기러 신혼 방으로 들어가는 소리가 들렸다. 몇 분 후 제롬은 다시 층계를 내려왔다. 현관 문이 조용히 열렸다가 닫히는 소리가 들렸다. 제롬은 〈클레마티트〉에서 멀어져 갔다.

이제 〈클레마티트〉에 단둘이 남게 된 롤랑드와 펠리시앵은 손을 부여잡고 눈물을 흘렸다. 펠리시앵은 세상에서 가장 소중한 약혼자를 대하듯 롤랑드의 이마에 입을 맞추었다.

그녀가 웃으며 말했다.

「오늘은 우리의 첫날밤이에요. 그렇죠, 펠리시앵? 뭐, 당신은 당신 집에서, 저는 이 집에서 따로 자야겠지만 어쨌든 오늘은 약혼자로서 함께 보내는 첫날밤이에요」

「롤랑드, 두 가지 부탁이 있습니다. 우선, 한두 시간 정도만 당신 곁에 머물도록 허락해 주십시오. 그자가 다시 돌아올지도 모르니까요」

「두 번째는요?」

「이제 전 당신의 약혼자니까 이마 말고 다른 곳에 입을 맞춰도 되지 않을까요? 한 번만……」

롤랑드는 얼굴을 붉히며 신혼 방을 둘러보았다. 그러고는 잠시 망설이다가 말했다.

「좋아요. 하지만 여기서는 말고……. 아래층으로 내려가요」

그녀는 즐겁게 말했다.

「피아노 앞에서 당신한테 처음으로 사랑을 고백했던 그 방으로 내려가요」

그녀는 제롬이 남긴 진술서를 푸른 보석 상자에 넣고 펠리시앵과 함께 아래층으로 내려갔다. 라울은 서둘러 방으로 들어갔다. 그리고 상자에서 제롬의 진술서를 꺼내 주머니에 넣고, 베란다로 돌아가서 다시 지붕 끝을 붙잡고 벽을 타고 내려와 채소밭 옆에 난 문으로 빠져나왔다.

새벽 3시, 펠리시앵은 자신의 거처로 돌아왔다. 소파에서 펠리시앵을 기다리다가 잠깐 잠이 들었던 라울은 그가 돌아온 것을 보고 악수를 청했다.

「미안하네, 펠리시앵」

「뭐가 말씀이십니까?」

「좀 전에 자네를 습격해서 결박한 것 말일세. 자네가 어리석은 짓을 저지를까 봐 그랬네」

「어리석은 일이라뇨?」

「어쨌든……. 신혼 첫날밤이니까……」

펠리시앵은 웃기 시작했다.

「다베르니 씨일 거라는 생각은 했습니다. 어쨌든 서로 한 방씩 주고받았군요. 저도 죄송합니다」

「뭐가 죄송하다는 건가?」

「결박을 풀어서요……」

「혼자서 풀었나?」

「아닙니다」

「그럼 누가 구해 줬지?」

「포스틴이오」

라울은 중얼거리듯 말했다.

「나도 포스틴을 의심했네. 그러니까 포스틴이 어젯밤 이 근처를 배회했단 말이군……. 경찰에 잡히지 말아야 할 텐데……. 어쨌든 두고 봐야겠지……. 펠리시앵, 아침 일찍 롤랑드 가브렐 양에게 전화를 걸게. 제롬의 진술서를 찾을지도 모르니까 안심하라고 전하게. 예심판사가 오전 9시 30분에 날 만나러 오기로 했거든. 그래서 롤랑드와 자네가 다시 이 골치 아픈 일 때문에 신경 쓰지 않게 하려고 진술서를 빼내 왔네」

펠리시앵은 어리둥절한 표정으로 소리쳤다.

「예? 아니, 어떻게……」

라울은 방을 나서며 말했다.

「그러니 아무 걱정 말고 내가 곧 만나러 가겠다고 전하게. 자네도 함께 있을 거지, 펠리시앵?」

프리네

    라울이 아침 식사를 막 마친 오전 9시 30분, 루슬랭 예심판사는 정확히 약속 시간에 모습을 드러냈다. 하지만 예심판사의 모습이 아니라 자신의 표현대로, 크루아시 지방의 잉어를 괴롭히러 가는 낚시꾼의 행색이었다. 그는 머리에 낡은 밀짚모자를 쓰고, 노란 작업 바지 차림에 장화를 신고 있었다.

    라울이 큰 소리로 말했다.

    「예심판사님! 정말 축하드립니다. 오늘은 정말 멋진 하루가 될 겁니다. 그동안 골치 아팠던 일을 잊어버릴 기회도 될 거고요」

    「그렇게 생각하십니까······?」

    「물론입니다」

    「그렇지만 이 사건은 오늘 밤이 되어야 밝혀질 거라고 하지 않았습니까?」

    「벌써 밝혀졌습니다」

「하지만 약속한 물건이 안 보이는군요. 워낙 갖고 싶었던 물건이라 선생님 뜻대로 맡겨 두었는데」

「내일 드리면 안 되겠습니까?」

「내일은 너무 늦죠」

라울은 판사를 쳐다보며 말했다.

「판사님, 뭐 새로운 소식이라도 있습니까?」

루슬랭 판사는 웃기 시작했다.

「있습니다, 다베르니 씨. 새로운 사건이 있죠. 약속한 것과 달리 오히려 제가 소식을 전하게 됐군요. 한 시간 반쯤 전에 샤투 파출소에서 전화가 왔습니다. 제롬 엘마가 심장에 총을 쏘아 자살했다는 소식을 전하더군요. 그의 가정부가 현관에서 시체를 발견했죠. 발견 당시 현관문이 열려 있었던 것으로 보아 집으로 돌아오자마자 일을 벌인 것 같습니다. 지금 구소 수사관이 현장에 나가 있죠. 저도 막 기차에서 내리면서 소식을 들었습니다」

라울은 침착하게 말했다.

「당연한 결과죠, 판사님. 죄의 대가를 치른 겁니다」

「하지만 안타깝게도 제롬 엘마는 자살하면서 자신이 범인임을 입증할 유서 한 장 남기지 않았습니다. 자살을 했다고 해서 자백으로 인정할 순 없죠. 또, 방금 결혼한 새신랑이 신혼 집을 떠나 자기 집으로 돌아가서 자살을 한 것도 이상하고요」

「제롬 엘마는 롤랑드와 펠리시앵, 그리고 제 앞에서 자백을 했습니다. 그런 뒤에 자살을 한 겁니다」

「말로만이겠죠?」

「글로도 남겼습니다」

「그럼, 지금 가지고 계십니까?」

「네, 여기 있습니다」

라울은 제롬의 서명이 담긴 편지를 판사에게 내밀었다.

루슬랭 판사는 만족스러운 듯 큰 소리로 말했다.

「이번에는 문제가 어느 정도 해결된 것 같군요. 하지만 이번 사건에서 미심쩍은 부분을 완전히 없애려면 저한테 설명을 좀 해 주셔야겠습니다. 아니, 설명이라기보다는 자백을 해 주셔야겠습니다」

라울은 기분 좋게 대답했다.

「기꺼이 해 드리죠. 그런데 제 고백을 누가 들으시는 겁니까? 경찰을 대표하는 루슬랭 예심판사입니까? 아니면 관대하고 세심하며 인간적인 낚시꾼 루슬랭 씨입니까? 예심판사님께 하는 얘기라면 전부 털어놓을 수는 없습니다. 하지만 낚시꾼이라면 마음을 툭 터놓고 얘기하면서 언론에 공개할 부분과 비밀로 남겨 둘 부분을 상의해서 골라 볼 수도 있죠」

「다베르니 씨, 그럼 한번, 예를 들어서 설명해 주시죠」

「그러죠……. 펠리시앵 샤를르와 롤랑드 가브렐은 서로 사랑합니다. 두 달 전, 사건 당일 저녁에도 펠리시앵은 롤랑드를 만나러 가기 위해 배를 탄 겁니다. 펠리시앵은 그녀에게 해가 되진 않을까 하는 마음에 혐의를 받으면서도 묵묵히 참았습니다. 이런 내용은 그냥 비밀로 해야 하지 않겠습니까?」

마음 약한 루슬랭 판사는 금방 눈가에 이슬이 맺히더니 감탄하며 말했다.

「다베르니 씨, 지금 여기 앉아 있는 사람은 일개 낚시꾼일 뿐입니다. 그러니 주저하지 말고 말씀하십시오. 또, 다베르니 씨는 필요할 때마다 경찰에 협력하셨고, 수사에 큰 도움을 주시지 않으셨습니까? 그러니 마음 놓고 말씀하셔도 됩니다. 다베르니 씨의 과거가 아무리……」

「좀 파란만장하죠?」

「그렇습니다. 법을 수없이 위반하기는 하셨지만 다베르니 씨는 경찰청에서도 환영받는 인물입니다. 그러니 어서 말씀해 보시죠」

루슬랭 판사는 호기심이 솟구쳐 올라 가슴이 설레일 정도였다. 라울이 흥미진진한 이야기 보따리를 풀어내자 루슬랭은 낚시도 잊은 채, 〈클레르 로지〉에서 점심 식사도 하며 오후 3시까지 이야기를 들었다. 라울은 아르센 뤼팽의 고백을 섞어 자신의 이야기를 들려주었다.

판사는 집을 나설 때까지도 흥분이 가라앉지 않는지 격앙된 어조로 말했다.

「다베르니 씨 덕분에 제 인생에서 가장 흥분된 하루를 보냈군요. 이제야 이번 사건을 제대로 파악한 느낌입니다. 저도 다베르니 씨 의견에 동의합니다. 신중하게 검토하고 가려서 발표를 해야겠죠. 비록 범죄와 물질적인 이익 때문에 일이 복잡하게 얽히긴 했지만 정말 아름다운 사랑 이야기입니다. 그 이전에 흥미진진한 승오와 복수 이야기이기도 했고요. 믿을 수 없군요. 어쩜 그렇게 아름다운 롤랑드 양이 끝까지 복수를 할 수 있었는지! 의지가 대단한 아가씨입니다. 약간은 냉혹해 보이기도 하고요」

「판사님, 그 밖에 더 궁금하신 점은 없습니까?」

「있습니다. 두 가지……, 아니 세 가지요. 단순한 호기심에서 물어보는 겁니다」

「말씀하십시오」

「첫째로, 펠리시앵은 어떻게 하실 작정이십니까? 아니, 그전에. 펠리시앵이 다베르니 씨의 아들이라고 생각하십니까?」

「모르겠습니다. 아마 앞으로도 알아내지 못할 겁니다. 하지만 펠리시앵이 제 아들이라고 해서 제 태도가 달라질 건 없습니다. 그 청년에겐 아무 말도 하지 않을 테니까요. 어쩌면 그냥 자기가 고아라고 믿고 있는 편이 나을 수도 있습니다. 자기 아버지가 누군지 알게 되는 것보다는……. 판사님도 그렇게 생각하시죠?」

판사는 감격해서 말했다.

「물론입니다. 두 번째 질문을 하죠. 포스틴은 어떻게 됐습니까?」

「모르겠습니다. 하지만 다시 찾아낼 겁니다」

「정말 그녀를 다시 찾고 싶으신 모양이군요?」

「예」

「왜요?」

「정말 아름다운 여자니까요. 프리네 동상도 잊혀지지가 않습니다」

루슬랭은 그런 감정이나 욕망을 이해 못할 사람이 아니었다. 그는 라울의 말에 고개를 끄덕이며 말했다.

「그럼 세 번째 질문을 드리죠. 복잡한 사건이 진행되는 동안 회색 천 가방과 그 안에 들어 있던 돈 얘기는 쏙 들어가 버렸는데요, 다베르니 씨도 그 점을 눈치 못 채신 건 아니죠? 그 돈이 완전히 사라져 버렸을 리는 없을 텐데요!」

「저도 같은 생각입니다. 분명 돈을 챙긴 사람이 있겠죠」

「그게 누굴까요?」

「그야 제가 말씀드릴 순 없죠. 뭐, 다른 사람보다 머리가 잘 돌아가는 사람이 가져가지 않았겠습니까? 시몽 로리앙과 제롬 엘마가 몸싸움을 벌인 지점을 찾아보았겠죠. 두 사람 다 부상을 당했으니 돈 가방은 잔디밭을 나뒹굴다 어디 도랑에 빠졌을 겁니다」

루슬랭은 라울의 말을 반복해서 되뇌었다.

「다른 사람보다 머리가 잘 돌아가는 사람이라……. 그 정도로 머리가 좋은 사람은 없는 것 같은데……」

라울은 탁자에 있던 담배를 한 개비 집어 들고 불을 붙인 다음, 공상에 잠긴 듯한 눈으로 말했다.

「아뇨, 있습니다……. 있고말고요……」

사실, 판사는 아무 생각 없이 던진 말이었다. 하지만 라울의 행동을 보니 그 대답이 무슨 뜻인지 금방 알아챌 수 있었다. 분명 사건 현장을 조용히 지나다가 가방을 발견하고, 필리프 가브렐의 돈을 자기가 갖는 게 좋겠다고 판단한 사람……, 도랑에 빠진 가방을 손에 넣은 사람은……, 지금 자기와 이야기하고 있는 남자였다.

루슬랭은 라울을 바라보며 이런 말을 하는 것 같았다.

〈정말 희한한 사람이야. 도둑의 끼는 어쩔 수 없는 모양이군. 저 사람은 평생 다른 사람에게 도움을 주며 살아가겠지. 하지만 그러다가도 그 사람들의 지갑을 훔칠 기회가 생기면 절대로 놓치지 않을걸! 나갈 때 악수를 청해야 하는 건지, 원!〉

라울은 판사가 주저하는 것을 알아차렸는지 웃으며 말했다.

「판사님, 돈 가방을 가져간 사람은 용서해야 할 것 같습니다. 그 사람은 이웃 사람의 돈을 훔칠 생각조차 하지 못하는 정직한 사람이었을 겁니다. 하지만 필리프 가브렐이 탈세를 일삼는 모습을 보고 양심의 가책도 던져 버렸겠죠」

라울은 계속해서 유쾌하게 말했다.

「판사님, 어쨌든 이번 사건이 제 마지막 모험이 될 것 같습니다……. 이제 좀더 신선한 공기도 마시고 좀 고상한 일에 관심을 쏟아 보려고요. 그리고 지금까진 다른 사람들을 위해서 열심히 일했으니까 이제는 제 자신에 대해서 더 많은 생각을 해 보고 싶습니다. 뭐, 그렇다고 은둔 생활을 하겠다는 얘긴 아닙니다……. 그래도…… 전…… 이해하실지 모르겠지만 제가 사라져도 이런 말을 들었으면 하는 바람뿐입니다.

〈어쨌든 참 멋진 사람이었어……. 나쁜 일을 하긴 했지만 정말 멋있는 사람이었어…….〉」

루슬랭은 집을 나서며 라울에게 악수를 청했다.

「롤랑드 양에게 작별 인사나 할까 하고 왔습니다. 그리고 자네 펠리시앵한테도. 그래, 이곳을 떠날 생각이네……. 세계 일주를 하든지, 뭐 그것까진 아니더라도……. 멀리 사는 친구들이 여럿 있는데 놀러 오라고 해서 말야……. 그리고 롤랑드 양에게 사과 드릴 일이 있습니다. 절 비난하지 않으신 건 고맙게 생각합니다……. 물론, 저도 잘못한 점은 인정합니다. 아무리 판사님께 제출하려고 했다지만 롤랑드 양의 보석 상자에서 자백서를 훔친 건 그다지 바람직한 행동은 아니었으니까요……. 그리고, 그뿐이 아닙니다. 롤랑드 양, 신혼 첫날밤에 일어난 일도 처음부터 끝까지 알고 있습니다. 어떻게 그런 일이 가능하냐고요? 그야, 제가 베란다 의자에 앉아 무대가 가장 잘 보이는 곳에 자리를 잡고 있었으니까요. 거기서 전부 보고 들었습니다. 그리고, 펠리시앵! 자네가 캉에 있는 조르주 뒤그리발의 서재에 들어가 금고를 털 때도 난 자네를 지켜봤네. 그 밖에 다소 비밀스러운 일이나…… 별로 숨길 게 없는 일들도 많이 알고 있지.

하지만 이 모든 게 두 사람 잘못입니다. 롤랑드 양, 생각해 보십시오. 처음에 제게 조언을 구하기에 전 우리가 협조할 수도 있겠다고 생각했습니다. 그런데 언제부턴가 갑자기 입을 다물더군요……. 친구가 되려고 다가서는 사람한테 등을 돌린 셈이죠……. 잘 가요, 라울 아저씨, 각자 따로 행동하자고요!

그리고 자네, 펠리시앵, 날 믿으라고 그렇게 얘기했건만……. 하지만 자넨 호수에서 배를 타고도 나한테 〈사랑하는 여자를 만나러 갔습니다.〉하고 솔직하게 털어놓지 않았지. 교도소에 가는 걸 무릅쓰면서 말야.

그래서 어떻게 됐나? 두 편으로 갈라져서 일 처리도 제대로 못하고! 실수도 자주하지 않았나? 난 루슬랭 판사의 편에서 일하기도 하고, 반대편에서 일하기도 했네. 결국 펠리시앵 자네가 결백하다는 판단이 서자 롤랑드와 제롬이 공범일 거라고 생각했지.

롤랑드 양, 증오 때문에 당신이 그런 행동을 한 거라고 누가 상상이나 할 수 있었겠습니까? 증오란 그렇게 흔한 감정이 아니니까요. 그 정도로 증오를 키우는 건 정상적인 일이 아닙니다. 그러다 보면 어리석은 행동을 하기 마련이죠. 롤랑드 양도 이렇게 어리석은 일을 저지르지 않았습니까?」

라울은 롤랑드 곁에 앉아 부드럽게 손을 잡고 말했다.

「롤랑드 양, 결혼까지 끌고 간 게 잘한 일이었다고 생각합니까? 잊지 말아야 할 것은 당신이 결혼을 했다는 사실입니다. 이제 롤랑드 양은 제롬 엘마의 성을 따라 엘마 부인이라고 불릴 겁니다. 진짜 신혼 첫날밤을 맞이하려면 앞으로 몇 달간은 쓸데없이 골치 아픈 일을 견뎌 내야 할 겁니다.

롤랑드 양이 조금이라도, 아주 조금만이라도 절 믿었다면 제가 그런 어리석은 행동을 하도록 내버려 두지는 않았을 겁니다. 시장 앞에서 결혼 서약을 하지 않아도 목적을 달성할 수 있는 방법은 얼마든지 있으니까요. 가령, 펠리시앵에게 이런 부탁을 할 수도 있었을 겁니다.

〈펠리시앵, 몰래 배를 타고 제 방 창문 아래 베란다까지 오신 적도 있으니까 제롬의 집에 들어가서 그가 훔친 반지를 빼내 올 수도 있겠죠? 그렇게 하면 반지 두 개를 비교해 볼 수 있을 거예요.〉

하지만 일은 벌어지고 말았습니다. 게다가 롤랑드, 당신은 제롬을 경찰에 넘기거나 사형시키려고 한 게 아니라 그저 제롬을 혼란스럽게 만들어 멀리 떠나보내려고 했을 뿐입니다. 솔직히 라울 다베르니를 찾아왔으면 일을 훨씬 더 잘 처리할 수 있었을 거라고 생각하죠?」

롤랑드는 대답을 하려고 했다. 하지만 라울은 그녀의 미소가 무슨 의미인지 파악했다는 듯 대답할 틈도 주지 않고 이어서 말했다.

「아니, 저는 자백이나 받아 내자고 온 건 아닙니다. 그저 롤랑드 양에게 잔소리를 좀 하고, 해결책을 말해 주고, 또 두 사람을 축하해 주려고 온 겁니다. 그래요, 롤랑드 양, 펠리시앵과의 결혼을 축하드립니다. 저도 펠리시앵을 잘못 생각했죠. 전 펠리시앵이 그런 나쁜 일을 저지를 만한 사람이라고 생각했으니까요. 무엇보다 펠리시앵은 사랑을 할 줄 아는 남자입니다. 용기와 신념을 가진 청년이라 함께 우정을 나누고 싶은 마음이 들 정도죠. 바라지도 않는데 자기 일에 끼어들었다고 원망을 하진 않겠죠? 어쨌든 다 펠리시앵을 위해서 한 일이니까요. 펠리시앵은 롤랑드 양을 행복하게 해 줄 겁니다. 이젠 행복을 가질 만하니까요.

자, 이제 제 결혼 선물을 드리죠……. 선물을 받아 주셨으면 좋겠군요. 저나 두 사람 모두에게 도움이 될 테니까요. 펠리시앵, 〈클레르 로지〉 공사를 끝난 뒤에 자네가 손봐 주었으면 하는 집이 여러 채 있네……. 우선, 니스 북쪽에 올리브 나무로 둘러싸인 저택이 하나 있지. 낡았지만 아주 멋진 집이라네. 자네 입맛에 맞게 멋진 집으로 만들어 보게나. 루슬랭 판사도 만나고 사건이 마무리되려면 2주 정도 있어야 하니까 그때 니스로 떠나게. 두 사람 모두 당분간 멀리 가 있는 게 좋을 것 같군. 롤랑드 양, 뺨에 입을 맞춰도 괜찮을까요?」

  라울은 롤랑드의 뺨에 입을 맞추다가 그녀에게 애정을 느끼고 있다는 사실을 깨닫고 스스로도 놀랐다. 라울은 펠리시앵에게 두 팔을 내밀어 포옹으로 인사를 나눈 뒤, 잠시 그의 눈을 바라보았다.

  「펠리시앵, 자네와는 따로 할 얘기가 있지만 그 얘긴 나중에 하지. 운명이 허락한다면……. 그렇게 될 거라고 생각하네만……. 그래, 나도 그 정도는 보상받을 권리가 있으니까」

  라울은 다시 한번 펠리시앵에게 포옹으로 인사를 한 뒤, 놀라고 감격한 두 사람을 남겨 두고 사리를 떠났다.

  라울은 1년도 넘게 여행을 하면서도 두 사람과 자주 편지를 주고받았다. 펠리시앵은 설계도를 보내 조언을 구하기도 했다. 라울은 그의 편지 속에서 자신에 대한 신뢰가 커 가고 있음을 느낄 수 있었다. 하지만 라울은 그 이상으로 관계가 발전할 거라는 생각은 하지 않았다.

  「펠리시앵이 클레르와 나 사이에서 태어난 아이가 맞을지도 몰

라. 하지만 그 사실을 알아내려고 애쓸 필요가 있을까? 그래서 확실히 내 아들이라고 밝혀지면 내가 부정을 느낄까?」

어쨌든 라울은 기분이 좋았다. 칼리오스트로가 복수를 하긴 했지만 그 표적을 빗나가고 말았다. 라울은 백작 부인을 비웃으며 말하곤 했다.

「조제핀 발사모, 당신의 복수는 실패로 돌아갔어. 펠리시앵이 내 아들이 맞다면 그 애는 도둑도, 살인자도 되지 않았을뿐더러……. 그 아이와 난 사이 좋게 잘 지내고 있으니까. 조제핀, 당신은 실패했어」

〈클레마티트〉와 〈오랑주리〉 사건은 라울의 예상대로 결론이 지어졌다. 불행히도 토마 르 부크는 운이 나빴다. 진범이 밝혀졌으니 출소해야 마땅했지만 조사 과정에서 우연히 다른 죄가 밝혀지는 바람에 중형을 선고받고 말았다. 심각한 병에 걸리지 않는 한 출소하기는 거의 불가능했다.

1년 3개월 뒤, 라울은 프랑스로 돌아왔다. 그는 대단위 꽃 재배지를 확장해 멋있게 만든 코트다쥐르 영지에서 머물렀다.

어느 날, 라울은 몬테카를로의 한 카지노에서 눈에 띄게 우아한 여자를 발견했다. 그녀는 자신의 미모에 반해 몰려든 남자들에게 둘러싸여 있었다. 라울은 그 틈에 끼어들어 겨우 그녀 뒤로 다가간 뒤, 귀에 대고 속삭였다.

「포스틴……」

그녀는 깜짝 놀라 뒤를 돌아보고는 웃으며 말했다.

「아, 당신이었군요」

「그렇소……. 당신을 찾아서 여기저기 안 다닌 데가 없소」

두 사람은 밖으로 나와 아름다운 풍경을 바라보며 산책을 했다. 라울은 사건이 어떻게 마무리되었는지 이야기를 들려준 뒤, 의자에 앉아 펠리시앵을 팔로 안아 준 일에 관해 물었다.

「펠리시앵이 제 팔에 안긴 게 아니라 어깨에 기댄 것뿐이에요. 울고 있었거든요」

「펠리시앵이 울었단 말이오?」

「예. 펠리시앵은 제롬에게 질투를 느꼈고, 롤랑드와 제롬이 결혼하는 걸 참을 수 없어했어요. 너무 고통스러워하고 기가 죽어 있어서 제가 위로해 준 것뿐이에요」

라울은 포스틴이 결혼 첫날밤 일을 모르고 있을 것 같아 상세하게 들려주었다. 그러다가 라울은 갑자기 그녀의 얼굴을 바라보며 물었다.

「포스틴, 당신이지……?」

「제가 뭘요?」

「그래, 맞아. 당신은 제롬이 범인일 거라고 확신하고 있었고, 롤랑드가 그자를 쫓아낼 거란 사실도 알고 있었소……. 그래서 경찰에게 잡힐 것을 겁낸 제롬이 달아나기 전에 우선 집부터 들를 거라고 예상했겠지?」

「그래서요?」

「문 앞에 숨어서 제롬을 기다리고 있다가 그자가 문을 열자 총을 쏜 거요……. 안 그렇소? 어쨌든 제롬이 자살할 만한 위인이 아니거든……」

그녀는 대답 대신 손가락으로 멀리 지평선을 가리키며 말했다.

「저곳으로 가면…… 제 고향 코르시카 섬이 나와요……. 가끔은 여기서도 보인답니다. 그곳에선 모욕을 당하면 꼭 복수를 해요. 그래야 행복을 되찾거든요」

246

「포스틴, 그럼 이제 행복하오?」

「아주 행복해요. 과거에 일어났던 일, 그 일의 결말 때문에 행복하고…… 또, 현재 겪고 있는 일 때문에 행복하기도 해요. 저한테 마음을 뺏긴 한 이탈리아 갑부에게 제노바에 분홍색 대리석으로 지은 성도 받았는걸요」

「그럼 그와 결혼했단 말이오?」

「예」

「남편을 사랑하오?」

「남편은 일흔다섯이나 된 노인이죠. 라울, 당신은 행복한가요?」

「한 가지만 있으면 행복할 거요」

「그게 뭐죠?」

두 사람의 눈이 마주치자 포스틴은 얼굴이 붉혔다. 라울이 속삭였다.

「난 하나도 잊지 않았소……. 일어나지 않은 일이긴 하지만……」

「일어나지 않은 일은…… 일어나야 했던 일보다 가치가 없을 거예요」

라울은 머리끝에서 발끝까지 그녀를 훑어보았다.

「난 하나도 잊지 않았소」

잠시 후 그녀가 말했다.

「그럼 증거를 보여 주세요」

「증거를 보여 달라?」

「그래요. 일어나지 않은 일을 정확히 기억하고, 또 그 일을 하지 못한 걸 후회한다는 증거를 보여 주세요」

「그건 후회 이상이었소, 포스틴」

「증거를 보여 주세요」

「그럼 내게 하루만 시간을 주겠소? 내일 이 시간에 여기서 봅시다」

포스틴은 라울을 만나 차를 타러 갔다. 차로 한 시간가량 달려 아스프르몽 마을 근처, 니스가 내려다보이는 절벽에 도착했다.

대문이 열리자 양쪽 기둥에 새겨진 저택 이름이 보였다.

포스틴 저택

그녀는 매우 감격했지만 아무렇지 않은 듯 말했다.

「이건 추억의 증거일 뿐, 후회한다는 증거는 될 수 없어요」

「아니, 희망의 증거요……. 언젠가 이 저택에서 당신을 다시 만날 거라는 희망……」

그녀는 고개를 끄덕였다.

「라울, 당신 같은 사람이라면 두 기둥에 새겨 놓은 이름보단 더 나은 걸 줘야 하는 거 아닌가요?」

「더 괜찮은 게 있소. 아주 괜찮은 물건이니 실망하지 않을 거요. 그런데 그전에 하나만 물어봅시다. 포스틴, 왜 처음부터 날 그렇게 적대시한 거요? 불신 말고도 무슨 원한이나 분노가 있었던 거 아니오? 솔직히 대답해 보시오」

그녀는 다시 얼굴에 홍조를 띠며 속삭였다.

「사실, 당신이 정말 미웠어요」

「왜지?」

「당신은 미워하고 싶은 만큼 충분히 미워할 수 없는 사람이니까요」

라울은 포스틴의 팔을 힘주어 잡았다.

두 사람은 길을 따라 계단형의 언덕 위로 올라갔다. 그곳에는 마른 산과 눈 덮인 알프스의 장관이 한눈에 들어왔다.

언덕 맨 꼭대기로 올라가니 두 기둥 사이에 페르골라(담쟁이덩굴로 지붕을 만든 정자의 일종 ―― 옮긴이)가 세워져 있었다.

그리고 그 가운데에는 눈부시고 생생한 여신의 모습을 과시하는 아름다운 프리네 동상이 서 있었다.

포스틴은 입을 떡 벌리며 중얼거리듯 말했다.

「아! 나야……. 바로 나잖아……!」

포스틴은 자신의 이름이 붙은 이 저택에서 뤼팽과 함께 12주를 보냈다.

옮긴이 | 양진성

한국외국어대 통번역 대학원 한불과 재학 중. 옮긴 책으로는 아르센 뤼팽 전집 『서른 개의 관』, 『시계 종이 여덟 번 울릴 때』, 『초록 눈의 아가씨』 등이 있다.

아르센 뤼팽 전집 21

칼리오스트로 백작 부인의 복수

1판 1쇄 펴냄 2003년 10월 23일
1판 5쇄 펴냄 2014년 9월 22일

지은이 | 모리스 르블랑
옮긴이 | 양진성
발행인 | 김세희
펴낸곳 | 황금가지

출판등록 | 2009. 10. 8 (제2009-000273호)
주소 | 135-887 서울 강남구 신사동 506 강남출판문화센터 5층
전화 | 영업부 515-2000 **편집부** 3446-8774 **팩시밀리** 515-2007
홈페이지 | www.goldenbough.co.kr

ⓒ 황금가지, 2003. Printed in Seoul, Korea

ISBN 978-89-8273-438-0 04860 (21권)
ISBN 978-89-8273-417-5 (set)

㈜민음인은 민음사 출판 그룹의 자회사입니다.
황금가지는 ㈜민음인의 픽션 전문 출간 브랜드입니다.